新日檢試驗 N2 絕對合格

解析本

全MP3音檔下載導向頁面

http://www.booknews.com.tw/mp3/121240006-10.htm

iOS系請升級至iOS 13後再行下載
全書音檔為大型檔案，建議使用WIFI連線下載，以免占用流量，
並確認連線狀況，以利下載順暢。

はじめに

試験を受けるとき、過去に出された問題を解いて、どのような問題が出るのか、それに対して現在の自分の実力はどうか、確認することは一般的な勉強法でしょう。しかし、日本語能力試験は過去の問題が公開されていません。そこで私たちは、外国籍を持つスタッフが受験するなどして日本語能力試験を研究し、このシリーズをつくりました。はじめて日本語能力試験N2を受ける人も、本書で問題形式ごとのポイントを知り、同じ形式の問題を３回分解くことで、万全の態勢で本番に臨むことができるはずです。本書『合格模試』を手にとってくださったみなさんが、日本語能力試験N2に合格し、さらに上の目標を目指していかれることを願っています。

編集部一同

前言：

解答歷年真題，確認試題中出現的題型並檢查自身實力，是廣大考生備考時普遍使用的學習方法。然而，日語能力考試的試題並未公開。基於以上現狀，我們通過讓外國籍員工實際參加考試等方法，對日語能力考試進行深入研究，並製作了本系列書籍。第一次參加N2考試的人，也能通過本書熟知各個大題的出題要點。解答三次與正式考試相同形式的試題，以萬全的態勢挑戰考試吧。衷心祝願購買本書《合格直通》的各位能在N2考試中旗開得勝，並追求更高的目標。

編輯部全體成員

もくじ
目錄

この本の使い方

構成

模擬試験が3回分ついています。時間を計って集中して取り組んでください。終了後は採点して、わからなかったところ、間違えたところはそのままにせず、解説までしっかり読んでください。

対策　日本語能力試験にはどのような問題が出るか、どうやって勉強すればいいのか確認する。

解答・解説　正誤を判定するだけでなく、どうして間違えたのか確認すること。
- 正答以外の選択肢についての解説。
- □・覚えよう　問題文に出てきた語彙・表現や、関連する語彙・表現。

問題（別冊）　とりはずし、最終ページにある解答用紙を切り離して使う。

スケジュール

JLPTの勉強開始時：第1回の問題を解いて、試験の形式と自分の実力を知る。

↓

苦手分野をトレーニング
- **文字・語彙・文法**：模試の解説で取り上げられている語・表現をノートに書き写しておぼえる。
- **読解**：毎日1つ日本語のまとまった文章を読む。
- **聴解**：模試の問題をスクリプトを見ながら聞く。

↓

第2回、第3回の問題を解いて、日本語力が伸びているか確認する。

↓

試験直前：もう一度同じ模試を解いて最終確認。

本書的使用方法

構成

本書附帶三次模擬試題。請計時並集中精神進行解答。解答結束後自行評分，對於不理解的地方和答錯的題目不要將錯就錯，請認真閱讀解說部分。

考試對策 確認日語能力考試中出現的題型，並學習適合該題型的解題方式。

解答・解說 不僅要判斷正誤，更要弄清楚自己解題錯誤的原因。
對正確答案以外的選項會有進行解說。
□・★熟記單字及表現　標示有問題中出現的詞彙、表現，以及與之相關的詞彙、表現。

試題（附冊） 使用時可以單獨取出。答題卡可以用剪刀等剪下。

備考計劃表

備考開始時：解答第 1 回試題，瞭解考試的題型並檢查自身實力。

⬇

針對不擅長的領域進行集中練習
- **文字 ・ 詞彙 ・ 語法：**將解說部分中提到的詞彙、表達抄到筆記本上，邊寫邊記。
- **閱讀：**堅持每天閱讀一篇完整的日語文章。
- **聽力：**反覆聽錄音，並閱讀聽力原文。

⬇

解答第 2 回、第 3 回試題，確認自己的日語能力有沒有得到提昇。

⬇

正式考試之前：再次進行模擬試題測驗，進行最終的確認。

日本語能力試験（JLPT）N2について

Q1 日本語能力試験（JLPT）ってどんな試験？

日本語を母語としない人の日本語力を測定する試験です。日本では47都道府県、海外では86か国（20180実施。年間のべ100万人以上が受験する、最大規模の日本語の試験です。レベルはN5からN1まで5段階。以前は4級から1級の4段階でしたが、2010年に改訂されて、いまの形になりました。

Q2 N2はどんなレベル？

N2は、旧試験の2級とほぼ同じ難易度で、「日常的な場面で使われる日本語の理解に加え、より幅広い場面で使われる日本語をある程度理解」できるレベルとされています。日本企業の求人ではN2レベル以上が求められることが多いようです。

Q3 N2はどんな問題が出るの？

試験科目は、①言語知識（文字・語彙・文法）・読解、②聴解の2科目です。詳しい出題内容は12ページからの解説をご覧ください。

Q4 得点は？

試験科目と異なり、得点は、①言語知識（文字・語彙・文法）、②読解、③聴解の3つに分かれています。各項目は0～60点で、総合得点は0～180点、合格点は90点です。ただし、3つの得点区分で19点に達していないものが1つでもあると、不合格となります。

Q5 どうやって申し込むの？

日本で受験する場合は、日本国際教育支援協会のウェブサイト（info.jees-jlpt.jp）から申し込みます。郵送での申し込みは廃止されました。海外で受験する場合は、各国の実施機関に問い合わせます。実施機関は公式サイトで確認できます。

詳しくは公式サイトでご確認ください。
https://www.jlpt.jp

關於日語能力測驗N2
（JLPT）

Q1 關於日語能力測驗（JLPT）

該考試以母語不是日語的人士為對象，對其日語能力進行測試和評定。截止2018年，在日本47個都道府縣、海外86個國家均設有考點。每年報名人數總計超過100萬人，是全球最大規模的日語考試。該考試於2010年實行改革，級別由從前4級到1級的四個階段變為現在N5到N1的五個階段。

Q2 關於N2

N2的難度和原日語能力考試2級基本相同，不僅要掌握日常生活中的常用日語，也需要在一定程度上理解更為廣泛的場景中所使用的日語。日企在招聘時大多要求應聘者的日語水平達到N2以上。

Q3 N2的考試科目

N2考試設有兩個科目：①語言知識（文字・詞彙・文法）・閱讀、②聽力。詳細出題內容請參閱解說（P8～）。

Q4 N2合格評估標準

N2考試設有三個評分單項：①語言知識（文法・詞彙・文法）、②閱讀、③聽力，通過各項得分和綜合得分來評定是否合格。各單項及格分為19分，滿分60分；綜合得分的及格分為90分，滿分180分。如果各項得分中有一項沒有達到19分，或者綜合得分低於90分都不能視為合格。

Q5 報考流程

在臺灣國內申請考試者，①必須先至LTTC（財團法人言訓練測驗中心）的官網 https://www. jlpt.tw/index.aspx 註冊會員，成為會員後才能申請受測。②接著從頁面中的選項中點選「我要報名」，申請報名的動作並依指示繳費。③完成繳費後，於第3個以上的工作天後，可以再登入系統確認是否通過報名審核。詳細的報名流程可見 https://www.jlpt.tw/WebFile/nagare.pdf 說明。而申請在日本國內考試者，可以透過日本國際教育支援協會官網（info.jees-jlpt.jp）進行報名考試。此外，於其他國家報名考試者，請諮詢各國承辦單位。各國 JLPT 檢承辦單位可以透過官網確認。

詳情請參看JLPT考試官網。

https://www.jlpt.jp

N2　題目型態及對策

語言知識（文字・語彙・文法）・讀解

問題1　漢字讀音　5題

選擇漢字的讀音

問題1　＿＿＿の言葉の読み方として最もよいものを、1・2・3・4から一つ選びなさい。

例1　この黒いかばんは山田さんのです。

1　あかい　　2　くろい　　3　しろい　　4　あおい

例2　何時に学校へ行きますか。

1　がこう　　2　がこ　　3　がっこう　　4　がっこ

答え：2、3

問題1　請從1・2・3・4中，選出＿＿的詞語最恰當的讀法。

例1　這個黑色的包包是山田的。
例2　你幾點要去學校？

答案：2、3

POINT

例1のように、読みはまったく違うけど同じジャンルのことばが選択肢に並ぶ場合と、例2のように「っ」や「゛」、長い音の有無が解答の決め手となる場合がある。例1のパターンでは、問題文の文脈からそこに入る言葉の意味が推測できることがある。問題文は全部読もう。

重點注意：此類題型大致可以分為兩種情況。如例1所示，4個選項雖然讀音完全不同，但詞彙類型相同；而例2的情況，「っ（促音）」、「゛（濁音／半濁音）」，或者長音的有無通常會成為解答的決定關鍵。諸如例1的問題，有時可以從文脈中推測出填入空白處的詞彙的意思，因此要養成做題時把問題從頭到尾讀一遍的習慣。

勉強法

例2のパターンでは、発音が不正確だと正解を選べません。漢字を勉強するときは、音とひらがなを結び付けて、声に出して確認しながら覚えましょう。一見遠回りのようですが、これをしておけば聴解力も伸びます。

學習方法：諸如例2的問題，如果讀音不正確則無法選中正確答案。學習日語漢字時，確認該漢字的讀音，並將整個詞彙大聲讀出來，邊讀邊記。這種方法不僅可以幫助我們高效記憶，也能夠間接提高聽力水平。

問題2　漢字寫法　5題

回答用平假名表示的字彙的漢字寫法。

問題2　＿＿の言葉を漢字で書くとき、最もよいものを、1・2・3・4から一つ選びなさい。

例　らいしゅう、日本へ行きます。
　1　先週　　2　来週　　3　先月　　4　来月

答え：2

問題2　句中有一個畫底線的字彙，從1、2、3、4中選擇一個最適當的漢字。

例　下週要去日本。
　1　上週　2　下週　3　上個月　4　下個月

答案：2

POINT

漢字の問題は、長く考えたら答えがわかるというものではない。時間をかけすぎず、後半に時間を残そう。

重點注意：考查漢字的問題，即使長時間思考也不一定會得到正確答案。注意不要在此類問題上耗費過多時間，要多把時間留給後半部分。

勉強法

漢字を使った言葉の意味と音と表記をおぼえるだけでなく、以下の2つをするといいでしょう。
①　同じ漢字を使った言葉を集めて単漢字の意味をチェックする。
②　漢字をパーツで分類してグルーピングしておく。

學習方法：
學習帶漢字的詞彙時，在記住該詞彙的意思、讀音和寫法的同時，也可以通過以下兩種方式進行鞏固和提高。
①收集使用同一個漢字的詞彙，確認該漢字的意思。
②按照邊旁部首將漢字進行分類，並進行分組。

問題3　詞語構成　5題

測驗派生語和複合語（將2個單字結合成1個單字）的知識。

問題（　　）に入れるのに最もよいものを、1・2・3・4から一つ選びなさい。

例　チケットを買うときは、チケットの代金と別に手数（　　）がかかります。
　1　費　　2　代　　3　賃　　4　料

答え：4

問題　從1、2、3、4中選擇一個最適合放入括弧內的答案。

例　買票的時候會收取票價和額外的手續（　）。

答案：4

POINT

要點：

　此類題型需要給單詞加上前綴或後綴，使單詞變成派生詞或者覆合詞。

・單詞前面加上漢字：未使用、準決勝、真後ろ　等等

・單詞後面加上漢字：成功率、アルファベット順、招待状　等等

・其他：１日おき、家族連れ　等等

重點注意：

　此類題型需要給單詞加上前綴或後綴，使單詞變成派生詞或者複合詞。

勉強法

意味が似た選択肢が並ぶので、意味からは選びにくいです。勉強するときは、漢字の勉強と同様、同じパーツをもつ言葉を集めて意味をチェックし、くっついたあとの形でおぼえておきましょう。
たとえば例題では、「～費」「～代」「～賃」は不正解ですが、どれも意味が似ています。「～料＝金銭」とおぼえるのではなく、「手数料、使用料、授業料、入場料」とまとめておぼえるようにしましょう。

學習方法：

由於四個選項意思相近，因此單看選項的意思是很難判斷出正確答案的。平時可以按照偏旁部首將漢字分類並確認該漢字的意思，然後記住其作為前綴或後綴時的派生詞、複合詞的意思。
比如在上述例題中，「～費」、「～代」、「～賃」是錯誤選項，但不管哪一個都跟正確答案的「～料」一樣，都表示金錢的意思。因此，不僅要理解“料”的意思，還要記住其作為後綴時的派生詞「手数料」、「使用料」、「授業料」、「入場料」。

問題４　前後關係　７題

選擇最適合放入括弧內的字彙。

問題４　（　　　）に入れるのに最もよいものを、１・２・３・４から一つ選びなさい。

例　私は（　　　）昼ご飯を食べていません。

　１　すぐ　　２　もっと　　３　もう　　４　まだ

答え：４

問題４　從１、２、３、４中選擇一個最適合放入括弧內的答案。

例　我（　　）沒吃午餐。

　１　馬上　２　還要　３　已經　４　還

答案：４

POINT

①漢字語、②カタカナ語、③動詞・形容詞・副詞の問題が出る。

重點注意：
此類題型經常考查：①帶漢字的詞彙②片假名詞彙③動詞、形容詞、副詞。

勉強法

①漢字語：勉強法は問題１、２と同じです。
②カタカナ語：カタカナ語は多くが英語に由来しています。カタカナ語の母語訳だけでなく、英語と結び付けておくと覚えやすいでしょう。「語末の“s”は「ス」（例：bus→バス）」など、英語をカタカナにしたときの変化を自分なりにルール化しておくと、初めて見る単語も類推できるようになります。
③動詞・形容詞・副詞：その単語だけでなく、よくいっしょに使われる単語とセットで、例文で覚えましょう。

學習方法：

①帶漢字的詞彙：學習方法與問題1、2相同。
②片假名詞彙：由於片假名詞彙大多來源於英語，因此結合英語進行記憶會比較輕鬆。例如，「バス」來源於英語的「bus」，「s」變成了片假名的「ス」。針對此類由英語變化而成的片假名詞彙，可以按照自己的方式對其進行整理和規則化，這樣一來，即使是生詞也能夠推測出其意思。
③動詞、形容詞、副詞：除了記住該詞彙本身的意思外，還要記住經常與該詞彙一起使用的單詞。通過例句進行記憶，可以讓印象更深刻。

問題5　近義替換　5題

選擇與畫底線處的字彙和表現意思相近的答案。

問題５　＿＿＿の言葉に意味が最も近いものを、１・２・３・４から一つ選びなさい。

例　作文を書いたので、チェックしていただけませんか。
　１　勉強　　２　提出　　３　確認　　４　準備

答え：３

問題5　句中有一個畫底線的字彙，從1、2、3、4中選擇一個意思最相近的答案。

例　作文寫好了，可以請您檢查嗎？
　1　讀書　2　提出　3　確認　4　準備

答案：3

POINT

どの選択肢を選んでも正しい文になることが多い。意味をしっかり確認すること。

重點注意：此類題型很多情況下，無論選擇哪個選項都能組成正確的句子。因此需要牢牢掌握住詞彙的意思。

勉強法

よくいっしょに使われる単語とセットで、単語の意味をおぼえていれば大丈夫。N2レベルでおぼえたほうがいい語彙はとても多いので、少しずつでも毎日勉強しましょう。

學習方法： 記住該詞彙以及經常與該詞彙一起使用的單詞的意思。N2需要記憶的詞彙非常多，所以每天的積累很重要。

問題6　用法　5題

指定字彙在使用上，選擇最適當的句子。

問題5　次の言葉の使い方として最もよいものを、1・2・3・4から一つ選びなさい。

例　楽

1　彼は今度の旅行をとても楽にしている。
2　時間がないから、何か楽に食べましょう。
3　給料が上がって、生活が楽になった。
4　みんながわかるように、もう少し楽に説明してください。

答え：3

問題5　下方有一個指定的字彙，從1、2、3、4中選擇一個最適當的答案。

例　輕鬆

1　他讓這次的旅行變得輕鬆容易。
2　沒時間了，我們輕鬆地吃點東西吧。
3　加薪之後，生活更輕鬆了。
4　請更輕鬆地說明，讓大家都能理解。

答案：3

編註　雖然經過翻譯後的中譯「輕鬆」，存在部分譯句裡看起來也是通順的；但是這裡的重點是在日文的原例句裡，例字的「楽」在另外三句裡並不通順，不能使用。

勉強法

単語の意味を知っているだけでは答えられない問題もあります。語彙をおぼえるときは、いつどこで使うのか、どの助詞といっしょに使われるか、名詞の場合は「する」がついて動詞になるのか、などにも注意しておぼえましょう。

學習方法： 此類題型，有些問題只知道詞彙的意思是無法選中正確答案的。學習詞彙時，要注意該詞彙什麼時候用在什麼地方，和哪個助詞一起使用；名詞的情況，要注意如果加上“する”是否能夠變成動詞等。

問題7　短句文法1（文法形式的判斷）　12題

選擇最適合放入句子中括弧內的答案。

問題7　次の文の（　　　）に入れるのに最もよいものを、1・2・3・4から一つ選びなさい。

例　先生の（　　　）、日本語能力試験に合格しました。
1　おかげで　　2　せいで　　3　ために　　4　からで

答え：1

問題7　從1、2、3、4中選擇一個最適合放入句中括弧內的答案。

例　（　　）老師我才能通過日文檢定測驗。
1　多虧　2　都怪　3　為了　4　因為

答案：1

POINT

文法問題と読解問題は時間が分かれていない。読解問題に時間をかけられるよう、文法問題は早めに解くこと。わからなければ適当にマークして次へ進むとよい。

重點注意：語法和閱讀不會分開計時。必須為閱讀部分確保足夠的時間。因此語法問題要儘早解答。如果遇到不會做的題，可以隨便選擇一個選項然後進入下一題。

勉強法

文法項目ごとに、自分の気に入った例文を1つおぼえておきましょう。その文法が使われる場面のイメージを持つことが大切です。

學習方法：　每個語法項目，都可以通過記憶一個自己喜歡的例句來進行學習。要弄清楚該語法在什麼時候什麼樣的情況下使用，也就是說要對使用該語法的場景形成一個整體印象。

問題8　短句文法2（句子組合）　5題

句中有4個地方畫底線，分別將字彙放入並回答標有星號處的答案。

問題8　つぎの文の ＿★＿ に入る最もよいものを、1・2・3・4から一つえらびなさい。

（問題例）
木の ＿＿＿ ＿＿＿ ＿★＿ ＿＿＿ います。
1　が　　2　に　　3　上　　4　ねこ

答え：4

問題8　下列句中有一個地方標有星號，從1、2、3、4中選擇一個最適當的答案。

（例題）
樹的 ＿＿＿ ＿＿＿ ＿★＿ ＿＿＿有。
1　是　2　在　3　上面　4　貓

答案：4

POINT

＿＿＿だけ見るのではなく、文全体を読んで話の流れを理解してから解答する。たいていは３番目の空欄が＿★＿だが、違うこともあるので注意。

要點：不要只看＿＿＿的部分，閱讀全文，瞭解文章的整體走向後再進行作答。大多數情況下＿★＿會出現在第3個空白欄處，但也有例外，要注意。

勉強法

文型の知識が問われる問題だけでなく、長い名詞修飾節を適切な順番に並べ替える問題も多く出ます。名詞修飾が苦手な人は、日ごろから、母語と日本語とで名詞修飾節の位置が違うことに注意しながら、長文を読むときに文の構造を図式化するなどして、文の構造に慣れておきましょう。

學習方法： 此類題型不僅會出現考查句型知識的問題，也會出現很多需要將一長段名詞修飾成分按照恰當的順序排列的問題。不擅長名詞修飾的人，平時要注意母語和日語中名詞修飾成分所處位置的不同；同時，在閱讀較長的句子時，可以通過將句子的結構圖式化等方法，以習慣句子的結構。

問題9　文章的文法　5題

選擇符合文章脈絡的答案。

次の文章を読んで、文章全体の内容を考えて、［例1］から［例4］の中に入る最もよいものを、1・2・3・4から一つ選びなさい。

「最近の若者は、夢がない」とよく言われる。わたしはそれに対して言いたい。［例1］、しょうがないじゃないか。子供のころから不景気で、大学に入ったら、就職率が過去最低を記録している。そんな先輩たちの背中を見ているのだ。どうやって夢を持って［例2］。しかし、このような状況は、逆に［例3］だとも考えられる。

自分をしっかりと見つめなおし、自分のコアを見つけるのだ。そしてそれを成長への飛躍とするのだ。今のわたしは高く飛び上がるために、一度［例4］状態だと思って、明日を信じてがんばりたい。

例1）1　したがって　　2　だって　　3　しかも　　4　むしろ

例2）1　生きていけというのだ　　2　生きていかなければならない

　　3　生きていってもいいのか　　4　生きていくべきだろう

例3）1　ヒント　　2　アピール　　3　ピンチ　　4　チャンス

例4）1　飛んでいる　　2　もぐっている

　　3　しゃがんでいる　　4　死んでいる

答え：2、1、4、3

閱讀下列文章並思考文章的整體內容後，從1、2、3、4中選擇一個最適合放入 例1 到 例4 的答案。

常有人說「現在的年輕人沒有夢想」。對於這樣的言論我有話想說。 例1 我們也很無奈。從小經濟就不景氣。上了大學後就業率又創新低。看著前輩們一路經歷這些低潮，如何要我們懷抱著夢想 例2 。不過，這樣的狀況換個角度思考也可以當作是一個 例3 。

好好的重新檢視自己並找出自己的核心價值。然後讓自己快速成長。把現在的狀態當作是 例4 是為了跳得更高。相信明天會更好繼續努力。

例1） 1 因此 2 因為 3 而且 4 寧可
例2） 1 活下去 2 不得不活下去 3 活著也可以 4 應該要活下去
例3） 1 暗示 2 呼籲 3 危機 4 機會
例4） 1 飛著 2 潛著 3 蹲著 4 死去

答案：2、1、4、3

POINT

以下の３種類の問題がよく出題される。

①接続詞：下記のような接続詞を入れる。空欄の前後の文を読んでつながりを考える。
- 順接：すると、そこで、したがって
- 逆接：しかし、だが、ところが、それでも、とはいえ、むしろ
- 並列：また
- 添加：そのうえ、それに、しかも、それどころか
- 対比：一方（で）
- 選択：または、あるいは
- 説明：なぜなら
- 補足：ただ、ただし、実は
- 言い換え：つまり、要するに
- 例示：たとえば
- 転換：ところで
- 確認：もちろん
- 収束：こうして

②文脈指示：「そんな～」「あの～」といった表現が選択肢となる。指示詞の先は、１つ前の文にあることが多い。ただし「先日、こんなことがありました。～」のように、後に続く具体例を指すことばが選択肢となることもある。答えを選んだら、指示詞のところに正答と思う言葉や表現を入れてみて、不自然ではないか確認する。

③文中表現・文末表現：文の流れのなかで、文中や文末にどんな表現が入るかが問われる。前後の文の意味内容を理解し、付け加えられた文法項目がどのような意味を添えることになるか考える。

重點注意：

此類題型經常會出現以下3種問題。

①接續詞：考查下列接續詞的用法。閱讀空格前後的句子，並思考相互間的聯繫。

・順接：すると、そこで、したがって
・逆接：しかし、だが、ところが、それでも、とはいえ、むしろ
・並列：また
・添加：そのうえ、それに、しかも、それどころか
・對比：一方（で）
・選擇：または、あるいは
・說明：なぜなら
・補充：ただ、ただし、実は
・改變說法：つまり、要するに
・舉例：たとえば
・轉換話題：ところで
・確認：もちろん
・收束：こうして

②文脈指示：選項中經常出現「そんな～」、「あの～」之類的表達。指示詞所指代的內容通常可以在上一個句子中找到。但是，以「先日、こんなことがありました。～」為例，指代後文中具體例子的詞語有時也會成為選項。選擇答案後，試著在指示詞的地方填入自己認為是正確答案的詞語或表達，確認是否能連接成自然的句子。

③文中表達・文末表達：結合文章走向，選擇填入文中或文末的表達。理解前後文的內容，思考選項中所使用的語法項目會賦予該選項什麼樣的意思。

勉強法

①接続詞：上記の分類をおぼえておきましょう。
②文脈指示：「こ」「そ」「あ」が日本語の文の中でどのように使われるか、母語との違いを明確にしておきましょう。
③文中表現・文末表現：日ごろから文法項目は例文ベースで覚えておくと役に立ちます。また、文章を読むときは流れを意識するようにしましょう。

學習方法：

①接續詞：記住以上分類並加以練習。

②文脈指示：明確「この」、「こんな」、「その」、「そんな」、「あの」、「あんな」等指示詞的用法，並注意和母語的區別。

③文中表達・文末表達：語法不僅需要靠平時的積累，如何學習也是非常重要的。通過例句學習和記憶語法，不失為一種有效的學習方法。另外，在閱讀文章時，要注意文章的走向。

問題10　內容理解（短篇文章）　1題×5

閱讀約200字的文章後選擇符合內容的答案。

POINT

質問のパターンはいろいろあるが、だいたいは、筆者が最も言いたい内容が問題になっている。消去法で答えを選ぶのではなく、発話意図をしっかりとらえて選ぶこと。

よくある質問
筆者の考えに合うのはどれか。
このメールを書いた、一番の目的は何か。
●●について、筆者はどのように述べているか。

重點注意：此類題型的問題形式很多，但基本上都會提問筆者在文章中最想表達什麼。解答這種問題的關鍵在於，要牢牢把握住文章的中心思想和筆者的寫作意圖，而不是用排除法。

問題11　內容理解（中篇文章）　3題×3

閱讀約500字的文章後選擇符合內容的答案。

POINT

「＿＿＿とあるが、どのような○○か。」「＿＿＿とあるが、なぜか。」のような質問で、キーワードや因果関係を理解できているか問う問題が出題される。
下線部の意味を問う問題が出たら、同じ意味を表す言い換えの表現や、文章中に何度も出てくるキーワードを探す。下線部の前後にヒントがある場合が多い。

重點注意：
以「＿＿＿とあるが、どのような○○か。」、「＿＿＿とあるが、なぜか。」為例，列出一個關鍵詞，考查對因果關係的理解，是此類題型的考查重點。
對於這種就下劃線部分的意思進行提問的問題，可以找出表示相同意思的替換表達、或者文章中反覆出現的關鍵詞。大多數情況下，可以從下劃線部分的前後文找到提示。

問題12　統合理解　2題×1

閱讀並對比兩篇約300字的文章後選擇符合內容的答案。

POINT

「～について、ＡとＢはどのように述べているか。」「～について、ＡとＢで共通して述べられていることは何か。」のような質問で、比較・統合しながら理解できるかを問う問題が出題される。前者の場合、選択肢は「ＡもＢも～」と「Ａは～と述べ、Ｂは～と述べている」の形になる。

重點注意：

該大題的提問方式比較固定，均為「～について、AとBはどのように述べているか。」、「～について、AとBで共通して述べられていることは何か。」這種形式的問題，需要綜合比較兩篇文章的內容和主張。前者的選項都是「AもBも～」和「Aは～と述べ、Bは～と述べている」這樣的形式。

問題13　內容理解（長篇文章）　3題×1

閱讀約900字的文章後選擇符合內容的答案。

POINT

「＿＿＿とあるが、どのようなものか」「○○について、筆者はどのように考えているか」「この文章で筆者が最も言いたいことは何か」のような質問で、全体として伝えようとしている主張や意見がつかめるかを問う問題が出題される。
筆者の考えを問う問題では、主張や意見を示す表現（～べきだ、～のではないか、～なければならない、など）に注目する。

重點注意：

該大題重點考察對文章整體的理解，問題通常都是「＿＿＿とあるが、どのようなものか」、「○○について、筆者はどのように考えているか」、「この文章で筆者が最も言いたいことは何か」這種詢問作者的主張或者意見的形式。

詢問筆者想法的問題，則需要注意表達筆者主張或意見的語句，該類語句通常以「～べきだ」、「～のではないか」、「～なければならない」等結尾。

勉強法

問題11～13では、まずは、全体をざっと読むトップダウンの読み方で大意を把握し、次に問題文を読んで、下線部の前後など、解答につながりそうな部分をじっくり見るボトムアップの読み方をするといいでしょう。日ごろの読解練習でも、まずざっと読んで大意を把握してから、丁寧に読み進めるという2つの読み方を併用してください。

學習方法：在問題11和13中，首先，粗略地閱讀整篇文章，用自上而下的方法來把握文章大意；然後閱讀問題，並仔細觀察下劃線部分前後的語句等，用自下而上的方法仔細閱讀與解答相關的部分。在日常的閱讀訓練中，要有意識地並用「自上而下」和「自下而上」這兩種閱讀方法，先粗略閱讀全文，把握文章大意後，再仔細閱讀。

問題14　搜尋資訊　2題×1

從約700字的廣告、手冊等內容裡找出重要資訊。

POINT

何かの情報を得るためにチラシなどを読むという、日常の読解活動に近い形の問題。初めに問題文を読んで、必要な情報だけを拾うように読むと効率がいい。多い問題は、条件が示されていて、それに合う商品やコースなどを選ぶもの。また、「参加したい／利用したいと考えている人が、気を付けなければならないことはどれか。」という問題もある。その場合、選択肢１つ１つについて、合っているかどうか本文と照らし合わせる。

重點注意：日常生活中，人們常常為了獲取信息而閱讀傳單等宣傳物品，因此，此類題型與我們日常的閱讀活動非常相近。多數情況下，需要根據問題中列出的條件選擇符合該條件的商品或課程等項目。首先閱讀問題，只收集必要的信息，然後再閱讀正文內容，這種方法效率很高。除此之外，也會出現諸如「參加したい／利用したいと考えている人が、気を付けなければならないことはどれか。」之類的問題。這種情況可以用排除法，把每個選擇項都與正文對照一下，並判斷是否正確。

勉強法

広告やパンフレットの情報としてよく出てくることばを理解しておきましょう。

（例）　時間：営業日、最終、～内、開始、終了

場所：集合、お届け、訪問

料金：会費、～料、割引、無料、追加

申し込み：締め切り、要⇔不要、最終、募集人数、定員、応募、手続きなど

學習方法：理解廣告、傳單或者宣傳小冊子中經常出現的與信息相關的詞語。

聴解

POINT

聴解試験は、時間も配点も全体の約３分の１を占める、比重の高い科目。集中して臨めるよう、休み時間にはしっかり休もう。
試験中は、いったん問題用紙にメモして、あとから解答用紙に書き写す時間はない。問題を聞いたらすぐにマークシートに記入しよう。

重點注意：
聽力的時間和得分在考試中所占比重很大，大約是全體的三分之一。因此在聽力考試開始前要好好休息，以便集中精力挑戰考試。
聽力部分時間緊張，錄音播放完畢後考試隨即結束，沒有多餘的時間把事先寫在試卷上的答案抄到答題卡上，因此考試時需要邊聽邊塗寫答題卡。

勉強法

聴解は、読解のようにじっくり情報について考えることができません。わからない語彙があっても、瞬時に内容や発話意図を把握できるように、たくさん練習して慣れましょう。とはいえ、やみくもに聞いても聴解力はつきません。話している人の目的を把握したうえで聞くようにしましょう。また、聴解力を支える語彙・文法の基礎力と情報処理スピードを上げるため、語彙も音声で聞いて理解できるようにしておきましょう。

學習方法：聽力無法像閱讀那樣仔細地進行思考。即使有不懂的詞彙，也要做到能夠瞬間把握對話內容和表達意圖，所以大量的練習非常重要。話雖如此，沒頭沒腦地聽是無法提高聽力水平的。進行聽力訓練的時候，要養成把握說話人的目的的習慣。另外，詞彙、語法和信息處理速度是聽力的基礎，因此在學習詞彙時，可以邊聽邊學，這也是一種間接提高聽力水平的方法。

問題1　理解問題　5題

聽兩個人的對話，並掌握解決問題所需要的資訊。

問題1では、まず質問を聞いてください。それから話を聞いて、問題用紙の1から4の中から、最もよいものを一つ選んでください。

状況説明と質問を聞く

病院の受付で、男の人と女の人が話しています。男の人はこのあとまず何をしますか。

▼

会話を聞く

M：すみません、予約していないんですが、いいですか。
F：大丈夫ですよ。こちらは初めてですか。初めての方は、まず診察券を作成していただくことになります。
M：診察券なら、持っています。
F：それでは、こちらの書類に症状などをご記入のうえ、保険証を一緒に出してください。そのあと体温を測ってください。
M：わかりました。ありがとうございます。

▼

もう一度質問を聞く

男の人はこのあとまず何をしますか。

▼

選択肢、またはイラスト）から答えを選ぶ

1　よやくをする
2　しんさつけんをさくせいする
3　しょるいに記入する
4　体温を測る

答え：3

首先聽問題1的提問。然後聽完對話後從題目卷上1到4中選擇一個最適當的答案。

聽狀況說明與提問

在醫院的櫃台處男性跟女性正在說話。男性在這之後首先要做什麼？

▼

聽對話

男：不好意思，我沒有預約也可以看診嗎？
女：可以的。是第一次來這裡嗎？　初診的話，要請您先製作掛號證。
男：我有帶掛號證。
女：這樣的話請您填寫完這個病歷表後連同健保卡一起給我。之後請您量體溫。
男：我知道了。謝謝。

▼

再聽一次提問

男性在這之後首先要做什麼？

▼

從選項或圖片中選擇答案

1　約診
2　製作掛號證
3　填病歷表
4　量體溫

答案：3

POINT

質問をしっかり聞き、聞くべきポイントを絞って聞く。質問は「(これからまず）何をしなければなりませんか。」というものがほとんど。「○○しましょうか。」「それはもうやったからいいや。」などと話が二転三転することも多いので注意。

重點注意：仔細聽問題，並抓住重點。問題幾乎都是「（これからまず）何をしなければなりませんか。」這樣的形式。對話過程中話題會反複變化，因此要注意「○○しましょうか。」、「それはもうやったからいいや。」這樣的語句。

問題2　重點理解　6題

聽兩個人或一個人說話，並掌握重點。

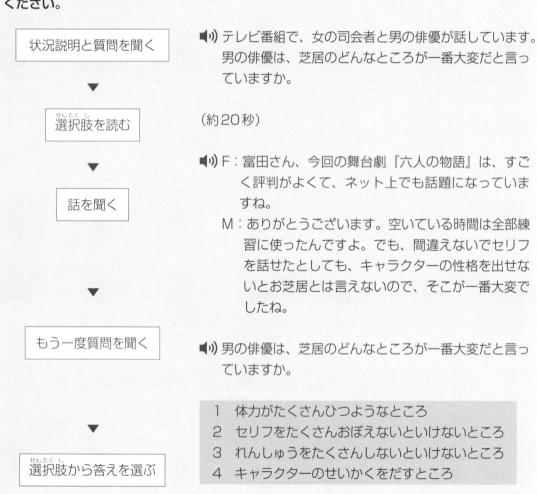

問題2では、まず質問を聞いてください。そのあと、問題用紙を見てください。読む時間があります。それから話を聞いて、問題用紙の1から4の中から、最もよいものを一つ選んでください。

状況説明と質問を聞く	テレビ番組で、女の司会者と男の俳優が話しています。男の俳優は、芝居のどんなところが一番大変だと言っていますか。
▼	
選択肢を読む	(約20秒)
▼	
話を聞く	F：富田さん、今回の舞台劇『六人の物語』は、すごく評判がよくて、ネット上でも話題になっていますね。 M：ありがとうございます。空いている時間は全部練習に使ったんですよ。でも、間違えないでセリフを話せたとしても、キャラクターの性格を出せないとお芝居とは言えないので、そこが一番大変でしたね。
▼	
もう一度質問を聞く	男の俳優は、芝居のどんなところが一番大変だと言っていますか。
▼	
選択肢から答えを選ぶ	1　体力がたくさんひつようなところ 2　セリフをたくさんおぼえないといけないところ 3　れんしゅうをたくさんしないといけないところ 4　キャラクターのせいかくをだすところ

答え：4

首先聽問題2的提問。之後看題目卷。有閱讀選項的時間。然後聽完內容後從題目卷上1到4中選擇一個最適當的答案。

聽狀況說明與提問	電視節目裡女主持人和男演員正在說話。男演員說戲劇表演哪裡最辛苦？
▼	
閱讀選項	（約20秒）
▼	
聽對話	女：富田先生，這次的舞台劇《六個人的故事》廣受好評，網路上也掀起熱烈討論。 男：謝謝。我把所有空閒的時間都投入在練習上。不過就算能一字不漏的說出所有台詞，如果不能展現出角色的個性，就稱不上是戲劇表演，這點最辛苦。
▼	
再聽一次提問	男演員說戲劇表演哪裡最辛苦？
▼	1　需要大量體力 2　需要背誦大量台詞 3　需要大量練習 4　需要展現出角色的個性
從選項中選擇答案	答案：4

POINT

質問文を聞いたあとに、選択肢を読む時間がある。質問と選択肢から内容を予想し、ポイントを絞って聞くこと。問われるのは、原因・理由や問題点、目的、方法などで、日常での聴解活動に近い。

重點注意：聽完問題後，會有時間閱讀選項。從問題和選項預測接下來要聽的內容，並抓住重點聽。此類題型的對話場景很接近日常生活，問題通常會涉及到原因、理由、疑問點、目的或方法等等。

問題3　概要理解　5題

聽兩個人或一個人說話，並掌握內容主題或說話者想表達的重點。

問題3では、問題用紙に何もいんさつされていません。この問題は、全体としてどんな内容かを聞く問題です。話の前に質問はありません。まず話を聞いてください。それから、質問とせんたくしを聞いて、1から4の中から、最もよいものを一つ選んでください。

状況説明を聞く	日本語学校で先生が話しています。
▼ 話を聞く	F：みなさん、カレーが食べたくなったら、レストランで食べますか、自分で作りますか。カレーはとても簡単にできます。じゃがいも、にんじん、玉ねぎなど、自分や家族の好きな野菜を食べやすい大きさに切って、ルウと一緒に煮込んだらすぐできあがります。できあがったばかりの熱々のカレーももちろんおいしいのですが、実は、冷蔵庫で一晩冷やしてからのほうがもっとおいしくなりますよ。それは、冷めるときに味が食材の奥まで入っていくからです。自分で作ったときは、ぜひ試してみてください。
▼ 質問を聞く	先生が一番言いたいことは何ですか。
▼ 選択肢を聞く	1　カレーを作る方法 2　カレーをおいしく食べる方法 3　カレーを作るときに必要な野菜 4　カレーのおいしいレストラン
▼ 答えを選ぶ	**答え：2**

問題3的題目卷上沒有印刷任何字。這題是要測驗是否能掌握整體內容。內容播放前沒有提問。首先聽內容。然後聽完提問和選項後，從題目卷上1到4中選擇一個最適當的答案。

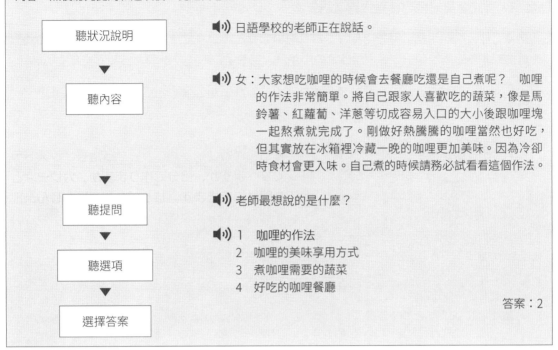

聽狀況說明

🔊 日語學校的老師正在說話。

▼

聽內容

🔊 女：大家想吃咖哩的時候會去餐廳吃還是自己煮呢？　咖哩的作法非常簡單。將自己跟家人喜歡吃的蔬菜，像是馬鈴薯、紅蘿蔔、洋蔥等切成容易入口的大小後跟咖哩塊一起熬煮就完成了。剛做好熱騰騰的咖哩當然也好吃，但其實放在冰箱裡冷藏一晚的咖哩更加美味。因為冷卻時食材會更入味。自己煮的時候請務必試看看這個作法。

▼

聽提問

🔊 老師最想說的是什麼？

▼

聽選項

🔊 1　咖哩的作法
2　咖哩的美味享用方式
3　煮咖哩需要的蔬菜
4　好吃的咖哩餐廳

▼

選擇答案

答案：2

POINT

話題になっているものは何か、一番言いたいことは何かなどを問う問題。細部にこだわらず、全体の内容を聞き取るようにする。とくに「つまり」「このように」「そこで」など、要旨や本題を述べる表現や、「～と思います」「～べきです」など、話し手の主張や意見を述べている部分に注意する。

重點注意：對話圍繞什麼話題展開，最想表達什麼，是此類題型的考查重點。不要在細節上糾結，要把握好對話全體的內容。對於「つまり」、「このように」、「そこで」等表述重點或者中心思想的表達，以及「～と思います」、「～べきです」這類表述說話人主張或意見的部分，需要特別注意。

問題4　臨時反應　12題

聽發問、委託等簡短內容後選擇適當的答案。

問題4では、問題用紙に何もいんさつされていません。まず文を聞いてください。それから、それに対する返事を聞いて、1から3の中から、最もよいものを一つえらんでください。

質問などの短い発話を聞く

▼

選択肢を聞く

▼

答えを選ぶ

F：あれ、まだいたの？　とっくに帰ったかと思った。

M：1　うん、思ったより時間がかかって。
　　2　うん、予定より早く終わって。
　　3　うん、帰ったほうがいいと思って。

答え：1

問題4的題目卷上沒有印刷任何字。首先聽內容。然後從1到3中選擇一個最適當的回覆。

聽發問等簡短內容

▼

聽選項

▼

選擇答案

女：你還在啊？我以為你早走了。

男：1　對啊，比我想的還要花時間。
　　2　對啊，比預期的還要早完成。
　　3　對啊，我想還是回家好了。

答案：1

勉強法

問題4には、日常生活でよく使われている挨拶や表現がたくさん出てきます。日頃から注意しておぼえておきましょう。文型についても、読んでわかるだけでなく、耳から聞いてもわかるように勉強しましょう。

學習方法：在問題4中，會出現很多日常生活中經常使用的問候和表達方式。如果平時用到或者聽到這樣的話語，就將它們記下來吧。句型也一樣，不僅要看得懂，也要聽得懂。

問題5　統合理解　4題

比較多方資訊並理解內容。

問題5では、長めの話を聞きます。この問題に練習はありません。
問題用紙にメモをとってもかまいません。
1番、2番　問題用紙に何もいんさつされていません。まず話を聞いてください。それから、質問とせんたくしを聞いて、1から4の中から、最もよいものを一つ選んでください。

状況説明を聞く	🔊 家族3人が、娘のアルバイトについて話しています。
▼	
会話を聞く	🔊 娘：ねえ、お母さん、わたし、アルバイト始めたいんだ。いいでしょう？ 母：まだ大学に入ったばかりなんだから、勉強をしっかりやったほうがいいんじゃないの？ 娘：でも、友達はみんなやってるし、お金も必要だし…。お父さんだって、学生時代アルバイトやってたんでしょう？ 父：そうだな…。じゃあ、アルバイトはしないで、お父さんの仕事を手伝うのはどうだ？　1時間1000円出すよ。 娘：えっ、本当に？　やるやる。 母：よかったわね。でも、大学の勉強も忘れないでよ。
▼	
質問を聞く	🔊 娘はなぜアルバイトをしないことにしましたか。
選択肢を聞く	🔊 1　大学の勉強が忙しいから2　お金は必要ないから 3　母親に反対されたから　4　父親の仕事を手伝うから
答えを選ぶ	**答え：4**

問題5屬於長篇內容。這題沒有練習題。可以在題目卷上做筆記。
第1題跟第2題的題目卷上沒有印刷任何字。首先聽內容。然後聽完提問和選項後，從1到4中選擇一個最適當的答案。

聽狀況說明

▼

聽內容

▼

聽提問

聽選項

選擇答案

🔊 一家三口正在家裡談論女兒打工的事。

🔊 女1：那個，媽。我想要去打工。沒問題吧？
女2：妳才剛上大學，應該好好唸書比較好吧？
女1：可是我的朋友都有在打工，而且我也需要錢…。像爸爸在學生時代也有打過工吧？
男：是啊…。那，還是妳別去打工，來幫忙爸爸的工作吧？一小時可以付妳1,000日圓喔。
女1：咦，真的嗎？那我要做。
女2：太好了呢。不過，別忘了大學也要好好唸書喔。

🔊 女兒為什麼決定不去打工了呢？

🔊
1　因為學業繁忙　　　2　因為不需要錢
3　因為媽媽反對　　　4　因為要幫爸爸做事

答案：4

POINT

1番と2番では、質問と選択肢がわからないまま1分〜1分半の会話を聞かなければならない。ポイントになりそうなことをメモしながら聞く。

第1題和第2題，需要在不知道提問和選項的情況下聽一段1分鐘到1分半鐘的對話。在聽的同時把關鍵信息寫下來。

3番　まず話を聞いてください。それから、二つの質問を聞いて、それぞれ問題用紙の1から4の中から、最もよいものを一つ選んでください。

選択肢を読む

1　Aグループ　　　2　Bグループ
3　Cグループ　　　4　Dグループ

状況説明を聞く

🔊 あるイベントの会場で、司会者がグループ分けの説明をしています。

一人の話を聞く

▼

🔊 司会者：今から性格によって4つのグループに分かれていただきたいと思います。まず、Aグループは「社交的なタイプ」の方。それから、Bは、「まじめで几帳面タイプ」の方、Cは、「マイペースタイプ」の方、Dは「一人でいるのが好きなタイプ」です。では、ABCDと書かれた場所に分かれてお入りください。

二人の会話を聞く

M：僕はよく研究者っぽいって言われるから、Dなのかなあ。

F：そう？　マイペースなだけなんじゃない？　それに、一人でいるとこなんて見たことないよ。

M：そう言われるとそうだな。じゃあ、あっちか。

F：私はどうしよう。

M：うーん、君はけっこう細かいんじゃない？　時間にもうるさいし。

F：そっか。じゃ、こっちにしよう。

二つの質問を聞く

選択肢から答えを選ぶ

質問１、男の人はどのグループですか。質問2、女の人はどのグループですか。

答え：3、2

第3題　首先聽內容。然後聽完兩題提問後，各從題目卷上1到4中選擇一個最適當的答案。

閱讀選項

1　A組　　2　B組
3　C組　　4　D組

聽狀況說明

在一個活動會場上主持人正在說明如何分組。

聽一個人說話

主持人：現在請各位依照個性分組。首先A組是「社交型」的人。然後B組是「認真且一絲不苟型」、C組是「隨心所欲型」、D組是「喜歡獨處型」的人。那麼請各位分別走到寫有ABCD的地方。

聽兩個人對話

男：我常被說像是學者，這樣應該是D吧。

女：是嗎？應該就只是比較隨心所欲吧。而且我沒有看過你一個人喲。

男：被你這麼一說好像是這樣。那我去那邊。

女：那我呢？

男：嗯…你不是很細心嗎？也很準時。

女：是喔。那我來這邊。

聽兩題提問

從選項中選擇答案

提問1男性屬於哪一組？提問2女性屬於哪一組？

答案：3、2

POINT

ある話に関する説明を聞いたあと、それについて二人が話す会話を聞く。説明部分は、問題用紙に書かれた選択肢の周りにメモをしながら聞くこと。そのメモを見ながら会話部分を聞き、答えを選ぶ。

該題分為兩個部分，首先聽一段對某事物或某話題進行的敘述說明，之後再聽兩個人針對該敘述說明進行的對話。在聽第一部分的敘述說明時，可以邊聽邊在試題的選項旁邊做筆記，然後邊看筆記邊聽第二部分的對話，並選擇正確答案。

試題中譯（注意事項）

語言知識（文字・語彙・文法）・讀解　問題1

★ 選項中標示「×」時，指無此發音之詞彙（專有名詞除外），為混淆用選項。
★ 當選項中的假名一音多義時，只取一近義詞或任意擇一使用；此外，當選項恰巧符合某日語中鮮用的單一生僻詞彙時亦有列出。

語言知識（文字・語彙・文法）・讀解　問題2

★ 選項中標示「×」時，指無此漢字搭配之詞彙（專有名詞除外），為混淆用選項。

語言知識（文字・語彙・文法）・讀解　問題6

★ 中譯後標有「×」時，指因日文文法本身就不通，故翻譯後中文也會怪異。重點注意，有些錯誤選項中的中譯看起來雖然能通，但重點是在日文裡是不通的。

語言知識（文字・語彙・文法）・讀解　問題7

★ 選項中標示「×」時，指該詞語以下幾種狀況：①無意義、②也許有意義但無法與題目構成文法、③無法使問題通順。

時間的分配

考試就是在和時間賽跑。進行模擬測驗時，也要確實地計算自己作答的時間。
下表為大致的時間分配。

言語知識（文字、語彙、文法）・讀解　105分鐘

問題 問題	問題数 問題數	かける時間の目安 大題時間分配	1問あたりの時間 小題時間分配
問題1	5題	1分鐘	10秒
問題2	5題	2分鐘	20秒
問題3	5題	3分鐘	35秒
問題4	7題	4分鐘	35秒
問題5	5題	3分鐘	35秒
問題6	5題	5分鐘	1分鐘
問題7	12題	6分鐘	30秒
問題8	5題	6分鐘	70秒
問題9	5題	6分鐘	70秒
問題10	4篇短文	13分鐘	1篇2分30秒
問題11	2篇中篇文章	21分鐘	1篇7分鐘
問題12	2題	8分鐘	—
問題13	1篇長文	10分鐘	—
問題14	資訊情報1則	8分鐘	—

聴解　50分

聴解は、「あとでもう一度考えよう」と思わず、音声を聞いたらすぐに答えを考えて、マークシートに記入しましょう。

聽力部分，不要總想著「我待會再思考一遍」，聽的同時就要思考答案，然後立刻填寫答題卡。

第1回　解答・解説

解答・解説

合格模試　解答用紙

N2 言語知識（文字・語彙・文法）・読解

第1回

受験番号 Examinee Registration Number		名前 Name	

〈ちゅうい　Notes〉

1. **くろいえんぴつ（HB、No.2）でかいてください。**
   Use a black medium soft (HB or No.2) pencil.
   （ペンやボールペンではかかないでください。）
   (Do not use any kind of pen.)
2. **かきなおすときは、けしゴムできれいにけしてください。**
   Erase any unintended marks completely.
3. **きたなくしたり、おったりしないでください。**
   Do not soil or bend this sheet.
4. **マークれい** Marking Examples

よいれい Correct Example	わるいれい Incorrect Examples
●	⊗ ✓ ○ ◎ ◉ ⦶ ●

問題1

1	1	●	3	4
2	1	2	●	4
3	1	2	●	4
4	1	2	●	4
5	●	2	3	4

問題2

6	1	●	3	4
7	1	2	●	4
8	1	2	3	●
9	●	2	3	4
10	●	2	3	4

問題3

11	1	2	3	●
12	●	2	3	4
13	1	●	3	4
14	1	●	3	4
15	1	2	●	4

問題4

16	1	●	3	4
17	1	2	●	4
18	1	2	3	●
19	1	2	●	4
20	1	2	3	●
21	1	●	3	4
22	1	●	3	4

問題5

23	1	●	3	4
24	●	2	3	4
25	1	2	●	4
26	●	2	3	4
27	1	●	3	4

問題6

28	1	●	3	4
29	●	2	3	4
30	1	2	3	●
31	1	●	3	4
32	1	●	3	4

問題7

33	1	●	3	4
34	1	2	3	●
35	1	●	3	4
36	●	2	3	4
37	●	2	3	4
38	1	●	3	4
39	●	2	3	4
40	1	●	3	4
41	1	2	3	●
42	1	●	3	4
43	1	2	●	4
44	1	●	3	4

問題8

45	1	2	●	4
46	●	2	3	4
47	1	2	●	4
48	1	2	3	●
49	1	●	3	4

問題9

50	1	2	3	●
51	●	2	3	4
52	1	2	3	●
53	1	2	3	●
54	1	●	3	4

問題10

55	1	2	●	4
56	1	2	●	4
57	1	2	3	●
58	●	2	3	4
59	1	●	3	4

問題11

60	●	2	3	4
61	1	●	3	4
62	1	2	3	●
63	1	●	3	4
64	1	●	3	4
65	●	2	3	4
66	1	2	●	4
67	1	●	3	4
68	1	2	3	●

問題12

69	1	●	3	4
70	1	2	3	●

問題13

71	●	2	3	4
72	1	2	●	4
73	1	2	3	●

問題14

74	●	2	3	4
75	1	2	3	●

合格模試　解答用紙

N2 聴解

第1回

受験番号 Examinee Registration Number		名前 Name	

〈ちゅうい　Notes〉

1. **くろいえんぴつ（HB、No.2）でかいてください。**
   Use a black medium soft (HB or No.2) pencil.
   （ペンやボールペンではかかないでください。）
   (Do not use any kind of pen.)
2. **かきなおすときは、けしゴムできれいにけしてください。**
   Erase any unintended marks completely.
3. **きたなくしたり、おったりしないでください。**
   Do not soil or bend this sheet.
4. **マークれい** Marking Examples

よいれい Correct Example	わるいれい Incorrect Examples
●	⊗ ✓ ○ ◎ ⊜ ⦶ ●

問題1

例	①	②	●	④
1	①	②	③	●
2	①	②	●	④
3	①	②	●	④
4	①	②	●	④
5	①	②	③	●

問題2

例	①	②	③	●
1	①	②	●	④
2	●	②	③	④
3	①	②	●	④
4	①	●	③	④
5	①	②	③	●
6	①	②	●	④

問題3

例	①	●	③	④
1	●	②	③	④
2	①	②	●	④
3	①	②	③	●
4	①	②	③	●
5	①	●	③	④

問題4

例	●	②	③
1	①	②	●
2	①	②	●
3	●	②	③
4	●	②	③
5	●	②	③
6	①	●	③
7	①	●	③
8	●	②	③
9	①	●	③
10	①	②	●
11	①	②	●
12	①	●	③

問題5

1		①	●	③	④
2		①	②	●	④
3	(1)	①	●	③	④
	(2)	●	②	③	④

第1回　得分表和分析

		配分	答對題數	分數
文字・語彙・文法	問題1	1分×5題	／5	／5
	問題2	1分×5題	／5	／5
	問題3	1分×5題	／5	／5
	問題4	1分×7題	／7	／7
	問題5	1分×5題	／5	／5
	問題6	1分×5題	／5	／5
	問題7	1分×12題	／12	／12
	問題8	1分×5題	／5	／5
	問題9	1分×5題	／5	／5
	合　計	54分		a ／54

計算看看如何換算成60分。　a [　　] 分÷54×60＝ A [　　] 分

		配分	答對題數	分數
讀解	問題10	3分×5題	／5	／15
	問題11	3分×9題	／9	／27
	問題12	3分×2題	／2	／6
	問題13	3分×3題	／3	／9
	問題14	3分×2題	／2	／6
	合　計	63点		b ／63

b [　　] 分÷63×60＝ B [　　] 分

		配点	正答数	点数
聽力	問題1	2分×5題	／5	／10
	問題2	2分×6題	／6	／12
	問題3	2分×5題	／5	／10
	問題4	1分×12題	／12	／12
	問題5	3分×4題	／4	／12
	合　計			c ／56

c [　　] 分÷56×60＝ C [　　] 分

A B C 這三個項目中，若有任一項低於48分，
請在閱讀解說及對策後，再挑戰一次。（48分為本書的及格標準）

※此得分表的各項配分，是由ASK出版編輯部依據題目難度所設定的配分。

語言知識（文字・語彙・文法）・讀解

◆ 文字・語彙・文法

問題1

1 2 ぶんみゃく

脈　ミャク

文脈（ぶんみゃく）：文章條理、文章的前後關係

1 文章（ぶんしょう）：文章
3 文字（もじ）：文字
4 文句（もんく）：不滿、牢騷

2 3 ひがい

被　ヒ

害　ガイ

被害（ひがい）：受害、損失

1 損害（そんがい）：損害、損失

3 3 ろんじる

論　ロン

論（ろん）じる：論述、闡述

1 信（しん）じる：相信
2 感（かん）じる：感覺
4 演（えん）じる：演、表演

4 3 ぎみ

風邪気味（かぜぎみ）＝風邪（かぜ）っぽい。咳（せき）や鼻水（はなみず）が少（すこ）し出（で）るような様子（ようす）。（好像感冒了。有輕微咳嗽和流鼻水等症狀。）

5 1 しょうじた

生（しょう）じる：發生

3 生（なま）：生、鮮
4 生（い）きる：活、生存

問題2

6 2 制度

制　セイ

制度（せいど）：制度

7 3 毒

毒　ドク

毒（どく）：毒

1 香（かお）り：香氣
2 枝（えだ）：樹枝
4 液（えき）：液體

8 4 性格

性　セイ

格　カク

性格（せいかく）：性格

1 正確（せいかく）：正確

9 1 納得

納　ノウ、ナッ／おさ・める

得　トク／え・る、う・る

納得（なっとく）する：認可、理解

10 1 破れる

破　ハ／やぶ・れる、やぶ・る

破（やぶ）れる：破、爛

2 割（わ）れる：碎、裂
3 壊（こわ）れる：毀、壞
4 折（お）れる：折、斷

問題3

11 4 率

成功率：成功率

12 1 不

不可能：不可能

13 2 者

容疑者：嫌疑犯

14 2 準

準決勝：準決賽

15 3 大

大通り：大馬路

問題4

16 2 黒字

黒字：盈餘、賺錢

⇔赤字（虧損、賠錢）

17 3 長年

長年＝長い間（多年、長時間）

4 永遠：永遠

※「年月」和「月日」這兩個詞彙不具有「長久」的含意。

18 4 いばって

いばる：吹牛、擺架子

1 したう：敬仰、愛慕
2 受け持つ：承擔、負責
3 思いつく：想到、想起

19 3 順調

順調に回復する：順利恢復

1 慎重：慎重
2 順番：順序
4 重要：重要

20 4 手続き

手続き：手續

1 傷の手当てをする：治療傷痛
2 庭の手入れをする：修整庭院
3 手書きで：用手寫

21 2 標識

標識：標識、標誌

1 横断：橫穿
3 方面：方向、方面
4 通行：通行

22 2 さっぱり

さっぱりわからない＝ぜんぜんわからない（完全不知道、完全不懂）

問題5

23 2 想像以上に

思いのほか＝想像以上に（比想像的還要～）

1 予定外に：預定之外
3 予想通り：意料之中
4 思わず：不禁、不由得

24 1 全部で

延べ：累計、總計

2 平均して：平均
3 少なくとも：至少
4 おそらく：恐怕、很可能

25 3 いつも

絶えず＝いつも（不斷的）

26 1 考え方

見解＝考え方（見解）

27 2 ずっと前に

とっくに＝ずっと前に（早已經）

1 さきほど：剛才

3 ようやく：終於

4 いつのまにか：不知不覺

問題6

28 2 作業がすべて完了した。已經完成所有的工作。

完了する＝（作業などが）最後まで終わる

完成＝（工作等）做到最後

29 1 せっかく料理を作ったのに、だれも食べてくれなかった。特地做了菜卻沒有人要吃。

せっかく～のに：特地～卻。努力或花時間做了某是，卻沒有達到預期的效果

30 4 台風が接近しているので、ドライブは中止しよう。颱風逐漸接近，我們不要去兜風了。

接近する：接近

31 2 ほめると彼のためにならないと思って、あえて注意したんだ。想說讚美對他沒有幫助，所以我反而給了他忠告。

あえて：硬是、反而。特地做了不必要的動作、強行。

1 全部今日中に終わらないなら、せめてこれだけでも片付けたい。如果今天之內沒辦法做完全部的話，至少希望可以整理好這些。

せめて：至少、起碼

3 今はまだすることがないから、とりあえず掃除でもしていてください。現在還沒有事情可以做，反正就請你先打掃。

とりあえず：姑且

32 2 彼は早口なので、もう少しゆっくりしゃべってもらいたい。他說話很快，希望他可以放慢速度說話。

早口：說話快

3 あの記者は辛口な評論で有名だ。那名記者以毒辣的評論聞名。

辛口な評論：毒舌辣嘴的評論，嚴厲的評論

4 こっちの道のほうが近道だよ。這條路比較近喲。

近道：近路

問題7

33 2 のもとで

～のもとで＝～の影響が及ぶ範囲で（在～的影響範圍內）

34 4 ともかく

～はともかく＝～はどうかわからないが／～はいいとはいえないが

姑且不論＝我不知道～但是～ / 稱不上好，但是～

3 まだしも：勉強可以接受：負面評價時使用。

35 2 ことには

～しないことには＝～しなければ

如果不～就無法～＝如果不～

36 1 かぎり

～しないかぎりは＝～しない間は（只要不～）

37 1 かと思うと

[動詞のた形]（か）と思うと＝～してすぐに（做完～之後馬上就～）

38 2 考えられがちです

「考えられ」是「考える」的被動型。
～しがち＝～することが多い
有～傾向＝經常會～

39 1 お吸いになる

用「お～になる」表達尊敬。

40 2 につれ

～するにつれ＝～するとだんだん（～之後漸漸的）

41 4 さえ

まだ立つことさえ＝まだ（動くことはもちろん）立つことも
連站都還不會＝（不用說是行動）連站都還不會

舉一個極端的例子來強調自己想說的事。

42 2 おそれ

～するおそれがある＝～する可能性がある（有可能會～）

※可能會發生壞事時使用。不會用在好事上。

43 3 帰るまいか

～（よ）うか～まいか＝～するか～しないか（要不要）

44 2 起こりうる

～しうる＝～する可能性がある（有可能會～）

※好事壞事都有可能。

問題8

45 3

今月発売されたゲームに、2<u>子供</u>　1<u>ばかりか</u>　3<u>大人</u>　4<u>まで</u>　夢中になっている。

這個月推出的遊戲，2<u>小孩</u>1<u>不用說</u>，3<u>大人</u>4<u>也都</u>愛不釋手。

AばかりかBまで＝AはもちろんBも（不用說A就連B）

夢中になる：入迷、著迷

一般而言只有小孩會對遊戲著迷，因此用「不只小孩」表示。

46 1

彼と映画に　4<u>行きたくない</u>　2<u>わけではないが</u>　1<u>できれば</u>　3<u>遠慮したい</u>　と思っている。

4<u>不想去和他看電影</u>2<u>雖也不是，但</u>1<u>盡可能</u>3<u>想避免</u>。

～ないわけではない＝ぜんぜん～ないことはない

不是不想～＝不是完全不想～（委婉拒絕時使用。）

行きたくないわけではないが、できれば遠慮したい＝絶対に行きたくないということはないが、行かなくていいなら、行きたくない
不是不想去陪他看電影，但想盡可能避免＝不是絕對不會去，但如果可以不去則不想去。

47 3

ご両親と　4よく　2話し合った　3うえで　1受験する　学校を決めてください。

請跟父母4好好2討論3後再決定要1報考的學校。

～たうえで＝まず～てから

之後＝首先～再～

48 4

彼の発音は、2スピーチコンテストで　1優勝した　4だけ　3あって　日本人並みだ。

2演講比賽中獲得1優勝的人4不愧3是他，發音跟日本人一樣。

～だけあって：強調“與地位或努力相符”的心情（不愧是…）

～並み＝跟～一樣

49 2

夏は　3緑色だった　1山が　2寒くなるにつれて　4次第に白くなっていく　様子を写真に撮っています。

從照片可以看出夏天3綠油油的1山2隨著天氣轉涼4漸漸變得雪白的模樣。

問題9

50 4 ところがあります　有～一面

這裡的「決められているところ（決定好的地方）」＝「決められている職場（決定好的工作）」。如果是「決められているものです（沒有例外）」則表示所有的工作都一樣。「決められているところです（正在決定）」意思是「今、決められている途中だ（現在正在做決定）」。

51 1 として

マナーとして＝マナーの名目で（禮儀上、以禮儀為名義）

52 4 与えかねません

～かねない＝～てしまう可能性がある

可能會～＝可能造成～

※「～」放入不好的事。

53 4 それで

[接続詞（接續詞）] 的問題，要注意接續詞前後的句子。

要仔細閱讀句子的前後關係再回答接續詞的問題。前面有寫出穿高跟鞋的缺點，後面表示「不斷出現這樣的聲音」，所以用順接「因此」是正確的。

54 2 ではないでしょうか

這篇文章是在說「強制要求穿高跟鞋是問題所在」，因此1和3是錯的。問題不是一件壞事，因此4「～てしまう（不小心做了某動作而感到後悔）」不適當。2「～てはないでしょうか（不是嗎）」雖然是疑問句，但實際上是作者在表達個人意見「強制要求穿高跟鞋是問題所在」。

◆ 読解

問題10

（1）55 3

立ちあがろうと思いながらも、立ちあがるきっかけが見つからない人にとっては、＜がんばれ＞という言葉は、じつにちからづよく、ありがたいものだと思います。

しかし、そうでない人もいる。（中略）そのような人にむかって、人はどうすることができるのか。

そばに座ってその人の顔を見つめ、その人の手の上に自分の手を重ね、ただ黙って一緒に涙をこぼしているだけ。それくらいしかできません。そして、そういうこともまた大事なことだと思うのです。

對於想振作卻苦無機會的人來說，＜加油＞這句話就像是一劑強心針，可以振奮人心。

但也有人不適合用這種方式鼓勵。（中間省略）對於這樣的人，我們能為他做什麼呢？

我們只能坐在他的身邊，專注的凝視著他；把自己的手放在他的手上方，默默的陪他一起哭泣。我們能做的只有這樣。這樣的陪伴也是很重要的。

＜かんばれ（加油）＞如果說加油沒有用，安靜的陪著對方一起哭也很重要。

★熟記單字及表現

□力強い：強有力的
□ありがたい：難得的、值得慶幸的
□見つめる：注視
□重ねる：重疊起來
□黙る：沉默不語
□涙をこぼす：流淚

(2) 56 3

ＡＳＫ株式会社

松村様

この度は、数ある会社の中から、弊社の製品にご興味を持っていただきありがとうございます。ホームページよりお問い合わせいただきました製品について、概算のお見積書を添付ファイルにてお送りしますので、ご確認ください。ぜひ一度お会いして、貴社の詳しいご希望などをうかがい、詳細なお見積をご提案したいと思っております。

お忙しいとは存じますが、ご都合いかがでしょうか。

ご返信お待ちしております。

株式会社ＡＢＣ

田中次郎

ASK 股份有限公司
松村先生
這次感謝您在眾多公司中對敝公司的產品感到興趣。附件是您透過網頁詢問的商品的初步報價單，請您確認。希望能親自拜訪您，在充份了解貴公司的需求後，提供您更詳盡的報價。
想必您一定很忙，不知道您何時有空？
靜待您的回覆。
ABC 股份有限公司
田中次郎

最後詢問對方的時間。也就是說，最主要的目的就是跟對方約好見面。

★熟記單字及表現

□**弊社**：敝公司。恭謙的稱呼自己公司的說法
□**概算**：概算
□**見積書**：報價單
□**添付ファイル**：添付文件
□**貴社**：貴公司。禮貌性稱呼對方公司的說法
□**詳細な＝詳細的**
□**お忙しいとは存じますが、**：想必您一定很忙。商業書信裡詢問對方時間時固定用語
□**何卒よろしくお願い申し上げます。**：請您務必幫忙。商業書信裡經常使用的結尾問候語
□**ご都合いかがでしょうか。**：不知道您何時有空。「予定はどうですか（你什麼時候有空）」的禮貌性說法

(3) 57 4

息子は小さいとき靴下が大嫌いでした。足が火照るらしく、靴下を見ると逃げ出したものです。

ある冬の朝、寒いので無理やり履かせたら、「きゃっ」と叫び「靴下の中にハリネズミがいる!」と脱いでしまいました。

私はびっくりしてすぐ靴下の中を見たのですが、ハリネズミはもういません。(中略)

子どもとつきあうには、子どもに負けない、自由で軟らかな頭が必要です。(中略)

もし向こうがこちらにとんでもない話を投げかけてきたら、私はさらに想像力を加えて投げ返します。

我兒子小時候很討厭襪子。他覺得襪子會讓腳發熱，所以一看到襪子就逃走。

有一年冬天因為天氣寒冷，我硬是幫他穿上了襪子。他大叫著說：「襪子裡有刺蝟！」，就把襪子脫了。

我嚇了一跳立刻往襪子裡瞧，刺蝟已經不見了。（中間省略）

跟孩子相處需要不輸給孩子的靈活、且懂得變通的頭腦。（中間省略）

如果孩子對我說了什麼天馬行空的話，我會回他更富有想像力的話。

覺得襪子會讓腳發熱，所以不想穿。因為如此兒子說了「とんでもない（天馬行空）」的話。事實上根本沒有刺蝟。

★熟記單字及表現

□とんでもない：出乎意外、不合情理

(4) 58 1

販売会のご案内

近隣にお住まいのみなさまには、いつも本校へのご理解を賜り、まことにありがとうございます。

私どもの学校は、今年創立25周年を迎えるにあたり、学生たちが作ったお菓子やパンの販売会を行います。これらの商品は、普段、学校内の店舗でも販売しておりますが、販売会では、お菓子を15%引き、パンを10%引きで販売いたします。さらに、これらの商品を**1,000円分以上お買い上げいただいたお客様に限り、学内レストランの1,800円のランチコースを特別価格の1,200円**にいたします。この機会にぜひご来校ください。

「承蒙街坊鄰居～誠摯的謝意。」這句話是問候語，所以不是重點

※「今年適逢敝校創校25週年」＝「因為今年是學校創校以來第25年」

點心和麵包購買超過1000日圓，就可以在餐廳裡用便宜的價格享用午餐套餐。

園遊會公告

承蒙街坊鄰居一直以來對本校的支持，在此表達誠摯的謝意。

今年適逢敝校創校 25 週年，學生將在園遊會上販賣親手做的點心和麵包。雖然這些商品平時在學校裡的商店也買得到，但這次的園遊會將以點心 85 折、麵包 9 折的價格販售。此外，**只有購買商品超過 1000 日圓的顧客，可以在學校餐廳裡以 1200 日圓的特別價格購買價值 1800 日圓的午餐套餐**。請大家務必把握這次的機會蒞臨本校。

熟記單字及表現

□販売：販賣
□～に限り：～だけ（只有）
□価格：價格

(5) 59 2

人間は、苦痛や不幸をもたらすもの、危険なものになると、飛躍した結論を出す傾向があるように思う。一度痛い目にあったら、それと同種のものは無条件に避けるよう、論理を無視して飛躍した判断を下すのではないだろうか。「すべての蛇には毒がある」と断定した方が、「蛇によっては毒をもたないかもしれない」と考えるよりも安全なのだ。人間は、論理を犠牲にしても、安全に生き延びようとしているのではないだろうか。

人類只要遇到會帶來苦痛或不幸、危險的東西，就會直接下定論。只要受過一次傷害，就會無條件的避開同種類的東西，無視理論、用跳躍性的思維來下判斷。「所有蛇都有毒」這樣斷定比起「根據種類，也有蛇可能沒有毒」的想法還要安全。人類寧願犧牲理論，也要安全的活下去。

從跟苦痛、不幸、危險有關的事情中選擇不合理的例子。

熟記單字及表現

□苦痛：痛苦
□不幸：不幸
□結論：結論
□傾向：傾向
□痛い目：慘痛經驗
□無条件：無條件
□避ける：規避、避開
□論理＝理論（理論）
□無視する：無視
□判断を下す：做出判斷
□蛇：蛇
□毒：毒
□断定する：斷定

問題11

(1) 60 1　61 2　62 4

彼女は、偽ウォークマンに、だめになりかかっているイヤホンのコードをぐるぐると巻き付けて、そいつを大事そうにベッドサイドに置いて、かけぶとんを頭からかぶった。

自分が、ゴミのようにあつかっていたパチンコの景品が、家族とはいえ別の人間の手に渡って、こんなに大切にされている。

これは、①**ちょっとショックだった**。

なんでも買えばある。なくしても、買えばいい。

60**古くなったら新しいのを買う。**

高いものは簡単には買えないけれど、値段の安いものなら、いくつでも買える。

60**知らず知らずのうちに、自分にそう考えるくせがついていたらしい。**

「大衆消費社会」の構造がそうなっているからだとか、ものを大切にするべきだとか、べつに理論や倫理で考えたわけではない。

「偽物の不細工なウォークマン」で好きなテープを聴き、寝る前に60・61**いかにも古くさいイヤホンをぐるぐる巻き付けてそいつをしまう、その姿のほうが、かっこよく思えたのだった。**

うらやましい気持ちになったのだ。

その、うらやましがられた本人さえも忘れているだろう「小さすぎる事件」が、どこに行ったときだったのかすら憶えていないが、

「こいつのほうが、②**かっこいい**」

と思ったことは、いつまでも忘れないようにしようと、そのときのぼくは決めていた。

だから、ずっと憶えているのだ。

62**人が、他の人やものを大事にしているのを見るのは、気持ちがいい。**

人やものを、粗末にあつかうのを見るのは、見苦しい。（中略）

62**「豊かであると信じていたことが、じつは貧しい」と気づかせられることは、けっこうあったのだ。**

60　看到愛惜舊物的人才發覺自己變成「東西舊了買新的就好」會這樣想的人。

61　覺得愛惜物品這樣的行為很帥。

62　筆者認為，與其東西一個接著一個買，好好的愛惜一樣物品才是富足。

她把快要壞掉的耳機線纏繞在冒牌的隨身聽上，小心翼翼的擺在床頭櫃上，然後用綿被蓋住頭。

我當作垃圾對待的柏青哥店的景品，到了雖然說是家人、但也只是他人的手裡後，反而被如此珍惜著。

我看到①**有點震驚**。

東西買就有了。東西不見可以再買。

60 東西舊了可以買新的。

雖然昂貴的東西沒有那麼容易想買就買，但如果價格便宜，想買幾個都可以。

60 不知不覺中自己也變成這種思考模式。

這就是「消費主義」啦，應該要愛惜物品啦，我不是用這類理論或倫理去思考。

用「冒牌且不精緻的隨身聽」來聽喜歡的卡帶，睡前 **60・61 將已經老舊的耳機線卷好收著。我覺得這樣樣子比較帥氣。**

自己心裡覺得很羨慕。

雖然已經不記得那個可能連讓人感到羨慕的本人也忘了的「超小事情」是什麼時候發生的，但是、

「這傢伙②**比較帥**」

當時的我決定永遠都不能忘記這種感覺。

因此我一直記得。

62 如果看到其他人或物品被愛惜～著，心情～就會好。

看到人或東西被隨便糟蹋時心裡就覺得難受。（中間省略）

62「我們一直深信的富足其實很貧乏」，能體會到這個現象的經驗其實很多。

★熟記單字及表現

□コード：(絕緣電）線

□巻きつける：卷、纏

□～の手に渡る＝～のものになる（變成別人的東西）

□くせ：習慣、癖好

□構造：構造

□姿：姿態、身影

□うらやましい：羨慕

□粗末：不愛惜、糟蹋

(2) 63 2　64 2　65 1

教育のタテマエ（意識）は子どもを成長させ幸福にするが、その無意識（裏の真実）は**63子どもの無限な可能性をただ一つ近代的個人（市民・国民）へ向けて規格化しようとする。**知識を教えるとはそういうことである。知識を持たない人は認めないということである。個々の子どものそれぞれ固有の希望や期待に応えようとするものではないのだ。

だが、ひとというものは近代や「知」や文化に背を向けて独自の「私」を生きるわけにはいかない。ひとは近代的個人の装いを成せるようになって初めて、自らの内的な固有性（私そのものの独自性）を生き延びさせることができる。自己の「自分」性（独自性）は、自己が公共的存在になることによって確認されてくるものでもある。近代的個人のありようは、憲法やその他の法によって規格が提示されている。**64「個」の自由が成立するのは、現実の生活レベルでは、法やルールや道徳の規制の下だけである。**一人ひとりの固有の独自性がそれぞれに発揮され始めたら、社会は破壊され、法が黙っていない。**65教育や学校は、法の下で積極的な市民生活を営めるように子どもを育て上げることにその使命がある。**（中略）学校や教育は単に「知識を学ぶ」だけでは、すまないのである。この点こそが、学校の本来的な役割なのだ。

雖然說教育的表面上的方針（意識）是要讓孩子成長、給孩子幸福，但教育的無意識（背後真實的目的）是要 **63 將孩子的無限可能性規格化成為一個現代的個人（市民、國民）**。傳授知識就是指這個，沒有知識的人不會被認同。教育並不是要滿足每個孩子各自持有的希望和期待。

但是，人是無法與現代、「知識」和文化背道而馳，以獨自的「我」來生存的。人是在成為現代的個人後，自身內在的獨特性（自己本身的獨自性）才能發展生存。自己「本身」的特質（獨自性）也是透過公共性的存在才得以確認。現代化個人的真實模樣是透過憲法和其他法律呈現。**64 現實生活中「個人」的自由，只在法律、規定和道德的規範下成立**。如果每個人開始發揮自己特有的獨自性，社會秩序就會被破壞，而法律不會坐視不管。**65 在法律的規範下積極的經營市民生活、培育孩子，這才是教育和學校的使命**。（中間省略）學校和教育的目的不僅止於「學習知識」。這才是學校原本的功能。

63　教育是要讓孩子遵照一定的規格成長。

64　「在法律、規定和道德的規範下」＝「沒有違反社會規定和道德」

65　「在法律的規範下積極的經營市民生活」＝「在法律和規定範圍內保持獨特性」

★熟記單字及表現

□成長する：成長　□幸福：幸福　□無意識：無意識
□無限：無限　□可能性：可能性　□近代：近代
□個人：個人、個體　□希望：希望　□期待：期待
□自ら：親自　□公共：公共　□存在：存在
□憲法：憲法　□成立する：成立　□現実：現實
□発揮する：發揮　□本来：本來、原來　□役割：職責

(3) 66 3　67 2　68 4

66 **この世で、最高に重要でおもしろく複雑なものは「他者」つまり「人間」で、その人たち全般に対する感謝、畏敬、尽きぬ興味などがあれば、常日頃「絡んだ絆」のド真ん中で暮らすことになっている自分の立場も肯定する**はずだろう、と思う。地震があってもなくても、それが①**人間の普通の暮らし方**というものなのだ。

今まで、自分一人で気ままに生きて来て、絆の大切さが今回初めてわかったという人は、お金と日本のインフラに頼って暮らしていただけなのだ。身近の誰かが亡くなって初めて、自分の心の中に、空虚な穴が空いたように感じた、寂しかった、かわいそうだった、ということなのかもしれないが、67 **失われてみなければ、その大切さがわからない**というのは、人間として②**想像力が貧しい**証拠だと言わねばならない。

それに人間の、68 **他の人間の存在が幸せかどうか深く気になってたまらないという心理**は、むしろ③**最低限の人間の証**ということで、そういうことに一切関心がないということは、その人が人間でない証拠とさえ言えるのかもしれないのだ。常に、現状が失われた状態を予測するという機能は、むしろ人間にだけ許された高度な才能である、と言ってもいいかもしれない。

66 **這個世界上最重要、有趣且複雜的就是「他人」，也就是「人類」。如果人能對所有事物都保持著感謝、敬畏以及旺盛的好奇心，那麼也就能從「緊密關係」的日常生活中自我肯定**。不管有沒有地震，這才是①**人類平常的生活方式**。

一直以來都過著隨心所欲的生活，現在才第一次了解到「情誼」重要性的人，過去不過是仰賴著金錢和日本的基礎建設生活著。或許在身邊的誰過世後才第一次感覺到空虛，覺得寂寞、可憐，但 67 **沒有失去過就不會懂得珍惜**，不得不說這就是身為一個人，②**缺乏想像力的證據**。

此外，68 **人類非常關心其他人的幸福，這樣的心理**不如說是③**做人最基本的條件**。如果對一切事物都毫不關心，這樣的人說不定連人都稱不上。隨時能預想「無法維持現狀的狀況」這樣的能力，或許可以說是只有人類才有的高度才能。

66　①前面的「それ(這)」是指這部份。

67　選擇失去重要的人之前無法想像會失去，在失去後才感到困擾的這個選項。

68　選擇跟這部份相似的選項。

★熟記單字及表現

- □全般（ぜんぱん）：全體、整體
- □頼る（たよる）：依靠
- □証拠（しょうこ）、証（あかし）：證據、證明
- □関心（かんしん）：感興趣
- □現状（げんじょう）：現狀
- □機能（きのう）：機能、功能
- □肯定（こうてい）：肯定
- □失う（うしなう）：失去
- □心理（しんり）：心理
- □常に（つねに）：經常、總是
- □予測する（よそくする）：預測
- □高度（こうど）：高度、高等
- □才能（さいのう）：才能、才華

問題12

69 2　70 4

A

私が住む市の動物園に、ゾウ2頭がタイからやって来ることになったそうだ。市の動物園では、3年前に、40年以上市民に愛されてきたゾウが死んでしまって以来、ゾウが1頭もいなくなっていた。去年、私も動物園へ行ったが、入口からすぐの、何もいないゾウのエリアを見て、寂しさを感じた。動物園はさまざまな動物を実際に見られる貴重な場所であり、69 **中でもゾウは、動物園のシンボル的な存在だ**。そんな中で、今回、外国から新たにゾウ2頭を受け入れるというニュースは、70 **市民にとって喜ばしいニュースだ。** 動物園も工事を行い、新しいゾウが快適に暮らせるよう、ゾウ舎の整備を進めているということである。

聽說我居住的城市的動物園要增加兩隻從泰國來的大象。自從三年前，受市民喜愛40年以上的大象過世後，市立動物園裡就沒有大象了。去年我也有去動物園。看到入口處旁的大象區裡頭空蕩蕩的，心裡覺得很寂寞。動物園是可以實際看到各種動物的珍貴地方。69 **其中大象更是動物園的象徵**。因此這次要從國外接受兩隻新的大象 70 **對市民來說是大好消息**。為了能讓新的大象舒適的生活，動物園也開始施工整理大象的家。

B

動物園からゾウが姿を消しているそうだ。海外から輸入され、国内各地の動物園で親しまれてきたゾウだが、来日してから数十年が経ち、寿命を迎えていることに加えて、ワシントン条約により取引が厳しく制限されているためだ。確かに、69 **ゾウは動物園の象徴的な動物**で、ゾウに限らず普段目にすることのできない動物を近くで見られる機会は貴重だ。しかし、70 **私は動物園へ行くと、それが動物たちにとって本当に良い生活環境なのかと疑問に感じる**。特に、ゾウやキリンのように大きい動物が、あんなに小さい場所で育てられているのを見ると、苦しそうで見ていられない。動物園からゾウが減っているのを残念がる人もいるかもしれないが、今後、無理に外国から新たな動物を受け入れる必要はないのではないだろうか。

69　シンボル＝象徵性的存在

70　A表示「對市民來說是大好消息」，整體來說是肯定的文章。B對動物生活在狹小空間裡的生活環境感到疑惑。

聽說現在動物園裡已經看不到大象了。由於從海外運送來、在國內各地動物園都可以看到的大象已經在日本生活了數十年，來到生命的盡頭，再加上華盛頓條約嚴格的貿易限制所致。的確，**69 大象是動物園的象徵**。不僅是大象，能夠近距離看到不常見的動物是很寶貴的機會。但是 **70 每次去動物園我都會不禁懷疑這裡對動物們真的是好的生活環境嗎**。特別是不忍心看到大象跟長頸鹿這樣的大型動物生活在如此小的空間生活。或許有人覺得動物園裡沒有大象很可惜，但是我認為今後沒有必要特別從國外運來新的動物。

★熟記單字及表現

□貴重な：貴重
□快適：舒適
□整備：整修
□経つ：（時間）流逝
□寿命：壽命
□象徴的な：象徵性的
□疑問：疑問
□苦しい：痛苦

問題13

71 1　72 3　73 4

日本揮発油社長の鈴木義雄にインタビューのため、定刻かっきりにいったら、秘書の女の子がでてきて「すみませんが、二分間だけお待ち下さい」といった。

社長族の仕事が分刻みであることくらいはしっていたが、＜それにしても恐ろしく几帳面な会社だなぁ＞と、やや皮肉な気持で時計を眺めていたら、本当に二分かっきりに鈴木が現われた。

そこで、インタビューのきっかけに「私がお待ちしていた二分間に社長はどんな仕事をされたのですか？」と少々意地の悪い質問をぶつけてみた。

「実はあなたがこられる前に、経営上の問題で、ある部長と大激論をたたかわせていたのです。当然、**72 険しい顔をしてやっていたでしょうから、その表情を残したままで、あなたに会うのは失礼だ**と思い、秘書に二分だけ暇をくれ、といったのです」

そして、その二分間に「姿見の前に立って、顔かたちを整えた」という。

文章的脈絡

鈴木社長→採訪前整理自己的表情

司社長→每天早上照鏡子調整自己的相貌

71 自分で自分の顔つきをちゃんと知っていることは、自分自身を知るのと同じくらいに難しいだろう。

さすがなものだ、と**ひどく心を打たれた**。

この鈴木よりも、もう一歩進んでいるのは「世界のブック・ストア」丸善相談役の司忠である。

72 司は出勤前に必ず鏡の前に立って、自分の顔をうつす。じっと眺めていて、我ながら<険悪な相だな>と思った時には、一所懸命、顔の筋肉をゆるめて柔和な表情にする。

「人相は自らつくるもの」というのが司の信念だからだ。

司の六十年間の経験によれば「人相というものは朝と晩とでも変わる。自分の心の状態を恐ろしいほど敏感にうつし出す。だから、人相は始終変わる。（中略）自分の心がけ一つで、自らの相をなおして開運することができる。（中略）もし、嘘だと思うなら、早速、明日から鏡に写る自分と対話をはじめてみるといい。それはやがて、自分の心との対決であることに気がつくだろう。私は、この鏡と自分との対決を六十余年間、一日として欠かしたことはない。それでもまだ、修業が足りないから、高僧のような風貌には達していないが、少なくとも前日の不快をもち越すようなことは絶対にない、と断言できる。また、人と折衝したり、人に注意を与える場合なども、まず鏡に向かって自分の相を整えるがよい。鏡は常に無言だが、人の心を赤裸々に写し出してくれる」という。

為了採訪日本汽油公司的社長鈴木義雄，我在約定的時間抵達後，一位女秘書出來對我說：「不好意思，請您再等兩分鐘就好。」

雖然我知道社長的工作繁忙，以分鐘為單位規劃行程，<但這公司也太嚴謹了吧>我用帶點挖苦的心情望著時鐘，鈴木先生果真在兩分鐘後準時出現。

因此我藉著採訪的機會，有點不懷好意的提問「鈴木先生在我等待的那兩分鐘做了什麼呢？」

「其實在您抵達前因為經營上的問題我跟一位部長有著很激烈的爭論。**72 想必我的表情一定很險惡，如果用那樣的表情跟您見面實在失禮**，所以我請秘書給我兩分鐘的時間。」

然後利用那兩分鐘「站在鏡子前調整表情」。

71 可以清楚知道自己的表情這應該跟了解自己般一樣困難吧。

不愧是社長，我**內心感到無比敬佩**。

比鈴木先生進入更高境界的是擔任「世界的書店」丸善集團的顧問司忠先生。

71 之前的文章就有提到。

72 兩個人都是與人接觸時，如果臉上帶有不好的情緒時會去調整表情。

73 這篇文章是在敘說能控制自己的情緒，並調整面相的兩位社長的故事。

72 司先生在上班前一定會站在鏡子前確認自己的臉。

盯著自己的臉，如果覺得自己＜相貌很可怕＞，就努力放鬆臉部的肌肉讓表情柔和。

「面相是可以自己創造的」這是司先生的信念。

根據司先生六十年的經驗，「早上和晚上的面相會不一樣。自己內心的狀態會驚人的如實呈現在臉上，因此面相會不斷改變。（中間省略）我一直提醒自己調整自己的面相可以開運。（中間省略）如果你不相信事不宜遲明天就開始和鏡子裡的自己對話。不久後你就會發覺要跟自己的內心對抗。我這六十幾年來每天都在跟鏡子與自己對抗。雖然我的修行還不夠，仍無法達到像高僧般的風貌，但至少絕不會將前一天內心的不愉快延續到隔天。此外，在要與對方交涉，或是給對方建議時，最好先照鏡子整理好自己的表情。雖然鏡子不會說話，但卻能真實的反映出人心」。

★**熟記單字及表現**

□分刻み：每隔一分鐘
□恐ろしく：在這裡是「とても（非常）」的意思
□皮肉：挖苦、諷刺
□眺める：凝視、注視、眺望
□険しい：嚴厲、可怕
□表情：表情
□我ながら：連自己都…
□筋肉：肌肉
□始終：始終

問題14

74 1　**75** 4

ASKフィットネスクラブ

●24時間営業　●年中無休　●シャワールーム完備
●マシン使い放題　●スタッフアワー　10：00～20：00

春の特別キャンペーン実施中!!

【特典①】3月31日までにご入会された方は、入会金5400円が無料！

【特典②】3月分会費もいただきません！　4月分会費は半額！

【特典③】２名以上で同時にご入会された方は、初回手数料全員無料！

ぜひ、この機会にご家族やご友人をお誘いの上、ご入会ください！

見学はいつでも受け付けています。ご都合のよい日時をご連絡ください。

もちろん見学のみでもＯＫ！

会費（1か月）

◆24時間会員	7,800円	24時間いつでも
◆平日昼間会員	4,800円	月～金、午前6時～午後5時（祝日除く）
◆平日夜間会員	6,500円	月～金、午後5時～翌日午前6時（祝日除く）
◆休日会員	6,800円	土日祝日なら時間を問わず、いつでも

会費のほかに、入会金5,400円と初回手数料3,000円がかかります。

≪入会手続きに必要なもの≫

1. 住所がわかる身分証明書（運転免許証、健康保険証、在留カードなど）
2. 会費を引き落とす銀行のキャッシュカードもしくは通帳と印鑑
   ＊ご本人、またはご家族の名前のものに限ります。
3. **入会金と初回手数料および初回2か月分の会費**
   ＊入会金と初回手数料、初回分の会費のお支払いは現金のみとさせていただきます。

＊本キャンペーン特典①～③は、初めて入会される方と退会後1年以上経った方に適用されます。

＊退会後1年未満で再入会される方は、本キャンペーン特典①～③の対象外です。

ASKフィットネスクラブ
まずはお気軽にお電話ください。　TEL：0120-××××-000
ネットからのお問い合わせもできます。　www.ask-cm.com

75　平日白天會員3月份會費0日圓（活動②）+4月份會費半價2,400日圓（活動②）+入會費0日圓（活動①）+首次入會手續費3,000日圓（因為只有1人加入會員，所以不適用活動③）。

74　松本先生是重新申請入會，所以不能參加特別活動。平日夜間會員會費2個月13,000日圓+入會費5,400日圓+首次入會手續費3,000日圓＝21,400日圓。

第1回　文字・語彙　文法　讀解　聽解　試題中譯

ASK 健身中心

●24 小時營業●全年無休●完善淋浴設備

●器材無使用限制●櫃檯人員服務時間　10：00 ～ 20：00

春季特別活動實施中！！

【活動①】3 月 31 日前加入會員，免入會費 5400 日圓！

【活動②】3 月份免會費！ 4 月份會費半價！

【活動③】2 名以上同時加入會員，全員免收首次入會手續費！

請務必趁這次機會結伴親朋好友申請入會！

隨時接受參觀申請。請連絡我們想參觀的日期和時間。

只有參觀也歡迎！

會費（1 個月）

24 小時會員 7800 日圓　24 小時任何時段

平日白天會員 4800 日圓　週一～週五、上午 6 點～下午 5 點（國定假日除外）

平日夜間會員 6500 日圓　週一～週五、下午 5 點～隔天上午 6 點（國定假日除外）

假日會員 6800 日圓　週末和國定假日任何時段

除了會費，另收入會費 5400 日圓和首次入會手續費 3000 日圓。

≪申請入會所需文件≫

1・記載地址的身分證件（駕照、健保卡、簽證等）

2・繳納會費的提款卡或存褶及印章

※ 限本人或家人的名字。

3・入會費、首次入會手續費和預繳 2 個月會費

※ 入會費、首次入會手續費和預繳的會費只收現金。

※ 本活動①～③限首次入會或退會 1 年以上的人使用。

※ 退會未滿 1 年者不適用本活動①～③。

ASK 健身中心

歡迎來電洽詢 TEL：0120-xxx-000

網路詢問請至 www.ask-cm.com

★熟記單字及表現

□**使(つか)い放題(ほうだい)**：隨便使用

□**実施(じっし)**：實施

□**特典(とくてん)**：優惠

□**会費(かいひ)**：會費

□**手数料(てすうりょう)**：手續費

□**お支払(しはら)いは現金(げんきん)のみとさせていただきます**＝只收現金（不能使用信用卡）

□**退会(たいかい)**：退會　⇔入会(にゅうかい)（入會）

□**対象外(たいしょうがい)**：對象之外

聽解

問題1

例　3

N2_1_03

病院の受付で、女の人と男の人が話しています。男の人はこのあとまず、何をしますか。

F：こんにちは。

M：すみません、予約はしていないんですが、いいですか。

F：大丈夫ですが、現在かなり混んでおりまして、１時間くらいお待ちいただくことになるかもしれないのですが…。

M：１時間か…。大丈夫です、お願いします。

F：はい、承知しました。こちらは初めてですか。初めての方は、まず診察券を作成していただくことになります。

M：診察券なら、持っています。

F：それでは、こちらの書類に症状などをご記入のうえ、保険証と一緒に出してください。そのあと体温を測ってください。

M：わかりました。ありがとうございます。

男の人はこのあとまず何をしますか。

醫院的櫃檯處女性跟男性在說話。男性在這之後首先要做什麼？

女：午安。
男：不好意思，沒有預約也可以看診嗎？
女：可以。但是現在候診的病人很多，可能要等１個小時左右⋯。
男：１個小時啊⋯。沒關係，我可以等，麻煩你了。
女：好的，我知道了。請問是第一次來嗎？初診的話，要請您先製作掛號證。
男：我有帶掛號證。
女：那樣的話，請您填寫完這個病歷表後，連同健保卡一起給我。之後請您量體溫。
男：我知道了。謝謝。

男性在這之後首先要做什麼？

1番　4

🔊 N2_1_04

会社で、男の人と女の人が話しています。女の人はこのあとまず何をしますか。

M：明日の部長の送別会なんだけど、田中さん、急な打ち合わせが入って来られなくなっちゃったんだって。聞いた？

F：え、そうなんですか。困ったなあ。もうレストラン、予約しちゃったんですよ。お金ってどうすればいいでしょう。

M：キャンセルできないの？　前日までなら、だいたいキャンセルできるんじゃない？

F：はい。でも、レストランの**1ホームページに「予約のキャンセルは二日前まで」って書いてあって**…。

M：そっかあ。あ、そういえば、山田さん、別の部署だけど、うちのメンバーも知ってるし、誘ってみる？　僕、連絡先、知ってるよ。

F：でも、うちの部署の送別会ですし、**2うちのメンバーだけのほうがいい**んじゃないでしょうか。

M：そうか、それもそうだね。じゃあ、田中さんには悪いけど、お金だけ出してもらう？

F：うーん、送別会には来ないのに、なんだか申し訳ないですよね。

M：一度、**4レストランに電話して、キャンセルできないか、聞いてみたら？**

F：**はい、そうしてみます。**もし、キャンセルできなかったら、お金のこと、またご相談してもいいですか。

女の人はこのあとまず何をしますか。

公司裡男性跟女性正在說話。女性在這之後首先要做什麼？

男：明天是部長的歡送會，聽說田中臨時要參加一個會議不能來了，你知道嗎？
女：真的嗎？真是傷腦筋。已經訂好餐廳了。那錢怎麼辦？
男：不能取消嗎？不是通常最晚可以在用餐的前一天取消？
女：對，但是餐廳的**1網頁有寫「取消預約必須兩天前告知」**。
男：這樣啊。對了，要不要約山田？雖然他隸屬於別的部門，但也認識我們部門的人。我有他的連絡方式喲。

1　因為是用餐的前一天，所以無法在網路上取消預約。

2　因為山田是別的部門的人，所以不邀請他。

3　對話裡沒有提到。

4　○

女：但這是我們部門的歡送會，**2 只有我們部門的人比較好吧**。
男：這樣啊，說的也是。那麼，雖然對田中不好意思，但我們還是請他出錢，如何？
女：嗯。但是他沒有要來參加歡送會，總覺得對他不好意思。
男：要不要 **4 打給餐廳問看看能不能取消呢？**
女：**好，我問看看。**如果不能取消我再跟你討論錢的事。

女性在這之後首先要做什麼？

★熟記單字及表現

□打ち合わせ：磋商、商量　　□連絡先：聯繫方式

2番　3

N2_1_05

大学で、女の人と男の人が話しています。女の人はこのあとまず何をしますか。

F：明後日までに提出のレポート、もう終わった？

M：うん。昨日先生に提出したよ。中山さんは？

F：うーん、思ってたより調べるのに時間がかかっちゃって、まだ全然。

M：中山さんのテーマって、「現代の若者の少子高齢化社会に対する意識」だっけ？　どうやって調べてるの？

F：**1 図書館で「少子高齢化」について書いてある専門的な本を検索して、たくさん読んでみた**んだけど。でも、全然わからなくて…。私にとっては難しくってしょうがなかったよ。

M：そっかあ。じゃあ、専門的な本じゃなくて、入門書とか、**2 もっと簡単な本から読んでみたら？**

F：うーん、大学のレポートだから専門の本がいいかなって思ったんだけど…。

M：まあね。でもわからなかったら意味ないからね。**3 インターネットで調べてみる**のもいいと思うよ。怪しい情報には注意しなきゃいけないけど。

F：そうだね、そうする。ありがとう。書けるような気がしてきた。

女の人はこのあとまず何をしますか。

1　已經查詢過了。

2　男性提議，但女性沒有說「要讀」。

3　○

4　調查之後才寫報告。

大學裡女性跟男性正在說話。女性在這之後首先要做什麼？

女：你做好後天要交的報告了嗎？
男：嗯。昨天交給老師了。中山呢？
女：這個嘛，花在調查上的時間比我想像的還要久，還完全不行。
男：中山的題目是「現代年輕人對少子高齡化社會的意識」嗎？你怎麼調查的？
女：**1 我在圖書館查詢有關「少子高齡化」的專業書籍，雖然讀了很多**但都看不懂…。對我來說太艱深了。
男：這樣啊。那你要不要讀看看非專業書籍，**2 從更簡單的書開始閱讀**，像是入門書籍啦。
女：這個嘛，因為是大學的報告，我以為專業書籍會比較好…。
男：是啦，但聽不懂的話讀也沒有意義。**3 用網路查資料**也不錯喲，只是要注意內容的真實性。
女：也對，就這麼辦。謝謝。我有信心可以寫出報告了。

女性在這之後首先要做什麼？

★ **熟記單字及表現**

□**若者**：年輕人　　□**少子高齢化**：少子老齡化
□**意識**：意識　　□**検索する**：檢索、搜索

3番　3

N2_1_06

デパートで男の人と店員が話しています。男の人はこのあといくら払いますか。

M：すみません。きのう、こちらのお店で財布を買ったものなんですが…。実は、間違えて別の財布を買ってしまいまして…まだ箱から出していないんですが、交換ってできますか。

F：はい、未使用でしたらできますよ。

M：そうですか。よかったです。それで、こちらの財布がほしかったものなんですが…。

F：昨日お買い求めいただいたのが20000円の財布で、こちらの商品が15000円ですので、差額の5000円をお返しします。レシートはお持ちですか。

M：はい。これです。

昨天買的皮夾是20000日圓。想買的皮夾是15000日圓。因為是用信用卡付款，所以要先拿回20000日圓，然後再付15000日圓。不能使用1000日圓的折價券→付15000日圓

F：あ、クレジットカードでのお支払いでしたか。カードですと一度20000円お返しして、改めて商品代を全額頂戴することになりますがよろしいでしょうか。

M：はい。結構です。あ、昨日、1000円割引のクーポンをもらったんですが、これは使えますか。

F：そちらのクーポンは20000円以上の商品にしかお使いいただけないんです…申し訳ありません。

男の人はこのあといくら払いますか。

百貨公司裡男性跟店員正在說話。男性在這之後要付多少錢？

男：不好意思。這是我昨天在這間店買的皮夾。是這樣的，我不小心買錯款式了。我還沒有打開來用過，可以換嗎？
女：可以的。如果沒有用過就可以換。
男：這樣啊，太好了。那麼，這款才是我想要買的。
女：昨天您買的是 20000 日圓的皮夾，這款是 15000 日圓，所以我要退您差額 5000 日圓。請問您有帶收據嗎。
男：有的。在這裡。
女：啊，您是用信用卡付款的嗎。如果是用信用卡付款的話，我要先退 20000 日圓給您，然後再跟您收取商品的總額，這樣可以嗎？
男：好，可以的。啊，昨天有拿到 1000 日圓的折價券，這個可以用嗎？
女：那個折價券只能使用在 20000 日圓以上的商品，不好意思。

男性在這之後要付多少錢？

★熟記單字及表現

□未使用：還沒使用過
□差額：差額
□レシート：收據
□改めて：重新
□全額：全額
□頂戴する：「もらう（接受）」的禮貌說法。

4番　3

🔊 N2_1_07

男の人と女の人が話しています。男の人はこのあとまず、何をしますか。

M：来月から一人暮らしを始めるんですけど、小林さんって今、一人暮らしですよね。引っ越しのとき、気をつけることとかってありますか。

F：そうですね。私が引っ越しのとき大変だったのは、1 **電気やガスの契約**でした。電気はすぐできたけど、ガスの契約は時間がかかりましたよ。1 **引っ越しの三日前までに**は連絡しておいたほうがいいと思います。

M：なるほど。ほかには？

F：あとは、2 **新しい日用品を買っておくこと**かな。特にフライパンとか、キッチンのもの。実家には当たり前のようにあるから、つい忘れちゃうんですよね。あ、あと、引っ越し屋さんの予約はもうしましたか。

M：いえ、まだ何も。

F：3 **引っ越し屋さんの予約、早くしたほうがいいですよ**。予約する日が引っ越す日に近ければ近いほど、値段も高くなるんです。4 **段ボールに荷物をつめてからじゃ間に合いませんよ**。

M：そうなんですか。じゃあ、すぐしたほうがいいですね。ありがとうございます。

男の人はこのあとまず、何をしますか。

1・2・4　不需要現在馬上做

3　○

男性跟女性正在說話。男性在這之後首先要做什麼？

男：我從下個月開始一個人住。小林現在也是一個人住吧。搬家的時候有什麼需要注意的事嗎？

女：對啊。我搬家的時候比較麻煩的是 1 **電跟瓦斯的合約**。電馬上就處理好了，但瓦斯的合約花了一點時間處理。1 **搬家三天前**先跟瓦斯公司連絡比較好。

男：原來如此，其他呢？

女：還有要先買好 2 **新的日常用品**吧。特別是平底鍋啦廚房用具。老家一定有的東西不小心就會忘了要準備。啊，還有你跟搬家公司預約了嗎？

男：還沒，都還沒有連絡。

女：3 **早點跟搬家公司預約比較好喲**。預約日期越接近搬家日，價格就越高。4 **東西裝箱之後才連絡會來不及喲**。

男：這樣啊。那我趕緊連絡比較好。謝謝。

男性在這之後首先要做什麼？

★ 熟記單字及表現

□一人暮らし：獨自生活　　□日用品：日用品
□実家：父母家、老家　　□予約をとる＝予約する（預約）
□～ば～ほど：越～越～

5番　4

N2_1_08

会社で、男の人と女の人が話しています。女の人はこのあとまず、何をしますか。

M：はぁ。もう最悪だよ。

F：どうしたんですか。

M：今日の夕方の会議の資料、一生懸命作ったはいいものの、載せる表を1つ間違えちゃってさ。100部も印刷したのに、全部ダメになっちゃったんだ。また印刷し直さなくちゃ。今日、これからすぐ営業で取引先に行かなきゃならないし……。

F：ええ、それは大変ですね。手伝いましょうか。

M：いいの!?　ありがとう。じゃあ、正しい**2資料のデータをメールで送る**から、それ、印刷してもらえるかな。100部。

F：わかりました。あ、でも、**3 10時から課長と面談**なんです。あと1時間くらいしかないので、その後でもいいですか。

M：うん。会議は4時からだから、**1午後で大丈夫**だよ。

F：わかりました。

M：あと、**4もうすぐ僕宛に荷物が届くんだ。代わりにサインもお願いしていいかな。**

F：わかりました。じゃあ、やっておきます。

M：ありがとう。よろしくね。

女の人はこのあとまず、何をしますか。

公司裡男性跟女性正在說話。女性在這之後首先要做什麼？

男：啊，糟糕了。
女：怎麼了？
男：今天傍晚會議要用的資料好不容易做好了，結果上面有一個表格是錯的。已經印好100份了，全部不能用。要重印現在又得出門去拜訪客戶…。

1　下午印也可以。

2　要寄資料的是男性。

3　會議是10點開始。

4　○

女：那可麻煩了。要我幫忙嗎。

男：可以嗎？謝謝。那我 **2 用電子郵件寄給你正確的資料**，可以請你印 100 份嗎？

女：我知道了。啊，但是 **3 我 10 點要跟部長開會**，現在離 10 點只剩 1 小時，那之後再用可以嗎？

男：嗯，會議是 4 點，**1 下午用也可以**。

女：我知道了。

男：還有，**4 等一下會有我的包裹送到**，你可以幫我簽收嗎。

女：我知道了，那我就幫你簽收。

男：謝謝，麻煩你了。

女性在這之後首先要做什麼？

熟記單字及表現

□最悪（さいあく）：最糟糕　　　　□載せる（のせる）：登載
□面談（めんだん）：面談　　　　　　□～宛（あて）：寄給…

問題2

例　4

🔊 N2_1_10

テレビ番組（ばんぐみ）で、女（おんな）の司会者（しかいしゃ）と男（おとこ）の俳優（はいゆう）が話（はな）しています。男（おとこ）の俳優（はいゆう）は、芝居（しばい）のどんなところが一番大変（いちばんたいへん）だと言（い）っていますか。

F：富田（とみた）さん、今回（こんかい）の演劇（えんげき）『六人（ろくにん）の物語（ものがたり）』は、すごく評判（ひょうばん）がよくて、ネット上（じょう）でも話題（わだい）になっていますね。

M：ありがとうございます。今回（こんかい）は僕（ぼく）の初舞台（はつぶたい）で、たくさんの方々（かたがた）に観（み）ていただいて本当（ほんとう）にうれしいです。でも、まだまだ経験不足（けいけんぶそく）のところもあって、いろいろ苦労（くろう）しました。

F：動（うご）きも多（おお）いし、かなり体力（たいりょく）を使（つか）うでしょうね。

M：ええ。セリフもたくさんおぼえなきゃいけないから、つらかったです。

F：そうですよね。でもすごく自然（しぜん）に話（はな）していらっしゃいました。

M：ありがとうございます。空（あ）いている時間（じかん）は全部練習（ぜんぶれんしゅう）に使（つか）ったんですよ。でも、間違（まちが）えないでセリフを話（はな）せたとしても、キャラクターの性格（せいかく）を出（だ）せないとお芝居（しばい）とは言（い）えないので、そこが一番大変（いちばんたいへん）でしたね。

男（おとこ）の俳優（はいゆう）は、芝居（しばい）のどんなところが一番大変（いちばんたいへん）だと言（い）っていますか。

電視節目裡女主持人和男演員正在說話。男演員表示戲劇表演哪裡最辛苦？

女：富田先生，這次的舞台劇《六個人的故事》廣受好評，網路上也掀起熱烈討論。
男：謝謝。這次是我第一次的舞台劇，能夠有那麼多人觀賞，真的很開心。但我因為經驗不足，吃了不少苦頭。
女：動作也很多，很消耗體力吧。
男：是的。也有很多台詞要背，很辛苦。
女：看得出來，但是您表達得很自然。
男：謝謝。我把所有空閒的時間都投入在練習上。不過，就算能一字不漏的說出所有台詞，如果不能展現出角色的個性，就稱不上是戲劇表演，這點最辛苦。

男演員表示戲劇表演哪裡最辛苦？

1番　3

N2_1_11

会社で、女の人と男の人が話しています。女の人は男の人に何を注意しましたか。

1•2 前輩沒有說。

F：佐藤さん。日本電気さんとの会議、お疲れさま。初めてにしてはなかなかていねいで、いい会議ができていたと思うよ。

M：ありがとうございます。

F：大事な開発費の話への運び方もスムーズで、そこも評価できるけど、**3予定より低めの金額をあちらに提示してた**でしょ？

3 ○

M：はい、高めだとあちらも消極的になるかと思いまして。

F：もちろんそのやり方もいいんだけど、そうすると今から上げにくくなるでしょ？　だから、言いにくいかもしれないけど、最初からこちらの希望を言うべきだったよね。

M：はい、わかりました。

F：**4次の会議で話が変わると嫌がる会社が多い**からね。まあ、気をつけて。

4 這次在會議裡講的內容沒有不一樣。

M：はい、気をつけます。

女の人は男の人に何を注意しましたか。

公司裡女性跟男性正在說話。女性提醒了男性什麼？

女：佐藤，跟日本電氣公司的會議辛苦你了。雖然是第一次但你表現的很得體，會議進行的很順利。
男：謝謝。
女：圓滑的把話題轉換到重要的開發費用上，這點我也很肯定，**3 但是你給對方的報價比預期的還要低，對吧**？
男：對。我擔心報價太高對方也會變得消極。
女：當然那個做法也是可以，但這麼一來之後就很難提高價格，對吧？所以雖然可能不好開口，但應該一開始就把我們的期望告訴對方。
男：好，我知道了。
女：**4 很多公司不喜歡下次開會內容就變了**。要注意喔。
男：好，我會注意的。

女性提醒了男性什麼？

★熟記單字及表現

□開発（かいはつ）：開發　　□スムーズ：順利、順暢
□評価（ひょうか）する：評價　　□金額（きんがく）：金額
□提示（ていじ）する：提出、出示　　□～べき：必須～

2番　1

N2_1_12

会社（かいしゃ）で、男（おとこ）の人（ひと）と女（おんな）の人（ひと）が話（はな）しています。二人（ふたり）は何（なに）で京都（きょうと）へ行（い）きますか。

M：林（はやし）さん、来週（らいしゅう）の京都（きょうと）への出張（しゅっちょう）なんだけど。私（わたし）と林（はやし）さんで行（い）く予定（よてい）の。何（なに）で行（い）くかはもう決（き）まってる？

F：あ、今（いま）ちょうど探（さが）しているところです。いちばん早（はや）いのは飛行機（ひこうき）なんですけど、空港（くうこう）からのアクセスがいまいちなんですよね。

M：そう。着（つ）いたら車（くるま）を借（か）りて移動（いどう）ってことね。ほかには？

F：**2 新幹線（しんかんせん）も見（み）てみましたが、もう満席（まんせき）**でした。さすがに立（た）ちっぱなしで２時間（じかん）はきついですよね。

M：そうだね。少（すこ）し時間（じかん）がかかるけど、バスは？

F：**3 夜行（やこう）しかないみたいで、着（つ）くのが早（はや）すぎますね。ゆっくり休（やす）めませんし。**

M：そうか。こっちから**4 車（くるま）を借（か）りて行（い）くっていう手（て）もあるけど、さすがに遠（とお）すぎる**よね。じゃあ、**1 さっさとあっちまで行（い）って、向（む）こうで車（くるま）を借（か）りるしかなさそうだね**。予約（よやく）お願（ねが）い。

1　新幹線、巴士、開車都有問題，所以先搭飛機，然後從機場租車移動。

F：わかりました。

<ruby>二人<rt>ふたり</rt></ruby>は<ruby>何<rt>なに</rt></ruby>で<ruby>京都<rt>きょうと</rt></ruby>へ<ruby>行<rt>い</rt></ruby>きますか。

公司裡男性跟女性正在說話。兩個人要搭乘什麼交通工具去京都？

男：小林，下週是我跟你到京都出差。你決定好要怎麼去了嗎？
女：啊，我現在剛好在查。最快是坐飛機，但從機場過去交通不方便。
男：對啊，到了要租車移動。其他還有什麼方式呢？
女：**2 我也看了新幹線，但沒有位子了**。站著 2 小時很吃力吧。
男：是啊。巴士呢？雖然可能要花比較久一點時間。
女：**3 好像只有夜行巴士，但到的時間太早，這樣沒辦法好好休息。**
男：這樣啊。**4 從這裡租車開下去也行，但路途太遙遠了**。那麼 **1 好像只能我們先到那邊，然後在那邊租車這個方法了**。麻煩你預約了。
女：我知道了。

兩個人要搭乘什麼交通工具去京都？

 熟記單字及表現

□**アクセス**：連接某地點的交通
□**<ruby>移動<rt>いどう</rt></ruby>**：移動
□**<ruby>満席<rt>まんせき</rt></ruby>**：滿座
□**<ruby>立<rt>た</rt></ruby>ちっぱなし**：一直站著
□**<ruby>夜行<rt>やこう</rt></ruby>**：夜間火車、夜間巴士

3番　3
🔊 N2_1_13

<ruby>会社<rt>かいしゃ</rt></ruby>で、<ruby>男<rt>おとこ</rt></ruby>の<ruby>人<rt>ひと</rt></ruby>が<ruby>話<rt>はな</rt></ruby>しています。<ruby>男<rt>おとこ</rt></ruby>の<ruby>人<rt>ひと</rt></ruby>は、<ruby>来年<rt>らいねん</rt></ruby>、<ruby>会社<rt>かいしゃ</rt></ruby>はどうするべきだと<ruby>言<rt>い</rt></ruby>っていますか。

M：それでは、<ruby>今年度<rt>こんねんど</rt></ruby>の<ruby>反省<rt>はんせい</rt></ruby>と<ruby>来年度<rt>らいねんど</rt></ruby>の<ruby>方針<rt>ほうしん</rt></ruby>についてご<ruby>説明<rt>せつめい</rt></ruby>します。<ruby>今年度<rt>こんねんど</rt></ruby>、4<ruby>月<rt>がつ</rt></ruby>から9<ruby>月<rt>がつ</rt></ruby>の<ruby>上半期<rt>かみはんき</rt></ruby>は<ruby>安定<rt>あんてい</rt></ruby>した<ruby>販売数<rt>はんばいすう</rt></ruby>でしたが、11<ruby>月<rt>がつ</rt></ruby>から<ruby>徐々<rt>じょじょ</rt></ruby>に<ruby>売<rt>う</rt></ruby>り<ruby>上<rt>あ</rt></ruby>げが<ruby>減<rt>へ</rt></ruby>っています。その<ruby>原因<rt>げんいん</rt></ruby>として、お<ruby>客様<rt>きゃくさま</rt></ruby>が<ruby>他<rt>ほか</rt></ruby>の<ruby>会社<rt>かいしゃ</rt></ruby>へ<ruby>行<rt>い</rt></ruby>ってしまったこと、<ruby>材料<rt>ざいりょう</rt></ruby>の<ruby>値段<rt>ねだん</rt></ruby>が<ruby>上<rt>あ</rt></ruby>がってしまったことが<ruby>考<rt>かんが</rt></ruby>えられますが、<ruby>最大<rt>さいだい</rt></ruby>の<ruby>原因<rt>げんいん</rt></ruby>は<ruby>海外<rt>かいがい</rt></ruby>の<ruby>店舗<rt>てんぽ</rt></ruby>の<ruby>売<rt>う</rt></ruby>り<ruby>上<rt>あ</rt></ruby>げが<ruby>下<rt>さ</rt></ruby>がったことです。<ruby>来年度<rt>らいねんど</rt></ruby>は、<ruby>国<rt>くに</rt></ruby>と<ruby>国<rt>くに</rt></ruby>の<ruby>関係<rt>かんけい</rt></ruby>に<ruby>影響<rt>えいきょう</rt></ruby>を<ruby>受<rt>う</rt></ruby>けやすい**<ruby>海外市場<rt>かいがいしじょう</rt></ruby>を<ruby>縮小<rt>しゅくしょう</rt></ruby>し、<ruby>国内<rt>こくない</rt></ruby>の<ruby>店舗<rt>てんぽ</rt></ruby>を<ruby>増加<rt>ぞうか</rt></ruby>していくべき**だと<ruby>思<rt>おも</rt></ruby>います。そうすれば、<ruby>数年後<rt>すうねんご</rt></ruby>にはまた<ruby>海外<rt>かいがい</rt></ruby>の<ruby>店舗<rt>てんぽ</rt></ruby>を<ruby>増<rt>ふ</rt></ruby>やしていけると<ruby>思<rt>おも</rt></ruby>います。

<ruby>男<rt>おとこ</rt></ruby>の<ruby>人<rt>ひと</rt></ruby>は、<ruby>来年<rt>らいねん</rt></ruby>、<ruby>会社<rt>かいしゃ</rt></ruby>はどうするべきだと<ruby>言<rt>い</rt></ruby>っていますか。

—— 應該要減少海外店舗、增加國內店舗以提高營業額。

公司裡男性正在說話。男性說明年公司應該怎麼做？

男：那麼，由我來跟大家說明今年度的檢討跟明年度的方針。今年 4 月開始到 9 月為止上半期的銷售量穩定，但從 11 月開始銷售量開始漸漸下滑。原因包含客人到其他公司消費、材料價格上漲，但最大的原因還是因為海外店舖的營業額下降。**明年公司應該要縮小容易受國與國關係影響的海外市場、增加國內的店舖**。如此一來幾年後也可以再拓展海外店舖。

男性說明年公司應該怎麼做？

★熟記單字及表現

□**年度**：年度。在日本從4月開始到隔年3月居多。
□**反省**：反省
□**方針**：方針
□**上半期・下半期**：一段期間的前半段稱「上半期」，後半段稱「下半期」。
□**安定する**：安定
□**販売**：販賣
□**売り上げ**：營業額
□**最大**：最大
□**店舗**：店鋪
□**市場**：市場
□**縮小する**：縮小

4番　2

N2_1_14

大学で、女の留学生と男の留学生が話しています。学生は、どんなレポートを出さなければいけませんか。

F：あ、キムさん、ちょっといい？　先週のゼミ、風邪で休んじゃって期末レポートの内容がわからないんだけど、教えてくれない？

M：うん。いいよ。**先月、日本の伝統文化についてレポートを書いたでしょ。今度はあれを発展させて、自分の出身地と日本を比較する**んだって。

（繼續延伸之前寫過的日本傳統文化報告，跟自己國家的文化做比較。）

F：そうなんだ。キムさんは、どんな伝統文化を選んだの？

M：日本のお祭りについて。リーさんは？

F：私は料理について。じゃあ、インターネットでもっと詳しく調べてみようかな。教えてくれてありがとう。

学生は、どんなレポートを出さなければいけませんか。

大學裡女留學生和男留學生正在說話。學生要交什麼報告？

女：啊，金同學，你現在有空嗎？我上週因為感冒沒有參加研討會，你可以跟我說期末報告的內容嗎？
男：嗯，好啊。**上個月我們不是有寫有關日本傳統文化的報告。這次是延續上個月的報告，要跟自己的國家做比較**。
女：原來如此。金同學你選了什麼樣的傳統文化呢？
男：我選有關日本祭典。李同學呢？
女：我選有關料理。那我在網路上進一步查詢更詳盡的資料好了。謝謝你告訴我。

學生要交什麼報告？

★熟記單字及表現

□伝統（でんとう）：傳統　□発展（はってん）する：發展
□出身地（しゅっしんち）：出生地　□比較（ひかく）する：比較

5番　4

N2_1_15

大学（だいがく）で、女（おんな）の学生（がくせい）と男（おとこ）の学生（がくせい）が話（はな）しています。女（おんな）の学生（がくせい）は卒業（そつぎょう）後（ご）、どうして海外（かいがい）へ行（い）くと言（い）っていますか。

F：あ、先輩（せんぱい）、今（いま）ちょっとお時間（じかん）ありますか。今後（こんご）のことで迷（まよ）っていて。

M：うん、いいよ。どうしたの？　佐藤（さとう）さんは、卒業後（そつぎょうご）、国内（こくない）で就職（しゅうしょく）するって言（い）ってたよね？

F：はい、そのつもりだったんですけど、海外（かいがい）にも興味（きょうみ）が出（で）てきて…。

M：1**海外（かいがい）で働（はたら）くってこと？**

F：**ゆくゆくはそれもしたいんですけど…。**私（わたし）、海外（かいがい）の大学（だいがく）で行（おこな）われている教育（きょういく）について卒業論文（そつぎょうろんぶん）を書（か）いたんですね。それが日本（にほん）の教育（きょういく）とまったく違（ちが）ってとても興味深（きょうみぶか）かったんです。

M：じゃあ、留学（りゅうがく）するってこと？　確（たし）か、佐藤（さとう）さんのご両親（りょうしん）は海外（かいがい）にいらっしゃるよね。

F：あ、2・4**一（ひと）つのところというよりは、いろいろな国（くに）の大学（だいがく）を見（み）て回（まわ）って教育（きょういく）の状況（じょうきょう）を知（し）りたい**と思（おも）いまして。もちろん両親（りょうしん）がいる国（くに）へも行（い）くつもりですが。

1　到國外工作是將來的事，不是現在。

2・4　並非到一個國家留學，而是想參訪許多國外大學。

3　沒有說想跟家人一起生活。

M：そうなんだ。まあ、ビザの問題とか費用の問題とか具体的に調べてみて、もう一度考えたほうがいいと思うよ。

F：はい、そうしてみます。ありがとうございました。

女の学生は卒業後、どうして海外へ行くと言っていますか。

大學裡女學生和男學生正在說話。女學生為什麼畢業後要出國？

女：啊，學長，現在方便說話嗎？我對未來感到很迷惘。
男：嗯，有啊，怎麼了？佐藤你不是說畢業後要在國內工作？
女：對，本來是那麼打算，但現在對出國也有興趣…。
男：**1 你是說出國工作嗎**？
女：**將來也想在國外工作**…。我的畢業論文是寫有關國外大學的教育。國外教育方式跟日本截然不同，我覺得很有趣。
男：那你是想留學嗎？的確，佐藤你的父母也居住在國外。
女：啊，**2・4 與其說是去一個國家，我想去參訪各國大學了解他們的教育狀況**。當然也有打算去父母現在居住的國家。
男：原來如此。那你先實際調查看看簽證問題啦費用問題啦，之後再重新思考比較好喲。
女：好，就這樣辦。謝謝。

女學生為什麼畢業後要出國？

★ 熟記單字及表現

□今後：今後
□状況：狀況
□ビザ：簽證
□具体的に：具體地

6番　3

N2_1_16

大学で、女の学生と事務の人が話しています。女の学生があとから持ってこなければいけない書類はどんな書類ですか。

F：すみません。学費を安くするための書類を出したいんですが…。

M：学費の減額ですね。では、まず、**1 申込書**をお願いします。

F：はい、書いてきました。

M：…はい、内容も問題ありません。次に、**2 ご家族と申請者の収入を証明する書類**ですが、お持ちですか。

F：ええと、これなんですが。これが父ので、これが私のアルバイトの収入です。

M：ええと…はい、大丈夫です。次に、住民票をお願いします。

1・2・4　有帶來

F：はい、私の住民票です。

M：あれ？　今のお住まいはご両親と別ですか。

F：はい、別々に住んでいます。

M：そうすると、3 **ご両親のご住所がわかるように、ご両親の住民票も必要になります**。後日でけっこうですから、窓口までお持ちください。あとは、4 **申請の理由書**ですが、ありますか。

F：はい、これです。

M：はい、では確かに受け取りました。足りないものだけ提出をお願いします。

女の学生があとから持ってこなければいけない書類は何ですか。

3　需要帶有記載父母親住址的文件。

大學裡女學生和行政人員正在說話。女學生之後需要帶什麼文件？

女：不好意思，我想要繳交可以減少學費的文件。
男：學費減免對吧。那先請你填 1 **申請表**。
女：有的，我已經填好了。
男：好的，內容也沒有問題。接下來需要 2 **家人跟申請人的收入證明文件**，你有帶嗎？
女：這個嘛，在這裡。這是我父親的，這是我打工的收入。
男：這個嘛，好的，沒問題。接下來需要戶口名簿。
女：好的，這是我的戶口名簿。
男：咦？你現在跟父母分開住嗎？
女：是的，我們分開住。
男：這樣的話，3 **為了確認父母親的住址，你也需要提供父母的戶口名簿**。這個你之後再交就好，你再拿來櫃檯。再來是 4 **申請的理由**，你有嗎？
女：有的，在這裡。
男：好的，這樣我確實收到你的文件了。你只需要補交缺少的文件。

女學生之後需要帶什麼文件？

熟記單字及表現

□申込書（もうしこみしょ）：申請書
□申請（しんせい）：申請。「申請者（しんせいしゃ）」是指申請人
□収入（しゅうにゅう）：收入
□証明（しょうめい）する：證明
□住民票（じゅうみんひょう）：居民卡
□後日（ごじつ）：日後、過些天

問題3

例　2

🔊 N2_1_18

日本語学校で先生が話しています。

F：皆さん、カレーが食べたくなったら、レストランで食べますか、自分で作りますか。作り方はとても簡単です。じゃがいも、にんじん、玉ねぎなど、自分や家族の好きな野菜を食べやすい大きさに切って、ルウと一緒に煮込んだらすぐできあがります。できあがったばかりの熱々のカレーももちろんおいしいのですが、実は、冷蔵庫で一晩冷やしてからのほうがもっとおいしくなりますよ。それは、冷めるときに味が食材の奥まで入っていくからです。自分で作ったときは、ぜひ試してみてください。

先生が一番言いたいことは何ですか。

1　カレーを作る方法

2　カレーをおいしく食べる方法

3　カレーを作るときに必要な野菜

4　カレーのおいしいレストラン

日語學校裡老師正在說話。

女：大家想吃咖哩的時候，會去餐廳吃還是自己煮呢？咖哩的作法非常簡單。將馬鈴薯、紅蘿蔔、洋蔥等，自己跟家人喜歡吃的蔬菜切成容易入口的大小後，跟咖哩塊一起熬煮就完成了。剛做好熱騰騰的咖哩當然也好吃，但其實放在冰箱裡冷藏一晚的咖哩更加美味。因為冷卻時食材會更入味。自己煮的時候，請務必試看看。

老師最想說的是什麼？

1　咖哩的作法

2　咖哩的美味享用方式

3　煮咖哩需要的蔬菜

4　有好吃咖哩的餐廳

1番　1

🔈 N2_1_19

テレビで女の人が話しています。

F：今日のテーマは、「みんなのストレス解消法」です。最近は、ストレス社会と言われるほど、世の中にはストレスがあふれています。ストレスがたまったとき、みなさんはどうしていますか？　ストレス解消法って人によって違いますよね。私のストレス解消法は、カラオケです。大きな声で歌うと、気分がスッキリします。お腹から声を出すことを意識するんです。そうすれば、体の中にあるモヤモヤしたものが全部外に出たような気分になるので、オススメですよ。では、ゲストのみなさんのストレス解消法を聞いてみましょう。

女の人は何について話していますか。

1　女の人のストレス解消法

2　ストレスがたまる原因

3　ゲストのストレス解消法

4　上手に歌を歌う方法

電視裡女性正在說話。

女：今天的主題是「大家減壓的方法」。現在的社會被說是壓力型社會，到處充斥著壓力。大家感到壓力時都怎麼做呢？減壓的方式因人而異。我消除壓力的方式是唱卡拉 ok。大聲唱歌可以放鬆心情。你會意識到用肚子發聲。這樣感覺像是把身體裡的鬱悶排出般，推薦大家嘗試。那麼我們來聽聽看大家減壓的方式。

女性在說什麼？

1　女性消除壓力的方式

2　壓力來源

3　來賓消除壓力的方式

4　把歌唱好的方法

說話順序

- 介紹今天的主題
- 女性的減壓方法
- 在這之後會訪問來賓的減壓方法

★ **熟記單字及表現**

□ストレスを解消する：削減壓力

□ストレスがたまる：壓力積攢

□ゲスト：嘉賓

2番　3

N2_1_20

大学で先生が話しています。

F：えー、この授業では、日本語のレポートや論文の書き方について勉強します。毎回、事前に課題が出るので、必ずやってきてください。課題は、A4サイズ4ページくらいのレポートです。課題のテーマは、こちらで指定します。テーマについて、図書館などで調べて、自分の意見を書いてください。インターネットで調べてもいいですが、あまりお勧めしません。授業では、事前にやってきた課題をグループで読んで、どうすればいいレポートになるかを話し合ってもらいます。休むと周りの人に迷惑がかかるので、休まずに毎回来るようにしてください。では、これから第1回の事前課題のテーマについて話します。

先生は、何について話していますか。

1　レポートや論文の書き方

2　授業の課題のテーマ

3　この授業の流れ

4　いいレポートの条件

大學裡老師正在說話。

女：這門課是在學習日文報告和論文的寫作技巧。每堂課都會有課前作業，請務必在上課前寫好作業。作業是用 A4 紙寫 4 頁左右的報告。作業題目由我指定。可以在圖書館等找跟題目相關的資料，然後寫下自己的意見。也可以在網路上查詢，但不建議用這個方式。課堂上以小組分式閱讀事先寫好的作業，然後互相討論如何寫好報告。缺席的話會造成別人的困擾，所以請不要請假，每堂課都要出席。那麼接著跟大家說明第 1 次課前作業的主題。

老師在說什麼？

1　報告和論文的寫作技巧

2　課堂作業的題目

3　課程流程

4　好報告的條件

說話順序

- 課程主題是「日文報告和論文的寫作技巧」
- 有關這門課的課前作業
- 授課方式

→正在說明課程流程，其中也涵蓋了課前作業。

熟記單字及表現

□**事前**：事前、事先

□**課題**：課題

□**サイズ**：大小、尺寸

□**勧める**：建議、推薦

3番　4

N2_1_21

ラジオで男の人が話しています。

M：みなさんは旅行の予約の際に、飛行機とホテルのパッケージツアーで、「飛行機の時間が自由に選べればいいのに」「いろいろなホテルから選べればいいのに」といったことを感じたことはありませんか。みどりトラベルはそういったみなさんのお悩みを解決します。弊社のサイトでは、1つのパッケージツアーに対して6つの飛行機の時間帯が選べるようになっています。また、ホテルも10以上と多数そろえていますよ。ホテルや飛行機の時間帯によって、値段が変わる旅行会社が多いですが、弊社はなんと、旅行の3か月前なら **3・4** **どの時間帯、ホテルでも値段は同じ**です。ぜひご利用くださいませ。

男の人がみどりトラベルについて一番言いたいことは何ですか。

1　ツアーの**値段が安い**

2　**いちばんいいツアー**を教えてくれる

3　時間帯によって**ツアーの値段が安くなる**

4　値段を気にせずホテルや飛行機を選べる

廣播裡男性正在說話。

男：各位在預約機票加旅館的套裝行程時，是不是也曾有「如果能自由選擇班機時間就好了」、「如果能從多個飯店中選擇住宿該有多好」這種感覺？綠色旅遊能解決各位的煩惱。在弊公司的網頁上，一個套裝行程提供六個班機時間。而飯店也有數十種選擇喔。多數的旅行社根據客人選擇的飯店以及班機時間，收費有所不同，但弊公司只要是在三個月前預訂，**3・4** **不論時間、飯店價格都不變**。請各位善加利用。

關於綠色旅遊，男性最想說的是什麼？

1　**旅費便宜**

2　告知**最好的旅遊行程**

3　根據班機時間，**旅費會比較便宜**

4　選擇飯店和班機時不用擔心價格

1　沒有提到價格便宜

2　由客人決定行程

3　價格不變

4　○

★ 熟記單字及表現

□～際に：～的時候

□パッケージツアー：包辦旅行

□解決する：解決

□時間帯：時間帶

□多数：多數

4番　4

🔈N2_1_22

学校で先生が生徒に話しています。

M：明日から冬休みですね。みなさん、旅行や帰省など、いろいろ予定があると思います。ぜひ楽しんできてくださいね。でも、旅行先でけがをしないように気をつけてください。それから、人が多いところではポケットに入っている財布やケータイを盗まれることもあります。また、最近はレストランでかばんを席に置いたままトイレに行っている間に、かばんを盗られることもよくあると聞いています。貴重品は必ずかばんの中に入れて、離さず持っていてくださいね。それでは、楽しい冬休みにしてください。

先生は何について話していますか。

1　自分の冬休みの予定

2　旅行先で怪我をしたときの対処法

3　過去にかばんを盗まれた話

4　冬休み中に気をつけてほしいこと

學校裡老師正在跟學生說話。

男：明天開始放寒假。我想大家應該有各種計劃，像是旅行和返鄉等行程。請大家務必玩得開心。但是要注意旅行時不要受傷了。然後人多的地方口袋裡的皮夾跟手機容易被偷。此外，最近也耳聞常有人將皮包留在餐廳座位上就去洗手間，結果皮包被偷了。貴重用品請務必放在皮包裡並隨身攜帶。那麼請大家盡情享受寒假。

老師在說什麼？

1　自己的寒假計劃

2　旅行時受傷的話該如何處理

3　過去皮包被偷的事

4　寒假期間的注意事項

老師正在提醒：

・旅行時不要受傷

・皮夾跟手機不要被偷

熟記單字及表現

□帰省：返鄉

□旅行先：旅行目的地

□貴重品：貴重物品

5番　2

N2_1_23

女の人と男の人が話しています。二人は何について話していますか。

F：うわー、おいしそう。これ全部自分で作ったの？

M：うん、でもインターネットでレシピを検索して、その通りに作っただけだから簡単だったよ。それにほら、見て。おじさんが北海道からこんなに大きなかにを送ってくれたんだ。これを焼いて食べよう。

F：あー、実は私アレルギーがあって、ちょっと無理なんだ。

M：え、そうなの？

F：うん、子供の時はどんなに食べても平気だったんだけど、大人になってから急に…。ちょっとでも食べるとのどがかゆくなって、息が苦しくなるの。

M：そういえば、前にテレビでアレルギー専門の医者が話してたけど、ひどい人だとアレルギー食品に触っただけでも同じ症状が出ちゃんうんだってね。

F：そうそう。かには大好きだったから、食べられるんなら食べたいんだけどね。

M：でもまぁ、仕方ないよ。

F：うん。でも本当にどの料理もおいしそう。今度私にもレシピ教えて。

二人は何について話していますか。

1　料理の作り方

2　アレルギーの症状

3　子供の時の病気

4　かにが好きな理由

說話順序

- 男性的親戚送來螃蟹
- 女性會過敏所以不能吃
- 小時候吃沒事，長大後出現過敏症狀

女性跟男性正在說話。兩個人在說什麼？

女：哇，看起來好好吃。這些都是你自己做的嗎？

男：嗯，但我只是上網查，照著食譜做而已，很簡單。而且你看，我叔叔從北海道寄給我這麼大的螃蟹。我們烤來吃吧。

女：啊，其實我會過敏，沒辦法吃。

男：咦，是啊？

女：嗯，小時候怎麼吃都沒事，長大後體質突然變了。只吃一點點喉嚨就會開始發癢、呼吸困難。

男：對了，之前我在電視上看到過敏專科的醫生說，過敏嚴重的人連碰到過敏食物都會出現症狀。

女：沒錯沒錯。我以前超愛吃螃蟹。如果可以吃的話我也想吃。

男：也沒辦法呢。

女：嗯，不過真的每道菜看起來都好好吃。下次你也教我做。

兩個人在說什麼？

1　料理方式

2　過敏的症狀

3　小時候的疾病

4　為什麼喜歡吃螃蟹

熟記單字及表現

□息（いき）が苦（くる）しい：呼吸困難

□症状（しょうじょう）：症狀

□とにかく：總之

□避（さ）ける：規避、避開

問題4

例　1

🔊 N2_1_25

F：あれ、まだいたの？　とっくに帰ったかと思った。

M：1　うん、思ったより時間がかかって。

　　2　うん、予定より早く終わって。

　　3　うん、帰ったほうがいいと思って。

女：咦？你還在啊？我以為你早回去了。
男：1　嗯。這比我想的還要花時間。
　　2　嗯。比預期的還要早完成。
　　3　嗯。還是早點回去比較好。

1番　3

🔊 N2_1_26

M：がんばったところで、うまくいきっこないよ。

F：1　いや、ぜんぜんがんばってないよ。

　　2　いや、うまくできるわけないよ。

　　3　いや、そんなのわからないよ。

男：就算努力也不會有好結果。
女：1　不，完全沒有努力。
　　2　不，不可能有好結果。
　　3　不，這可不一定。

～っこない：「～はずがない（不會）」的口語說法

2番　3

🔊 N2_1_27

F：来週の出張、部長にかわって井上さんが行くことになったそうです。

M：1　部長になったんですか。

　　2　じゃあ、二人で行くんですね。

　　3　部長は別の仕事が入ったんですか。

女：聽說下禮拜由井上代替部長出差。
男：1　換成部長了嗎？
　　2　那麼，是兩個人一起去對吧。
　　3　部長有其他工作要處理嗎？

～にかわって＝～のかわりに（代替）

這裡意思是原本部長要去，結果部長不去了，而由井上代替部長出差。

3番　1

🔊 N2_1_28

M：来週のミーティングは、何に関してでしたっけ。

F：1　来月のイベントについてですよ。

　　2　水曜日の3時からですよ。

　　3　3階の会議室ですよ。

男：下禮拜的會議是跟什麼有關？
女：1 跟下個月的活動有關。
　　2　星期三下午3點開始。
　　3　在3樓的會議室。

～に関して＝～について（關於～）

4番　1

N2_1_29

F：駅前のレストラン、時間を問わず予約がいっぱいなんですって。

M：1　一日中混んでるんですね。

2　え、あまり人気じゃないんですか。

3　あ、ランチは空いているんですね。

男：聽說車站前的餐廳不論什麼時段預約都是滿的。
女：1　整天都客滿呢。
2　咦，不怎麼受歡迎嗎。
3　啊，中午有空位。

～を問わず＝～に関係なく（不論～）

5番　1

N2_1_30

M：松本さん、机の上のお茶は何用ですか。

F：1　明日の会議のためです。

2　30本です。

3　昨日買ったものです。

男：松本，桌上的茶是做什麼用的？
女：1　為了明天的會議所準備的。
2　30瓶。
3　昨天買的。

～用＝～のための（為了～的）

6番　2

N2_1_31

F：新しく入った川野さん、人前で話すとき、はきはきしていますね。

M：1　かなり緊張していましたね。

2　ええ、聞きやすくていいですね。

3　あれだと遠くの人には聞こえませんね。

女：新來的川野在大家面前講話時口齒很清晰呢。
男：1　他相當緊張吧。
2　沒錯，聽得很清楚。
3　那樣講話遠處的人聽不到吧。

はきはきしている：講話的方式、樣子有精神且口齒清晰

7番　2

N2_1_32

F：書類のチェックは大宮くんにやってもらってくれる?

M：1　確認はまだしてないんです。

2　会議のあとで頼んでみます。

3　はい、大宮くんにも頼まれました。

女：可以請大宮幫忙檢查資料嗎？
男：1　還沒確認。
2　會議結束後我拜託他看看。
3　是的，大宮也拜託我了。

是男性要拜託大宮檢查資料。

8番　1

N2_1_33

M：よかったらこれも持ってって。たくさんあるから。

F：1　じゃ、遠慮なく。

2　自分で持てばいいのに。

3　ほんと、重そうだね。

男：你願意的話這個也拿去，還有很多。

女：1　那我就不客氣了。

2　自己拿不就好了。

3　真的看起來很重耶。

～てって：「～て行って（～去）」的簡短說法

9番　2

N2_1_34

M：少しぐらい古くても使えればいいんじゃない？

F：1　やっぱり、古いだけのことはあるね。

2　そうは言っても、新しいのがいいよ。

3　いや、使えないってこともないでしょう。

男：雖然有一點舊，但能使用不就好了？

女：1　果然，不愧是陳年舊物。

2　話雖如此，還是新的好。

3　不，也沒有到不能用的程度。

男性說「雖然有一點舊，但使用上沒有問題」。

10番　3

N2_1_35

F：鈴木さん、社会人なら社会人らしくふるまってもらわないと。

M：1　いえ、もう学生じゃないので。

2　はい、4月から社会人になりました。

3　すみません、これから気をつけます。

女：鈴木，社會人士要有社會人士的樣子。

男：1　不，我已經不是學生了。

2　是的，4月開始變成社會人士。

3　不好意思，我以後會注意。

熟記單字及表現

□社会人：已經從學校畢業，正在工作的人

□ふるまう：舉止

11番　3

N2_1_36

M：お昼買いに行くけど、斉藤さんのも買ってきてあげようか？

F：1　うん、お昼に買ってくるね。

2　ほんと？　一緒に行ってくれる？

3　いいの？　いつも悪いね。

男：我要去買中餐，要不要也幫齊藤你買回來？

女：1　嗯，我去買回來。

2　真的嗎？你要跟我一起去？

3　可以嗎？老是麻煩你，不好意思。

男性詢問「（我）要不要也幫齊藤的份一起買回來？」。

いつも悪いね＝いつもごめんね、ありがとう（老是麻煩你真不好意思，謝謝。）

12番　2

🔊 N2_1_37

M：タクシー、拾(ひろ)いましょうか。

F：1　そうですか、残念(ざんねん)ですね。

2　あ、じゃあ反対側(はんたいがわ)に渡(わた)りましょう。

3　それは、タイミングが悪(わる)かったですね。

男：要不要攔計程車？
女：1　真的嗎，真可惜。
2　啊，那麼我們到對面。
3　那真不湊巧。

「タクシーを拾(ひろ)う（攔計程車）」是指攔下正在行駛的計程車並搭乘。

問題5

1番　2

🔊 N2_1_39

デパートで男の店員と女の人が話しています。

M：お客様、何かお探しでしょうか。よろしければご案内いたします。

F：あ、えーと、新築祝いなんですけど。60代の上司なので、ちょっとよくわからなくて。

M：そうですね。世代を問わず人気があるのは、調理器具とか、家電とか、あとは食器類ですね。ご予算はいかほどでしょうか。

F：うーん、1万円くらいが相場ですかね。

M：では、こちらのお皿のセットはいかがでしょう。日本の若手デザイナーの作品なんです。意外と日常使いもしやすいんですよ。9,800円です。

F：へえ。色も伝統的な食器と違って、これはこれですてきですね。

M：あるいは、こちらのワイングラスのセットとか。こちらは日本に住んでいるオランダ人がデザインしたもので，価格は12,800円です。ほかに、家電ですと、コーヒーメーカーとか、ホットプレートなんかがよく出ます。海外ブランドのものだと、ホットプレートは1万円から、コーヒーメーカーは1万円台後半くらいからですね。

F：うーん、お酒がお好きなんですよね。おしゃれな方だし、ちょっと予算オーバーだけど、これをいただこうかな。

M：かしこまりました。ただいまお包みしてまいります。

女の人は何を買いますか？

1　お皿のセット

2　ワイングラスのセット

3　コーヒーメーカー

4　ホットプレート

- 碗盤組合9,800日圓
- 酒杯組合12,800日圓
- 烤盤10,000日圓～
- 咖啡機15,000日圓～

因為上司喜歡品酒，因此選了酒杯組合。

百貨公司裡男店員跟女性正在說話。

男：客人，您在找什麼商品嗎？您願意的話，我可以為您介紹。

女：啊，那個，我在找新居落成的祝賀禮。對象是 60 幾歲的上司，我不是很確定要買什麼。

男：這樣啊。不論年紀都受歡迎的是廚房用具啦家電啦，還有碗盤類。您的預算是多少？

女：嗯，大概 1 萬日圓左右。

男：那麼這裡的碗盤組合如何。這是日本年輕設計師的作品。出乎意外的也很適合日常使用喲。9800 日圓。

女：哇，顏色也跟傳統的餐具不同，這個也很不錯呢。

男：或是這裡的酒杯組合。這是居住在日本的荷蘭設計師的作品，價格是 12800 日圓。除此之外，如果是家電的話，像是咖啡機、或烤盤等也很受歡迎。如果是國外的品牌，烤盤約是 1 萬日圓起跳；咖啡機則是 15000 日圓左右起跳。

女：嗯，上司喜歡品酒，是一位很有品味的人。雖然有點超出預算，但我選這個。

男：好的。我現在幫你包裝。

女性要買什麼？

1　碗盤組合
2　酒杯組合
3　咖啡機
4　烤盤

★熟記單字及表現

□新築祝い（しんちくいわ）：慶祝新居落成
□調理器具（ちょうりきぐ）：料理用的道具
□これはこれで：（前面提的也很～，但是）這個也～
□伝統的な（でんとうてき）：傳統的
□価格（かかく）：價格
□１万円台後半（まんえんだいこうはん）：接近兩萬日元
□予算オーバー（よさん）：超出預算

2番　3

🔊 N2_1_40

社員三人が、新しい商品について話しています。

F1：春に販売するこのブラウス、色はいいんだけど、ちょっとデザインがかわいすぎない？

F2：そうですか？　ターゲットが20代だから、悪くないと思うんですけど。でもそう言われてみるとさすがにかわいすぎるかな。

M：20代の女性って、かわいいの大好きじゃないですか。前回のリボンのついたのもよく売れたし。

F1：あれはリボンのかわいさと対照的に、デザインも色もうんと大人っぽくしたから。

F2：そもそも大人っぽい色ってどんな色？

M：暗い色とか？　要するに明るいピンクとかじゃない色ってことですか？

F2：うーん、ピンクだから子供っぽいかというと、そうとも言えないんですよねえ。色の問題じゃないのかな。**全体的にもう少しすっきりしたデザインにすれば、色はそのままでもいいかもしれない。**

顏色維持不變，設計保留可愛的感覺，但要再俐落一點。

M：そうですね。多少かわいらしさを残しつつ、デザインを考えるということですね。

F1：そうね。じゃあ、その方向で進めましょう。

どのような方向で進めることになりましたか。

1　大人っぽい色のブラウスを考える

2　明るい色のブラウスを考える

3　すっきりしたデザインのブラウスを考える

4　かわいらしいデザインのブラウスを考える

員工三人正在討論新商品。

女 1：春天要推出的這個襯衫顏色是很好，但設計不會太可愛嗎？

女 2：會嗎？客群在 20 幾歲，我覺得不差啊。但被你這麼一說，好像是太可愛了。

男：20 幾歲的女性不是喜歡可愛的東西嗎？上次蝴蝶結的那款也賣得很好。

女 1：那是因為其設計和用色都非常成熟，和可愛的緞帶形成對比。

女 2：究竟成熟是指什麼顏色？

男：暗色系嗎？總之就是不要明亮的粉紅色這類的，對嗎？

女 2：嗯，雖然說粉紅色有點孩子氣，但也不盡然。應該不是顏色的問題。**如果整體的設計可以再俐落一點，或許不需要改變顏色。**

男：也是。意思就是稍微保留現有的可愛感，但設計需要再思考。

女 1：也是，那我們就朝那個方向進行。

要朝什麼方向進行？

1　成熟色系的襯衫
2　顏色明亮的襯衫
3　設計俐落的襯衫
4　設計可愛的襯衫

★**熟記單字及表現**

□ターゲット：銷售對象、目標
□20代：20 ～ 29 歲
□対照的：對照、對比
□うんと＝すごく（非常）
□そもそも：究竟、到底
□要するに：總而言之
□全体的に：全體

3番　質問1　2　　質問2　1

N2_1_41

ヨガ教室で、夫婦が説明を聞いています。

M：初心者向けのコースは、複数ございます。まず、「デイタイムコース」です。こちらは、朝8時から夕方6時までのお好きな時間に来ていただいて、レッスンを受けられるものです。予約は前日までにしていただければ大丈夫です。それから「ナイトコース」ですが、こちらは、夕方6時から夜10時の時間帯になります。やはりお勤めの方が多いので、多少予約がとりにくいかもしれません。平日は難しいということであれば、「土日コース」をお勧めします。こちらは土曜日と日曜日の朝10時から夕方4時までの間にレッスンを受けていただくものですが、ナイトコースよりは予約がとりやすくなっています。「朝ヨガコース」というのもありまして、こちらは朝7時から8時までの1時間。お仕事にいらっしゃる前に受ける方が多いですね。

F：どうする？　私は残業が多いからなあ。

M：そうだよね。僕は、ほとんど定時で帰れるから、夜でも大丈夫かな。

F：会社すぐ近くなんだから、ちょっと早起きして、ヨガやってから出勤したら？　そうしたらアフターファイブも有効に使えるじゃない？

M：まあね。でも朝はお弁当3人分作らなきゃいけないだろ。けっこう忙しいんだよ。週末は子供のサッカーがあるしなあ。

F：お弁当、いつもありがとう。私は、残業で疲れちゃって、早起きしてお弁当作るのも、ヨガ行くのも無理だなあ。

M：水曜と土曜が休みなんだから、それを利用したら？

F：そうか。じゃ、休みにゆっくり午後からレッスン受けようかな。そしたら、週末は混みそうだから平日がいいかな。

質問1　男の人はどのコースを選びますか。

質問2　女の人はどのコースを選びますか。

- 白天課程：AM8：00～PM6：00
- 晚上課程：PM6：00～PM10：00
- 六日課程：六日的AM10：00 ～ PM 4：00
- 早晨瑜珈課程：AM 7：00～AM8：00
- 男性早上和週末都很忙。平日可以準時下班→晚上課程
- 女性每週三和週六休假。「平日」、「放鬆的在下午之後」→白天課程

瑜珈教室裡夫妻在聽說明。

男：我們有幾種針對初學者的課程。首先是「白天課程」。你可以在早上8點到傍晚6點之中選擇喜歡的時間參加課程。只要在上課前一天預約即可。再來是「晚上課程」。時段是傍晚6點到晚上10點。因為上班族的會員眾多，所以可能比較難預約。如果平日不方便的話，可以參加「六日課程」。上課時間時週六和週日的早上10點到傍晚4點之間，比晚上課程還要好預約。我們也有「早晨瑜珈課程」。這是早上7點到8點1小時的課程。很多人在上班前先來運動。

女：要選哪一個？我很常加班。

男：對啊。我多半能準時下班，晚上應該也可以。

女：公司就在附近，所以就早一點起床，做完瑜珈再上班的話如何？這樣也可以善用下班時間吧？

男：是沒錯。但是早上要做三人份的便當，時間很緊湊。週末孩子也有足球活動。

女：謝謝你每次都準備便當。我因為加班太累，無法早起做便當或是上瑜珈。

男：你星期三跟星期六休假，要不要利用那個時間？

女：這麼啊。那我就利用休假日的下午時段放鬆的上課。然後週末好像人很多，那麼，可能平日會比較好。

提問1　男性要選什麼課程？

提問2　女性要選什麼課程？

熟記單字及表現

□**初心者**：初學者

□**複数**：複數

□**お勤めの方**＝勤めている人、会社員（上班族）

□**定時**：固定的時間。主要指工作結束的時間。

□**出勤する**：出勤

□**アフターファイブ**：after five。工作結束後晚上的時間。

□**有効な**：有效的

□**残業**：加班

第1回

語言知識（文字・語彙・文法）・讀解

問題1　請從1・2・3・4中，選出_的詞語最恰當的讀法。

1 從文脈來思考話語的意思。
　1 文章　2 文脈　3 文字　4 不滿
2 因颱風而遭受巨大的被害。
　1 損害　2 損壞　3 被害　4 ×
3 論述關於環境問題。
　1 相信　2 感覺　3 論述　4 表演
4 因為好像感冒了，所以吃了藥。
　1 你　2 ×　3 好像　4 ×
5 發生了新的問題。
　1 發生了　2 ×
　3 生鮮了　4 活了

問題2　請從選項1・2・3・4中，選出（　）的詞語最正確的漢字。

6 關於選舉的新制度完成了。
　1 ×　2 制度　3 ×　4 ×
7 這株植物有毒。
　1 香氣　2 樹枝　3 毒　4 液體
8 沒有人的性格比她還要溫和。
　1 正確　2 ×　3 ×　4 性格
9 請用大家能認可的方式來解釋。
　1 認可　2 ×　3 ×　4 ×
10 這個袋子破了，請幫我換一個。
　1 破了　2 裂開了
　3 壞了　4 折斷了

問題3　請從1・2・3・4中，選出一個最適合填入（　）的答案。

11 這是成功（　）很高的手術，但是還是感到不安。
　1 割　2 比　3 分　4 率
12 他的話想要考上那所大學，並非（　）可能。
　1 不　2 非　3 無　4 未
13 聽說這附近發生的搶案，嫌疑（　）是個2　2歲的年輕人。
　1 人　2 犯　3 員　4 家
14 雖然有進級到（　）決賽，可惜的是卻輸掉了。
　1 次　2 準　3 前　4 副
15 這條路直走，就會到（　）馬路上喔。
　1 廣　2 主　3 大　4 太

問題4　請從1・2・3・4中，選出一個最適合填入（　）的答案。

16 本公司的財政今年總算從赤字轉成（　）了。
　1 藍字　2 黑字　3 白字　4 綠字
17 要改變（　）來的習慣很困難。
　1 年月　2 月日　3 多年　4 永遠
18 他總是在（　），所以大家都討厭他。
　1 敬仰　2 負責　3 想到　4 吹牛
19 她腿部的傷勢復原得很（　）。
　1 慎重　2 順序　3 順利　4 重要
20 上週辦了申請簽證的（　）。
　1 治療　2 修整　3 手寫　4 手續
21 開車的時候請注意交通（　）。
　1 橫穿　2 標誌　3 方面　4 通行
22 今天的考試題目太難了，（　）看不懂。
　1 乾脆地　2 完全
　3 充分地　4 一切

問題5　從1・2・3・4中選出最接近＿＿的用法。

23 進去朋友房間才發現裡面意外地乾淨。
1　預定之外　2　比想像的還要
3　意料之中　4　不禁

24 這座動物園今年以來的人園人數總計是240萬人。
1　累計　2　平均　3　至少　4　恐怕

25 平井先生一直擔心著你姐姐的病情。
1　非常　2　有時候
3　不斷的　4　更加地

26 政府發表了對於這個問題的看法。
1　見解　2　調查方式
3　行動　4　責任

27 這件事應該老早就通知了。
1　剛才　2　早已經
3　終於　4　不知不覺

問題6　從1・2・3・4中選出下列詞彙最合適的用法。

28 完成
1　給家人的信完成了。
2　已經完成了所有的工作。
3　上課時想睡覺就完成了。
4　這場雨到明天應該就完成了吧。

29 特地
1　特地做了菜卻沒有人要吃。
2　出了家門，卻特地下起雨來了。
3　報告特地才寫完。
4　在入學典禮上特地交到朋友。

30 接近
1　接近咖啡就燙傷舌頭了。
2　講話聲音太接近害我無法專心。
3　平常都讓錢包接近點在走路。
4　颱風逐漸接近，我們不要去兜風了。

31 反而
1　如果今天之內沒辦法做完全部的話，反而希望可以整理好這些。
2　想說讚美對他沒有幫助，所以我反而給了他忠告。。
3　現在還沒有事情可以做，反而就請你先打掃。
4　因為老師說這本書很棒，所以我反而想看。

32 說話快
1　吃飯的說話快會讓肚子痛喔。
2　他說話很快，希望他可以放慢速度說話。
3　那位記者以說話快的評聞名。
4　這條路比較說話快喲。

問題7　從1・2・3・4中選出最適合放入（　）的選項。

33 能在尊敬的教授（　）繼續做研究，真的很幸福。
1　為依據　2　底下
3　的基礎上　4　為根據

34 這家店味道（　）但價格很便宜，所以我常來吃。
1　即使　2　很值得
3　勉強可以接受　4　姑且不論

35 履歷表上的學歷跟職業經歷非常棒，但（　）沒有見面就不曉得他的為人，所以就請他來面試了。
1　由於　2　如果　3　就是　4　就算

36 不管多有才能，（　）不努力就不會成功。
1　只要　2　因為　3　都怪　4　過於

37（　）12點，他就離開事務所了。
1　一到　2　是否
3　正因為　4　就算如此

38 玩具這種東西（　）是給小孩玩的。但是最近賣給大人或年長者的玩具也越來越多了。
1　思考的同時　　2　經常被認為
3　不被認為　　4　必須去思考

39 上田：「大野先生，（　）嗎？」
大野：「以前有吸。女兒出生之後就戒掉了。」
1　您有在抽菸　　2　你是打算抽菸
3　被迫吸菸　　4　被菸吸

40 （　）年齡增長，身體也變僵硬了。
1　對於　2　隨著　3　在　4　關於

41 父親遇到交通事故受傷而住院，現在還是（　）無法站起來。
1　假設　2　程度　3　僅僅　4　甚至

42 （　）會從窗戶摔下去，所以請不要打開窗戶。
1　多虧　　2　有可能
3　只要　　4　難怪

43 暑假要回國還是（　），我現在很煩惱。
1　應該回國　　2　似乎能回國
3　不回國　　4　有辦法回國

44 A：「野田先生說他去國外出差時有被偷過錢包。」
B：「這種事情即使很小心，任誰都（　）」
1　不太可能發生　2　有可能發生
3　剛剛發生　　4　發生也可以

問題8　從1・2・3・4中選出最適合放在★處的選項。

（例題）
樹的 ＿＿＿ ＿＿＿ ＿★＿ ＿＿＿有。
1　是　2　在　3　上面　4　貓

（作答步驟）
1. 正確句子如下。
樹的 ＿＿＿ ＿＿＿ ＿★＿ ＿＿＿有。
3　上面　2　在　4　貓　1　是
2. 將填入★的選項畫記在答案卡上。
（答案卡）

（例）	①②③●

45 這個月推出的遊戲＿＿＿ ＿＿＿ ＿★＿ ＿＿＿愛不釋手。
1　不用說　　2　小孩
3　大人　　4　也都

46 跟他去看電影這件事，我 ＿＿＿ ＿＿＿ ＿★＿ ＿＿＿。
1　盡可能　　2　雖也不是，但
3　想避免　　4　不想去

47 請跟父母 ＿＿＿ ＿＿＿ ＿★＿ ＿＿＿決定學校。
1　報考　2　討論　3　後再　4　好好

48 他的發音跟日本人一樣好，＿＿＿ ＿＿＿ ＿★＿ ＿＿＿。
1　優勝　　2　演講比賽
3　是　　4　不愧

49 我在夏天把＿＿＿ ＿＿＿ ＿★＿ ＿＿＿的樣子給拍成照片。
1　山　　2　隨著天氣轉涼
3　綠油油的　　4　漸漸變得雪白

問題9　閱讀以下文章，依據文章整體主旨，從1・2・3・4中選出最適合放進 50 到 54 的選項。

有些人說，不應該強迫女性在工作場所穿高跟鞋。在日本，在如酒店、機場和婚宴等等地方應職場要求，女性 50 必須穿帶高跟鞋。此外，在找工作時，女性穿高跟鞋被認為是理所當然的禮儀。 穿高跟鞋 [51] 是一種禮儀。但，穿著高跟鞋進行需長時間站立的工作，或行走會給腳和背部帶來負荷，並對身體 [52] 負面影響。此外，如果發生災害，巴士或火車和火車停運，穿高跟鞋走遠路是非常困難的， [53] ，才不斷出現這樣的聲音。也有人說，只有女性必須辛苦的穿高跟鞋上班，而男性不需要，這是一種歧視。

在其他國家也是如此。在英國，被命令要在工作場所穿高跟鞋的女性拒絕接受後，被迫放無薪假，成為了一個大問題。在加拿大的一個省，有一項規定要求女性職員穿高跟鞋，但受到很多人抗議，因此被廢除了。

當然，也有女性喜歡穿高跟鞋， 然而，無視自身的意志和身體的狀況，被迫穿有高跟的鞋子是一個大問題 [54] 。

[50]

1　應該　　2　特別規定
3　傾向　　4　特別傾向

[51]

1　被視為　　2　來說
3　因為　　4　一起

[52]

1　必須造成　　2　無法造成
3　不可以造成　　4　可能造成

[53]

1　結果　2　而且　3　另外　4　因此

[54]

1　不會是　　2　不是嗎
3　不能說是　　4　變成是

問題10　閱讀下列(1)到(5)的文章，從1・2・3・4中選出對問題最適合的回答。

(1)

對於想振作卻苦無機會的人來說，＜加油＞這句話就像是一劑強心針，可以振奮人心。

但也有人不適合用這種方式鼓勵。（中間省略）對於這樣的人，我們能為他做什麼呢？

我們只能坐在他的身邊，專注的凝視著他；把自己的手放在他的手上方，默默的陪他一起哭泣。我們能做的只有這樣。這樣的陪伴也是很重要的。

[55] 符合作者想法的是哪一項？

1　＜加油＞這個詞，任誰聽到都會覺得感激。
2　＜加油＞這個詞無法幫上忙的時候，束手無策。
3　有時候不要講＜加油＞，只是陪在身邊反而比較好。
4　＜加油＞這個詞不要使用比較好。

(2)

ASK 股份有限公司
松村先生

這次感謝您在眾多公司中對敝公司的產品感到興趣。附件是您透過網頁詢問的商品的初步報價單，請您確認。希望能親自拜訪您，在充份了解貴公司的需求後，提供您更詳盡的報價。
想必您一定很忙，不知道您何時有空？
靜待您的回覆。
ABC 股份有限公司
田中次郎

56 送這封郵件最主要的目的是什麼？

1 感謝對方購買自家商品

2 請對方購買自家商品

3 跟對方預約見面

4 送報表給對方

(3)

我兒子小時候很討厭襪子。他覺得襪子會讓腳發熱，所以一看到襪子就逃走。

有一年冬天因為天氣寒冷，我硬是幫他穿上了襪子。他大叫著說：「襪子裡有刺蝟！」，就把襪子脫了。

我嚇了一跳立刻往襪子裡瞧，刺蝟已經不見了。（中間省略）

跟孩子相處需要不輸給孩子的靈活、且懂得變通的頭腦。（中間省略）

如果孩子對我說了什麼天馬行空的話，我會回他更富有想像力的話。

57 兒子為什麼會說「襪子裡有刺蝟！」呢？

1 因為看到刺蝟

2 想要讓母親嚇一跳

3 想要讓母親開心

4 因為不想穿襪子

(4)

園遊會公告

承蒙街坊鄰居一直以來對本校的支持，在此表達誠摯的謝意。

今年適逢敝校創校25 週年，學生將在園遊會上販賣親手做的點心和麵包。雖然這些商品平時在學校裡的商店也買得到，但這次的園遊會將以點心85 折、麵包9 折的價格販售。此外，只有購買商品超過1000 日圓的顧客，可以在學校餐廳裡以1200 日圓的特別價格購買價值1800 日圓的午餐套餐。請大家務必把握這次的機會蒞臨本校。

58 關於這封邀請函的內容，下列哪一項是正確的？

1 購物滿1000元，午間套餐就會打折。

2 不買零食或麵包的話就吃不到午間套餐。

3 只有舉辦販售會的時候才吃得到午間套餐。

4 在販售會上可以買到平常買不到的商品。

(5)

人類只要遇到會帶來苦痛或不幸、危險的東西，就會直接下定論。只要受過一次傷害，就會無條件的避開同種類的東西，無視理論、用跳躍性的思維來下判斷。「所有蛇都有毒」這樣斷定比起「根據種類，也有蛇可能沒有毒」的想法還要安全。人類寧願犧牲理論，也要安全的活下去。

59 下列哪一項與作者認為的「跳躍性的思維來下判斷」相符？

1 「目前為止都沒死過，今天也不會死吧」

2 「把錢借給那個人，他也沒還過，所以這個人也不會還吧」

3 「上個月買彩卷中獎了，這個月或許也會中獎」

4 「那家店很有人氣，或許要事先預約才能進去」

問題11　閱讀下列從(1)到(3)的文章，從1・2・3・4中選出對問題最適合的回答。

(1)

她把快要壞掉的耳機線纏繞在冒牌的隨身聽上，小心翼翼的擺在床頭櫃上，然後用綿被蓋住頭。

我當作垃圾對待的柏青哥店的景品，到了雖然說是家人、但也只是他人的手裡後，反而被如此珍惜著。

我看到①有點震驚。

東西買就有了。東西不見可以再買。

東西舊了可以買新的。

雖然昂貴的東西沒有那麼容易想買就買，但如果價格便宜，想買幾個都可以。

不知不覺中自己也變成這種思考模式。

這就是「消費主義」啦，應該要愛惜物品啦，我不是用這類理論或倫理去思考。

用「冒牌且不精緻的隨身聽」來聽喜歡的卡帶，睡前將已經老舊的耳機線卷好收著。我覺得這樣樣子比較帥氣。

自己心裡覺得很羨慕。

雖然已經不記得那個可能連讓人感到羨慕的本人也忘了的「超小事情」是什麼時候發生的，但是、

「這傢伙②比較帥」

當時的我決定永遠都不能忘記這種感覺。

因此我一直記得。

如果看到其他人或物品被愛惜～著，心情～就會好。

看到人或東西被隨便糟蹋時心裡就覺得難受。（中間省略）

「我們一直深信的富足其實很貧乏」，能體會到這個現象的經驗其實很多。

60 作者為什麼覺得①有點震驚？

1　因為發現自己已經失去珍惜物品的想法

2　因為對自己來說像垃圾的東西，被別人珍惜使用，而感到很可憐

3　因為在「大眾消費社會」下誰都能輕易買到東西

4　因為看著別人不去買能輕易買到的東西，使用舊東西而覺得傻眼

61 作者覺得②比較帥的是什麼事情？

1　在喜歡的時候聽喜歡的音樂的樣子

2　珍惜使用老舊外觀不好看的物品

3　睡前聽音樂的樣子

4　把假貨當成正牌貨使用的樣子

62 關於富足，下列哪一項與作者的想法相符？

1　富足就是即使東西弄丟、變舊也能馬上買新的。

2　富足就是沒有很貴的東西可以買到好幾個。

3　富足就是在「大眾消費社會」下可以大量消耗物品

4　富足就是懂得珍惜物品

(2)

雖然說教育的表面上的方針（意識）是要讓孩子成長、給孩子幸福，但教育的無意識（背後真實的目的）是要將孩子的無限可能性規格化成為一個現代的個人（市民、國民）。傳授知識就是指這個，沒有知識的人不會被認同。教育並不是要滿足每個孩子各自持有的希望和期待。

但是，人是無法與現代、「知識」和文化背道而馳，以獨自的「我」來生存的。人是在成為現代的個人後，自身內在

的獨特性（自己本身的獨自性）才能發展生存。自己「本身」的特質（獨自性）也是透過公共性的存在才得以確認。現代化個人的真實模樣是透過憲法和其他法律呈現。現實生活中「個人」的自由，只在法律、規定和道德的規範下成立。如果每個人開始發揮自己特有的獨自性，社會秩序就會被破壞，而法律不會坐視不管。在法律的規範下積極的經營市民生活、培育孩子，這才是教育和學校的使命。（中間省略）學校和教育的目的不僅止於「學習知識」。這才是學校原本的功能。

63 關於教育，下列哪一項與作者的想法相符？

1 讓孩子發展無限的可能性，成長
2 在有限制的環境中，教育成能適應社會的人
3 發展每個人獨特的個性，發揮各自具有的能力
4 學習很多知識，教育成能對社會有貢獻的人

64 作者認為要讓「個人」的自由成立需要的是什麼？

1 對公共社會有貢獻
2 沒有違反社會規定跟道德
3 擁有非常多的知識
4 乖乖地去上學

65 作者認為學校的使命是什麼？

1 教育孩子在法律和規定範圍內保持獨特性
2 實現每個孩子的希望，教育孩子並發展可能性
3 教育孩子們成為完全相同、符合規範的人
4 教育他們每個人都能自由自在地過活

(3)

這個世界上最重要、有趣且複雜的就是「他人」，也就是「人類」。如果人能對所有事物都保持著感謝、敬畏以及旺盛的好奇心，那麼也就能從「緊密關係」的日常生活中自我肯定。不管有沒有地震，這才是①人類平常的生活方式。

一直以來都過著隨心所欲的生活，現在才第一次了解到「情誼」重要性的人，過去不過是仰賴著金錢和日本的基礎建設生活著。或許在身邊的誰過世後才第一次感覺到空虛，覺得寂寞、可憐，但沒有失去過就不會懂得珍惜，不得不說這就是身為一個人，②缺乏想像力的證據。

此外，人類非常關心其他人的幸福，這樣的心理不如說是③做人最基本的條件。如果對一切事物都毫不關心，這樣的人說不定連人都稱不上。隨時能預想「無法維持現狀的狀況」這樣的能力，或許可以說是只有人類才有的高度才能。

66 作者認為的①人類平常的生活方式是什麼？

1 依靠金錢跟公共設施生活
2 一邊忍耐複雜的人際關係一邊生活
3 認同與他人保持來往活著才是生活
4 即使發生地震也能毫不在乎地生活

67 下列哪一項能當作②缺乏想像力的例子？

1 沒有錢所以偷麵包。
2 父母現在很健康所以覺得沒問題。
3 有效利用最新技術來生活。
4 覺得自己的工作不順利都是上司的錯。

68 作者認為③<u>做人最基本的條件</u>是什麼？

1 可以預測失去現在擁有的東西時的情況

2 失去了才知道失去的東西有多重要

3 擁有高超的才能跟想像力

4 關心別人，會在意別人是否幸福

問題12　閱讀下列文章A和B，從1・2・3・4中選出對問題最適合的回答。

A

聽說我居住的城市的動物園要增加兩隻從泰國來的大象。自從三年前，受市民喜愛40年以上的大象過世後，市立動物園裡就沒有大象了。去年我也有去動物園。看到入口處旁的大象區裡頭空蕩蕩的，心裡覺得很寂寞。動物園是可以實際看到各種動物的珍貴地方。其中大象更是動物園的象徵。因此這次要從國外接受兩隻新的大象對市民來說是大好消息。為了能讓新的大象舒適的生活，動物園也開始施工整理大象的家。

B

聽說現在動物園裡已經看不到大象了。由於從海外運送來、在國內各地動物園都可以看到的大象已經在日本生活了數十年，來到生命的盡頭，再加上華盛頓條約嚴格的貿易限制所致。的確，大象是動物園的象徵。不僅是大象，能夠近距離看到不常見的動物是很寶貴的機會。但是每次去動物園我都會不禁懷疑這裡對動物們真的是好的生活環境嗎。特別是不忍心看到大象跟長頸鹿這樣的大型動物生活在如此小的空間生活。或許有人覺得動物園裡沒有大象很可惜，但是我認為今後沒有必要特別從國外運來新的動物。

69 對於動物園裡的大象，A跟B是怎麼描述的？

1 少了大象A都B感到寂寞。

2 A跟B都認為大象是動物園的象徵。

3 A覺得大象是動物園的象徵，B為少了大象而感到寂寞。

4 A為少了大象感到寂寞，B對動物園少了大象感到遺憾。

70 關於動物園，A跟B是怎麼描述的？

1 A跟B都認為動物園是能看到動物的貴重地點所以要珍惜。

2 A跟B都認為應該要引進更多的動物。

3 A覺得為了讓動物舒適生活需要動物園，B覺得動物園不適合動物生活。

4 A覺得有新動物要來很令人高興，B認為動物園的生活環境不適合動物。

問題13　閱讀以下文章，從1・2・3・4中選出對問題最適合的回答。

為了採訪日本汽油公司的社長鈴木義雄，我在約定的時間抵達後，一位女秘書出來對我說：「不好意思，請您再等兩分鐘就好。」

雖然我知道社長的工作繁忙，以分鐘為單位規劃行程，＜但這公司也太嚴謹了吧＞我用帶點挖苦的心情望著時鐘，鈴木先生果真在兩分鐘後準時出現。

因此我藉著採訪的機會，有點不懷好意的提問「鈴木先生在我等待的那兩分鐘做了什麼呢？」

「其實在您抵達前因為經營上的問題我跟一位部長有著很激烈的爭論。想必我的表情一定很險惡，如果用那樣的表情跟您見面實在失禮， 所以我請秘書給我兩分鐘的時間。」

然後利用那兩分鐘「站在鏡子前調整表情」。

可以清楚知道自己的表情這應該跟了解自己般一樣困難吧。

不愧是社長，我內心感到無比敬佩。

比鈴木先生進入更高境界的是擔任「世界書店」丸善集團的顧問司忠先生。

司先生在上班前一定會站在鏡子前確認自己的臉。

盯著自己的臉，如果覺得自己＜相貌很可怕＞，就努力放鬆臉部的肌肉讓表情柔和。

「面相是可以自己創造的」這是司先生的信念。

根據司先生六十年的經驗，「早上和晚上的面相會不一樣。自己內心的狀態會驚人的如實呈現在臉上，因此面相會不斷改變。（中間省略）我一直提醒自己調整自己的面相可以開運。（中間省略）如果你不相信事不宜遲明天就開始和鏡子裡的自己對話。不久後你就會發覺要跟自己的內心對抗。我這六十幾年來每天都在跟鏡子與自己對抗。雖然我的修行還不夠，仍無法達到像高僧般的風貌，但至少絕不會將前一天內心的不愉快延續到隔天。此外，在要與對方交涉，或是給對方建議時，最好先照鏡子整理好自己的表情。雖然鏡子不會說話，但卻能真實的反映出人心」。

71 作者對什麼事感到無比欽佩？

1　社長很清楚自己的相貌如何
2　社長恰好兩分鐘後出現
3　社長認真回答作者不懷好意的提問
4　社長跟部長激烈地討論經營方針

72 根據作者遇到的人們的說法，什麼情況下要調整表情呢？

1　跟別人見面時需要隱藏自己的感情的時候
2　發現自己的修行還不夠的時候
3　自己心中的感情可能會招致他人不愉快的時候
4　被人警告自己的表情很可怕的時候

73 關於面相，下列哪一項與本文相符？

1　面相映照在鏡子中就能與其對話
2　為了改運必須去修行面相
3　應該修行去把面相變得像高僧一樣
4　面相可以隨著自己的心態而改變

問題14　右頁是健身房的廣告傳單。從1・2・3・4中選出一個對問題最適合的答案。

74 松本先生在半年前退出會員，但是在三月上旬跟朋友青木先生一起變成平日夜間會員而再次入會。松本先生再次加入會員時需要支付多少錢？

1　21400圓
2　18400圓
3　16000圓
4　3250圓

75 森本先生跟朋友中村先生一起去參觀俱樂部，但只有森本先生在3　月2　0號加入平日白天會員。森本先生是第一次加入會員。入會時需要支付多少錢？

1　18000圓
2　10200圓
3　7200圓
4　5400圓

ASK健身中心
●24小時營業●全年無休●完善淋浴設備
●器材無使用限制●櫃檯人員服務時間
10：00 ～ 20：00

春季特別活動實施中！！

【活動①】3月31日前加入會員，免入會費5400 日圓！

【活動②】3月份免會費！4月份會費半價！

【活動③】2名以上同時加入會員，全員免收首次入會手續費！請務必趁這次機會結伴親朋好友申請入會！隨時接受參觀申請。請連絡我們想參觀的日期和時間。只有參觀也歡迎！

會費（1個月）

24小時會員7800 日圓　24小時任何時段

平日白天會員4800日圓　週一～週五、上午6 點～下午5 點（國定假日除外）

平日夜間會員6500 日圓　週一～週五、下午5 點～隔天上午6 點（國定假日除外）

假日會員6800 日圓　週末和國定假日任何時段

除了會費，另收入會費5400日圓和首次入會手續費3000日圓。

≪申請入會所需文件≫

1・記載地址的身分證件（駕照、健保卡、簽證等）

2・繳納會費的提款卡或存摺及印章※ 限本人或家人的名字。

3・入會費、首次入會手續費和預繳2　個月會費

※入會費、首次入會手續費和預繳的會費只收現金。

※本活動①～③限首次入會或退會1　年以上的人使用。

※退會未滿1年者不適用本活動①～③。

ASK健身中心

歡迎來電洽詢TEL：0120-xxx-000

網路詢問請至www.ask-cm.com

聽解

問題1　在問題1中，請先聽問題。並在聽完對話後，從試題冊上1～4的選項中，選出一個最適當的答案。

例題

醫院的櫃檯處女性跟男性在說話。男性在這之後首先要做什麼？

女：午安。

男：不好意思，沒有預約也可以看診嗎？

女：可以。但是現在候診的病人很多，可能要等1個小時左右⋯。

男：1個小時啊⋯。沒關係，我可以等，麻煩你了。

女：好的，我知道了。請問是第一次來嗎？初診的話，要請您先製作掛號證。

男：我有帶掛號證。

女：那樣的話，請您填寫完這個病歷表後，連同健保卡一起給我。之後請您量體溫。

男：我知道了。謝謝。

男性在這之後首先要做什麼？

1　預約

2　辦理掛號證

3　填寫資料

4　測量體溫

第1題

公司裡男性跟女性正在說話。女性在這之後首先要做什麼？

男：明天是部長的歡送會，聽說田中臨時要參加一個會議不能來了，你知道嗎？

女：真的嗎？真是傷腦筋。已經訂好餐廳了。那錢怎麼辦？

男：不能取消嗎？不是通常最晚可以在用餐的前一天取消？

女：對，但是餐廳的網頁有寫「取消預約必須兩天前告知」。

男：這樣啊。對了，要不要約山田？雖然他隸屬於別的部門，但也認識我們部門的人。我有他的連絡方式喲。

女：但這是我們部門的歡送會，只有我們部門的人比較好吧。

男：這樣啊，說的也是。那麼，雖然對田中不好意思，但我們還是請他出錢，如何？

女：嗯。但是他沒有要來參加歡送會，總覺得對他不好意思。

男：要不要打給餐廳問看看能不能取消呢？

女：好，我問看看。如果不能取消我再跟你討論錢的事。

女性在這之後首先要做什麼？

1　在網路上取消
2　邀請山田先生
3　跟部門的同事商量
4　打電話給店家

第2題

大學裡女性跟男性正在說話。女性在這之後首先要做什麼？

女：你做好後天要交的報告了嗎？

男：嗯。昨天交給老師了。中山呢？

女：這個嘛，花在調查上的時間比我想像的還要久，還完全不行。

男：中山的題目是「現代年輕人對少子高齡化社會的意識」嗎？你怎麼調查的？

女：我在圖書館查詢有關「少子高齡化」的專業書籍，雖然讀了很多但都看不懂…。對我來說太艱深了。

男：這樣啊。那你要不要讀看看非專業書籍，從更簡單的書開始閱讀， 像是入門書籍啦。

女：這個嘛，因為是大學的報告，我以為專業書籍會比較好…。

男：是啦，但聽不懂的話讀也沒有意義。用網路查資料也不錯喲，只是要注意內容的真實性。

女：也對，就這麼辦。謝謝。我有信心可以寫出報告了。

女性在這之後首先要做什麼？

1　在圖書館找書
2　閱讀寫得淺顯易懂的書
3　上網查資料
4　寫報告

第3題

百貨公司裡男性跟店員正在說話。男性在這之後要付多少錢？

男：不好意思。這是我昨天在這間店買的皮夾。是這樣的，我不小心買錯款式了。我還沒有打開來用過，可以換嗎？

女：可以的。如果沒有用過就可以換。

男：這樣啊，太好了。那麼，這款才是我想要買的。

女：昨天您買的是20000日圓的皮夾，這款是15000日圓，所以我要退您差額5000日圓。請問您有帶收據嗎。

男：有的。在這裡。

女：啊，您是用信用卡付款的嗎。如果是用信用卡付款的話，我要先退20000日圓給您，然後再跟您收取商品的總額，這樣可以嗎？

男：好，可以的。啊，昨天有拿到1000日圓的折價券，這個可以用嗎？

女：那個折價券只能使用在20000日圓以上的商品，不好意思。

男性在這之後要付多少錢？

1　1000圓

2　14000圓

3　15000圓

4　20000圓

第4題

男性跟女性正在說話。男性在這之後首先要做什麼？

男：我從下個月開始一個人住。小林現在也是一個人住吧。搬家的時候有什麼需要注意的事嗎？

女：對啊。我搬家的時候比較麻煩的是1 電跟瓦斯的合約。電馬上就處理好了，但瓦斯的合約花了一點時間處理。搬家三天前先跟瓦斯公司連絡比較好。

男：原來如此，其他呢？

女：還有要先買好新的日常用品吧。特別是平底鍋啦廚房用具。老家一定有的東西不小心就會忘了要準備。啊，還有你跟搬家公司預約了嗎？

男：還沒，都還沒有連絡。

女：早點跟搬家公司預約比較好喲。預約日期越接近搬家日，價格就越高。東西裝箱之後才連絡會來不及喲。

男：這樣啊。那我趕緊連絡比較好。謝謝。

男性在這之後首先要做什麼？

1　簽約申請用電跟瓦斯

2　購買日常用品

3　預約搬家公司

4　把行李裝進紙箱裡

第5題

公司裡男性跟女性正在說話。女性在這之後首先要做什麼？

男：啊，糟糕了。

女：怎麼了？

男：今天傍晚會議要用的資料好不容易做好了，結果上面有一個表格是錯的。已經印好100份了，全部不能用。要重印現在又得出門去拜訪客戶⋯。

女：那可麻煩了。要我幫忙嗎。

男：可以嗎？謝謝。那我用電子郵件寄給你正確的資料，可以請你印100 份嗎？

女：我知道了。啊，但是我10 點要跟部長開會，現在離10點只剩1小時，那之後再用可以嗎？

男：嗯，會議是4點，下午用也可以。

女：我知道了。

男：還有，等一下會有我的包裹送到，你可以幫我簽收嗎。

女：我知道了，那我就幫你簽收。

男：謝謝，麻煩你了。

女性在這之後首先要做什麼？

1　影印文件

2　用電子郵件傳送文件檔案

3　跟課長面談

4　簽收包裹

問題2　在問題2中，首先聽取問題。之後閱讀題目紙上的選項。會有時間閱讀選項。聽完內容後，在題目紙上的1～4之中，選出最適合的答案。

例題

女：富田先生，這次的舞台劇《六個人的故事》廣受好評，網路上也掀起熱烈討論。

男：謝謝。這次是我第一次的舞台劇，能夠有那麼多人觀賞，真的很開心。但我因為經驗不足，吃了不少苦頭。

女：動作也很多，很消耗體力吧。

男：是的。也有很多台詞要背，很辛苦。

女：看得出來，但是您表達得很自然。

男：謝謝。我把所有空閒的時間都投入在練習上。不過，就算能一字不漏的說出所有台詞，如果不能展現出角色的個性，就稱不上是戲劇表演，這點最辛苦。

男演員表示戲劇表演哪裡最辛苦？

1　需要消耗大量體力的地方

2　需要背很多台詞的地方

3　需要練習很多次的地方

4　要演出角色個性的地方

第1題

公司裡女性跟男性正在說話。女性提醒了男性什麼？

女：佐藤，跟日本電氣公司的會議辛苦你了。雖然是第一次但你表現的很得體，會議進行的很順利。

男：謝謝。

女：圓滑的把話題轉換到重要的開發費用上，這點我也很肯定，但是你給對方的報價比預期的還要低，對吧？

男：對。我擔心報價太高對方也會變得消極。

女：當然那個做法也是可以，但這麼一來之後就很難提高價格，對吧？所以雖然可能不好開口，但應該一開始就把我們的期望告訴對方。

男：好，我知道了。

女：很多公司不喜歡下次開會內容就變了。要注意喔。

男：好，我會注意的。

女性提醒了男性什麼？

1　講話很失禮

2　商量不順利

3　報價報便宜了

4　開會途中改變約定

第2題

公司裡男性跟女性正在說話。兩個人要搭乘什麼交通工具去京都？

男：小林，下週是我跟你到京都出差。你決定好要怎麼去了嗎？

女：啊，我現在剛好在查。最快是坐飛機，但從機場過去交通不方便。

男：對啊，到了要租車移動。其他還有什麼方式呢？

女：我也看了新幹線，但沒有位子了。站著2小時很吃力吧。

男：是啊。巴士呢？雖然可能要花比較久一點時間。

女：好像只有夜行巴士，但到的時間太早，這樣沒辦法好好休息。

男：這樣啊。從這裡租車開下去也行，但路途太遙遠了。那麼好像只能我們先到那邊，然後在那邊租車這個方法了。麻煩你預約了。

女：我知道了。

兩個人要搭乘什麼交通工具去京都？

1　飛機
2　新幹線
3　公車
4　汽車

第3題

公司裡男性正在說話。男性說明年公司應該怎麼做？

男：那麼，由我來跟大家說明今年度的檢討跟明年度的方針。今年4月開始到9月為止上半期的銷售量穩定，但從11月開始銷售量開始漸漸下滑。原因包含客人到其他公司消費、材料價格上漲，但最大的原因還是因為海外店舖的營業額下降。明年公司應該要縮小容易受國與國關係影響的海外市場、增加國內的店舖。如此一來幾年後也可以再拓展海外店舖。

男性說明年公司應該怎麼做？

1　再次吸引客人
2　尋找便宜的材料
3　增加國內分店
4　增加國外分店

第4題

大學裡女留學生和男留學生正在說話。學生要交什麼報告？

女：啊，金同學，你現在有空嗎？我上週因為感冒沒有參加研討會，你可以跟我說期末報告的內容嗎？

男：嗯，好啊。上個月我們不是有寫有關日本傳統文化的報告。這次是延續上個月的報告，要跟自己的國家做比較。

女：原來如此。金同學你選了什麼樣的傳統文化呢？

男：我選有關日本祭典。李同學呢？

女：我選有關料理。那我在網路上進一步查詢更詳盡的資料好了。謝謝你告訴我。

學生要交什麼報告？

1　關於日本的傳統文化
2　關於日本跟自己國家的文化
3　關於日本的祭典
4　關於日本的網路

第5題

大學裡女學生和男學生正在說話。女學生為什麼畢業後要出國？

女：啊，學長，現在方便說話嗎？我對未來感到很迷惘。

男：嗯，有啊，怎麼了？佐藤你不是說畢業後要在國內工作？

女：對，本來是那麼打算，但現在對出國也有興趣…。

男：你是說出國工作嗎？

女：將來也想在國外工作…。我的畢業論文是寫有關國外大學的教育。國外教育方式跟日本截然不同，我覺得很有趣。

男：那你是想留學嗎？的確，佐藤你的父母也居住在國外。

女：啊，與其說是去一個國家，我想去參訪各國大學了解他們的教育狀況。當然也有打算去父母現在居住的國家。

男：原來如此。那你先實際調查看看簽證問題啦費用問題啦，之後再重新思考比較好喲。

女：好，就這樣辦。謝謝。

女學生為什麼畢業後要出國？

1　因為想要就職
2　因為想去留學
3　因為想跟家人生活
4　想見識國外的大學

第6題

女：不好意思，我想要繳交可以減少學費的文件。

男：學費減免對吧。那先請你填申請表。

女：有的，我已經填好了。

男：好的，內容也沒有問題。接下來需要家人跟申請人的收入證明文件，你有帶嗎？

女：這個嘛，在這裡。這是我父親的，這是我打工的收入。

男：這個嘛，好的，沒問題。接下來需要戶口名簿。

女：好的，這是我的戶口名簿。

男：咦？你現在跟父母分開住嗎？

女：是的，我們分開住。

男：這樣的話，為了確認父母親的住址，你也需要提供父母的戶口名簿。這個你之後再交就好，你再拿來櫃檯。再來是申請的理由，你有嗎？

女：有的，在這裡。

男：好的，這樣我確實收到你的文件了。你只需要補交缺少的文件。

女學生之後需要帶什麼文件？

1　申請用的文件
2　關於錢的文件
3　關於地址的文件
4　註明理由的文件

問題3　問題3並沒有印在題目紙上。這個題型是針對整體內容為何來作答的問題。在說話前不會先問問題。首先聽取內容。然後聽完問題和選項後，在1～4之中，選出一個最適合的答案。

例題

日語學校裡老師正在說話。

女：大家想吃咖哩的時候，會去餐廳吃還是自己煮呢？咖哩的作法非常簡單。將馬鈴薯、紅蘿蔔、洋蔥等，自己跟家人喜歡吃的蔬菜切成容易入口的大小後，跟咖哩塊一起熬煮就完成了。剛做好熱騰騰的咖哩當然也好吃，但其實放在冰箱裡冷藏一晚的咖哩更加美味。因為冷卻時食材會更入味。自己煮的時候，請務必試看看。

老師最想說的是什麼？

1　咖哩的作法
2　咖哩的美味享用方式
3　煮咖哩需要的蔬菜
4　有好吃咖哩的餐廳

第1題

電視裡女性正在說話。

女：今天的主題是「大家減壓的方法」。現在的社會被說是壓力型社會， 到處充斥著壓力。大家感到壓力時都怎麼做呢？減壓的方式因人而異。我消除壓力的方式是唱卡拉ok。大聲唱歌可以放鬆心情。你會意識到用肚子發聲。這樣感覺像是把身體裡的鬱悶排出般，推薦大家嘗試。那麼我們來聽聽看大家減壓的方式。

女性在說什麼？

1　女性消除壓力的方式
2　壓力來源
3　來賓消除壓力的方式
4　把歌唱好的方法

第2題
大學裡老師正在說話。
女：這門課是在學習日文報告和論文的寫作技巧。每堂課都會有課前作業，請務必在上課前寫好作業。作業是用A4紙寫4頁左右的報告。作業題目由我指定。可以在圖書館等找跟題目相關的資料，然後寫下自己的意見。也可以在網路上查詢，但不建議用這個方式。課堂上以小組分式閱讀事先寫好的作業，然後互相討論如何寫好報告。缺席的話會造成別人的困擾，所以請不要請假，每堂課都要出席。那麼接著跟大家說明第1次課前作業的主題。

老師在說什麼？
1　報告和論文的寫作技巧
2　課堂作業的題目
3　課程流程
4　好報告的條件

第3題
廣播裡男性正在說話。
男：各位在預約機票加旅館的套裝行程時，是不是也曾有「如果能自由選擇班機時間就好了」、「如果能從多個飯店中選擇住宿該有多好」這種感覺？綠色旅遊能解決各位的煩惱。在弊公司的網頁上，一個套裝行程提供六個班機時間。而飯店也有數十種選擇喔。多數的旅行社根據客人選擇的飯店以及班機時間，收費有所不同，但弊公司只要是在三個月前預訂，不論時間、飯店價格都不變。請各位善加利用。

關於綠色旅遊，男性最想說的是什麼？
1　旅費便宜
2　告知最好的旅遊行程
3　根據班機時間，旅費會比較便宜
4　選擇飯店和班機時不用擔心價格

第4題
學校裡老師正在跟學生說話。
男：明天開始放寒假。我想大家應該有各種計劃，像是旅行和返鄉等行程。請大家務必玩得開心。但是要注意旅行時不要受傷了。然後人多的地方口袋裡的皮夾跟手機容易被偷。此外，最近也耳聞常有人將皮包留在餐廳座位上就去洗手間，結果皮包被偷了。貴重用品請務必放在皮包裡並隨身攜帶。那麼請大家盡情享受寒假。

老師在說什麼？
1　自己的寒假計劃
2　旅行時受傷的話該如何處理
3　過去皮包被偷的事
4　寒假期間的注意事項

第5題
女性跟男性正在說話。兩個人在說什麼？
女：哇，看起來好好吃。這些都是你自己做的嗎？
男：嗯，但我只是上網查，照著食譜做而已，很簡單。而且你看，我叔叔從北海道寄給我這麼大的螃蟹。我們烤來吃吧。

女：啊，其實我會過敏，沒辦法吃。
男：咦，是啊？
女：嗯，小時候怎麼吃都沒事，長大後體質突然變了。只吃一點點喉嚨就會開始發癢、呼吸困難。
男：對了，之前我在電視上看到過敏專科的醫生說，過敏嚴重的人連碰到過敏食物都會出現症狀。
女：沒錯沒錯。我以前超愛吃螃蟹。如果可以吃的話我也想吃。
男：也沒辦法呢。
女：嗯，不過真的每道菜看起來都好好吃。下次你也教我做。

兩個人在說什麼？
1　料理方式
2　過敏的症狀
3　小時候的疾病
4　為什麼喜歡吃螃蟹

問題4　問題4並沒有印在題目紙上。首先聽取語句。然後聽完對語句的回答後，在1～3之中，選出最適合的答案。

例題
女：咦？你還在啊？我以為你早回去了。
男：1　嗯。這比我想的還要花時間。
　　2　嗯。比預期的還要早完成。
　　3　嗯。還是早點回去比較好。

第1題
男：就算努力也不會有好結果。
女：1　不，完全沒有努力。
　　2　不，不可能有好結果。
　　3　不，這可不一定。

第2題
女：聽說下禮拜由井上代替部長出差。
男：1　換成部長了嗎？
　　2　那麼，是兩個人一起去對吧。
　　3　部長有其他工作要處理嗎？

第3題
男：下禮拜的會議是跟什麼有關？
女：1　跟下個月的活動有關。
　　2　星期三下午3點開始。
　　3　在3樓的會議室。

第4題
男：聽說車站前的餐廳不論什麼時段預約都是滿的。
女：1　整天都客滿呢。
　　2　咦，不怎麼受歡迎嗎。
　　3　啊，中午有空位。

第5題
男：松本，桌上的茶是做什麼用的？
女：1　為了明天的會議所準備的。
　　2　30瓶。
　　3　昨天買的。

第6題
女：新來的川野在大家面前講話時口齒很清晰呢。
男：1　他相當緊張吧。
　　2　沒錯，聽得很清楚。
　　3　那樣講話遠處的人聽不到吧。

第7題
女：可以請大宮幫忙檢查資料嗎？
男：1　還沒確認。
　　2　會議結束後我拜託他看看。
　　3　是的，大宮也拜託我了。

第8題

男：你願意的話這個也拿去，還有很多。

女：1　那我就不客氣了。

2　自己拿不就好了。

3　真的看起來很重耶。

第9題

男：雖然有一點舊，但能使用不就好了？

女：1　果然，不愧是陳年舊物。

2　話雖如此，還是新的好。

3　不，也沒有到不能用的程度。

第10題

女：鈴木，社會人士要有社會人士的樣子。

男：1　不，我已經不是學生了。

2　是的，4月開始變成社會人士。

3　不好意思，我以後會注意。

第11題

男：我要去買中餐，要不要也幫齊藤你買回來？

女：1　嗯，我去買回來。

2　真的嗎？你要跟我一起去？

3　可以嗎？老是麻煩你，不好意思。

第12題

男：要不要攔計程車？

女：1　真的嗎，真可惜。

2　啊，那麼我們到對面。

3　那真不湊巧。

問題5　在問題5中，聽的內容會比較長。這個問題並沒有練習題。

可以在題目紙上作筆記。

第1題

百貨公司裡男店員跟女性正在說話。

男：客人，您在找什麼商品嗎？您願意的話，我可以為您介紹。

女：啊，那個，我在找新居落成的祝賀禮。對象是60幾歲的上司，我不是很確定要買什麼。

男：這樣啊。不論年紀都受歡迎的是廚房用具啦家電啦，還有碗盤類。您的預算是多少？

女：嗯，大概1萬日圓左右。

男：那麼這裡的碗盤組合如何。這是日本年輕設計師的作品。出乎意外的也很適合日常使用喲。9800日圓。

女：哇，顏色也跟傳統的餐具不同，這個也很不錯呢。

男：或是這裡的酒杯組合。這是居住在日本的荷蘭設計師的作品，價格是12800日圓。除此之外，如果是家電的話，像是咖啡機、或烤盤等也很受歡迎。如果是國外的品牌，烤盤約是1萬日圓起跳；咖啡機則是15000日圓左右起跳。

女：嗯，上司喜歡品酒，是一位很有品味的人。雖然有點超出預算，但我選這個。

男：好的。我現在幫你包裝。

女性要買什麼？

1　碗盤組合

2　酒杯組合

3　咖啡機

4　烤盤

第2題

第2題沒有印在題目紙上。首先聽取語句。然後聽完問題與選項後，在1～4之中，選出最適合的答案。

員工三人正在討論新商品。

女1：春天要推出的這個襯衫顏色是很好，但設計不會太可愛嗎？

女2：會嗎？客群在20幾歲，我覺得不差啊。但被你這麼一說，好像是太可愛了。

男：20幾歲的女性不是喜歡可愛的東西嗎？上次蝴蝶結的那款也賣得很好。

女1：那是因為其設計和用色都非常成熟，和可愛的緞帶形成對比。

女2：究竟成熟是指什麼顏色？

男：暗色系嗎？總之就是不要明亮的粉紅色這類的，對嗎？

女2：嗯，雖然說粉紅色有點孩子氣，但也不盡然。應該不是顏色的問題。如果整體的設計可以再俐落一點，或許不需要改變顏色。

男：也是。意思就是稍微保留現有的可愛感，但設計需要再思考。

女1：也是，那我們就朝那個方向進行。

要朝什麼方向進行？

1 成熟色系的襯衫
2 顏色明亮的襯衫
3 設計俐落的襯衫
4 設計可愛的襯衫

第3題

首先聽取內容。然後聽完兩個問題後，分別在題目紙上的1～4之中，選出最適合的答案。

瑜珈教室裡夫妻在聽說明。

男：我們有幾種針對初學者的課程。首先是「白天課程」。你可以在早上8點到傍晚6點之中選擇喜歡的時間參加課程。只要在上課前一天預約即可。再來是「晚上課程」。時段是傍晚6點到晚上10點。因為上班族的會員眾多，所以可能比較難預約。如果平日不方便的話，可以參加「六日課程」。上課時間時週六和週日的早上10點到傍晚4點之間，比晚上課程還要好預約。我們也有「早晨瑜珈課程」。這是早上7 點到8點1小時的課程。很多人在上班前先來運動。

女：要選哪一個？我很常加班。

男：對啊。我多半能準時下班，晚上應該也可以。

女：公司就在附近，所以就早一點起床，做完瑜珈再上班的話如何？這樣也可以善用下班時間吧？

男：是沒錯。但是早上要做三人份的便當，時間很緊湊。週末孩子也有足球活動。

女：謝謝你每次都準備便當。我因為加班太累，無法早起做便當或是上瑜珈。

男：你星期三跟星期六休假，要不要利用那個時間？

女：這麼啊。那我就利用休假日的下午時段放鬆的上課。然後週末好像人很多，那麼，可能平日會比較好。

問題1 男性要選什麼課程？
問題2 女性要選什麼課程？

第1題

1 日間套餐
2 夜間套餐
3 六日套餐
4 晨間瑜珈套餐

第2題

1　日間套餐

2　夜間套餐

3　六日套餐

4　晨間瑜珈套餐

第2回　解答・解説

解答・解説

合格模試　解答用紙

N2 言語知識（文字・語彙・文法）・読解

第2回

受験番号 Examinee Registration Number		名前 Name	

〈ちゅうい　Notes〉

1. **くろいえんぴつ（HB、No.2）でかいてください。**
   Use a black medium soft (HB or No.2) pencil.
   （ペンやボールペンではかかないでください。）
   (Do not use any kind of pen.)
2. **かきなおすときは、けしゴムできれいにけしてください。**
   Erase any unintended marks completely.
3. **きたなくしたり、おったりしないでください。**
   Do not soil or bend this sheet.
4. **マークれい** Marking Examples

よいれい Correct Example	わるいれい Incorrect Examples
●	⊗ ✓ ○ ◎ ◍ ◐ ◉

問題1

1	●	②	③	④
2	①	②	③	●
3	①	②	③	●
4	①	●	③	④
5	①	②	③	●

問題2

6	①	●	③	④
7	①	②	●	④
8	●	②	③	④
9	①	●	③	④
10	①	②	③	●

問題3

11	①	②	③	●
12	①	②	③	●
13	①	②	③	●
14	①	②	●	④
15	●	②	③	④

問題4

16	①	●	③	④
17	①	②	●	④
18	①	②	●	④
19	①	●	③	④
20	①	②	③	●
21	●	②	③	④
22	①	●	③	④

問題5

23	●	②	③	④
24	①	②	●	④
25	①	●	③	④
26	①	●	③	④
27	①	●	③	④

問題6

28	①	②	③	●
29	①	●	③	④
30	①	●	③	④
31	①	②	●	④
32	①	②	③	●

問題7

33	●	②	③	④
34	①	②	③	●
35	①	②	●	④
36	●	②	③	④
37	①	②	③	●
38	①	●	③	④
39	①	②	③	●
40	①	②	③	●
41	●	②	③	④
42	①	●	③	④
43	①	②	③	●
44	①	●	③	④

問題8

45	①	②	●	④
46	●	②	③	④
47	①	②	●	④
48	①	②	●	④
49	●	②	③	④

問題9

50	●	②	③	④
51	①	②	●	④
52	①	②	③	●
53	①	●	③	④
54	●	②	③	④

問題10

55	①	②	③	●
56	●	②	③	④
57	①	②	③	●
58	●	②	③	④
59	●	②	③	④

問題11

60	①	②	●	④
61	①	●	③	④
62	●	②	③	④
63	●	②	③	④
64	①	②	●	④
65	①	②	●	④
66	●	②	③	④
67	①	②	③	●
68	①	●	③	④

問題12

69	①	●	③	④
70	①	②	③	●

問題13

71	①	②	●	④
72	●	②	③	④
73	①	②	③	●

問題14

74	①	②	●	④
75	①	●	③	④

合格模試　解答用紙

N2 聴解

第2回

受験番号 Examinee Registration Number		名前 Name	

〈ちゅうい　Notes〉

1. **くろいえんぴつ（HB、No.2）でかいてください。**
Use a black medium soft (HB or No.2) pencil.
（ペンやボールペンではかかないでください。）
(Do not use any kind of pen.)
2. **かきなおすときは、けしゴムできれいにけしてください。**
Erase any unintended marks completely.
3. **きたなくしたり、おったりしないでください。**
Do not soil or bend this sheet.
4. **マークれい** Marking Examples

よいれい Correct Example	わるいれい Incorrect Examples
●	⊗ ✓ ○ ◎ ≋ ◐ ●

問題1（もんだい）

例（れい）	①	②	●	④
1	①	②	③	●
2	●	②	③	④
3	①	②	●	④
4	①	●	③	④
5	①	②	③	●

問題2（もんだい）

例（れい）	①	②	③	●
1	①	②	●	④
2	①	●	③	④
3	①	②	③	●
4	①	●	③	④
5	①	②	③	●
6	①	②	●	④

問題3（もんだい）

例（れい）	①	●	③	④
1	①	②	③	●
2	①	②	●	④
3	①	②	●	④
4	①	②	●	④
5	①	②	●	④

問題4（もんだい）

例（れい）	●	②	③
1	①	●	③
2	●	②	③
3	①	②	●
4	①	●	③
5	●	②	③
6	●	②	③
7	①	②	●
8	①	②	●
9	●	②	③
10	●	②	③
11	①	●	③
12	●	②	③

問題5（もんだい）

1		①	●	③	④
2		①	●	③	④
3	(1)	●	②	③	④
	(2)	①	②	●	④

第2回　得分表和分析

文字・語彙・文法		配分	答對題數	分數
	問題1	1分×45題	／5	／5
	問題2	1分×45題	／5	／5
	問題3	1分×45題	／5	／5
	問題4	1分×47題	／7	／7
	問題5	1分×45題	／5	／5
	問題6	1分×45題	／5	／5
	問題7	1分×412題	／12	／12
	問題8	1分×45題	／5	／5
	問題9	1分×45題	／5	／10
	合計	54分		a　／54

計算看看如何換算成60分。　a ☐ 分÷54×60＝ A ☐ 分

閱讀		配分	答對題數	分數
	問題10	3分×5題	／5	／15
	問題11	3分×9題	／9	／27
	問題12	3分×2題	／2	／6
	問題13	3分×3題	／3	／9
	問題14	3分×2題	／2	／6
	合計	63分		b　／63

b ☐ 分÷63×60＝ B ☐ 分

聽力		配分	答對題數	分數
	問題1	2分×5題	／5	／10
	問題2	2分×6題	／6	／12
	問題3	2分×5題	／5	／10
	問題4	1分×12題	／12	／12
	問題5	3分×4題	／4	／12
	合　計	57分		c　／56

c ☐ 分÷57×60＝ C ☐ 分

A B C 這三個項目中，若有任一項低於48分，
請在閱讀解說及對策後，再挑戰一次。（48分為本書的及格標準）

※此得分表的各項配分，是由ASK出版編輯部依據題目難度所設定的配分。

語言知識（文字・語彙・文法）・讀解

◆ 文字・語彙・文法

問題1

① 1 こごえる

凍　トウ／こご-える

凍える：凍僵

🔊 2 おとろえる：衰弱、衰敗
3 煮える（に）：煮熟、煮爛
4 震える（ふる）：發抖、抖動

② 4 ごうとう

盗　トウ／ぬす-む

強盗（ごうとう）：搶劫

③ 4 そんちょう

尊　ソン

尊重（そんちょう）：尊重

④ 2 かつよう

活　カツ

活用（かつよう）：有效利用

🔊 1 活躍（かつやく）：活躍
3 活動（かつどう）：活動
4 活発（かっぱつ）：活潑

⑤ 4 ただち

直　チョク・ジキ／ただ-ちに・なお-す・なお-る

直ちに（ただ）：立刻、馬上

🔊 1 すなわち：換言之
2 たちまち：突然、眨眼間
3 せっかち：急躁、性急

※「すなわち（換言之）」是副詞、接續詞；「たちまち（突然）」是副詞；「せっかち（急躁）」是な形容詞。這三個詞彙後面都不接「に」。

問題2

⑥ 2 性別

性　セイ・ショウ

性別（せいべつ）：性別

⑦ 3 観測

観　カン

測　ソク／はか-る

観測（かんそく）：観測

⑧ 1 犯した

犯　ハン／おか-す

犯す（おか）：違犯

⑨ 2 有効

効　コウ／き-く

有効（ゆうこう）：有効

⑩ 4 移転

移　イ／うつ-る・うつ-す

移転（いてん）：遷移、搬家

問題3

⑪ 4 無

無意味（むいみ）＝意味がない（いみ）（沒有意義）

⑫ 4 おき

1週間おき（しゅうかん）＝2週間ごとに（しゅうかん）
毎隔1週＝每2週

13 4 副

副店長（ふくてんちょう）：副店長。排序在店長之下的管理者。其他也有「副社長（ふくしゃちょう）」、「副校長（ふくこうちょう）」等用法。

14 3 費

交通費（こうつうひ）：交通費。上學或上班、出差時，搭乘電車或巴士等交通工具所花費的錢。

15 1 好

好印象（こういんしょう）＝いい印象（いんしょう）（好的印象）

問題4

16 2 記念（きねん）

記念（きねん）：紀念

🏷 1 記号（きごう）：記號
3 記録（きろく）：紀錄
4 記事（きじ）：新聞報導

17 3 真っ赤（まっか）

怒（おこ）るときは顔（かお）が真（ま）っ赤（か）になる。こわいときは顔（かお）が真（ま）っ青（さお）になる。（生氣的時候滿臉通紅。害怕的時候臉色蒼白。）

例 父（ちち）が大切（たいせつ）にしているグラスを割（わ）ってしまい、真（ま）っ青（さお）になった。把父親珍藏的玻璃杯摔破了，我嚇得臉色蒼白。

18 3 つい

つい：不經意。沒有經過深思熟慮就採取行動。不小心。

🏷 1 まさに：真正、的確；即將
2 いかにも：的確；果然；實在
4 いっそ：索性、乾脆

19 2 幸運（こううん）

幸運（こううん）：幸運
幸運（こううん）にも：幸運的是

也可以說「幸（さいわ）いにも（幸運的是）」、「幸運（こううん）なことに（幸運的是）」、「運（うん）よく（幸運）」。

🏷 1 幸福（こうふく）：幸福
3 運命（うんめい）：命運
4 運動（うんどう）：運動

20 4 すっきり

すっきり：整潔；舒暢

🏷 1 たっぷり：多、足夠
2 うっかり：糊塗、馬虎
3 めっきり：明顯的。有巨大變化時使用。

例 最近（さいきん）、めっきり寒（さむ）くなった：最近天氣明顯變冷了

21 1 接続（せつぞく）

接続（せつぞく）：連接

🏷 2 連続（れんぞく）：連續

22 2 換気（かんき）

換気（かんき）：換氣

問題5

23 1 話（はな）さないで

だまる＝何（なに）も言（い）わない　沉默＝什麼都不說

24 3 うるさくて

さわがしい＝うるさい　吵鬧＝嘈雜

25 2 問題（もんだい）

さしつかえがない＝問題（もんだい）がない
沒有阻礙＝沒有問題

26 2 はっきりしない

あいまい＝はっきりしない　曖昧＝含混不清

27 2 だんだん

次第（しだい）に＝だんだん　逐漸的＝漸漸的

問題6

28 4 今週は予定がぎっしりつまっている。這週行程排得很緊湊。

ぎっしりつまる：塞得滿滿的

1 雨にぬれて服がびっしょりだ。被雨淋得衣服都溼透了。

びっしょり：濕透

3 父は私の話をしっかり聞いてくれた。父親很認真的聽我說話。

29 2 アイさんはよく遅刻するが、いつも平気な顔をしています。愛衣常遲到，但總是一臉不在乎的樣子。

平気な：不在乎的

1 戦争のない平和な世界になることを望んでいる。期盼能變成一個沒有戰爭的和平世界。

平和な：和平的

3 …この季節としては平均的な気温です。…這個季節的平均氣溫。

平均的な：平均的

30 2 兄は買ったばかりの携帯電話をもう使いこなしている。哥哥對於剛買不久的手機已經很熟悉操作。

使いこなす：運用自如

31 3 このページ数をざっと読むなら、1時間くらいだ。這個頁數快速閱讀的話大概要1個小時。

ざっと読む⇔ていねいに読む

大致看過內容⇔精讀

2 用事ができたので、さっさと帰った。做完事了所以趕緊回家。

さっさと：不做其他的事且行動快速。

32 4 新しい社長が就任のあいさつを行った。新老闆發表上任感言。

就任：就任、上任

3 僕はこの会社に絶対就職したい。我一定要到這間公司上班。

就職：就職、就業

問題7

33 1 ものなら

～ものなら＝（たぶん～できないが）～できるなら

如果能～的話＝（大概不可能）如果可以～的話

34 4 つつ

～つつ＝～ているのに　雖然～但是

※常見用法有：「思いつつ（雖然覺得～但是）」、「知りつつ（雖然知道～但是）」、「気になりつつ（雖然在意～但是）」、「言いつつ（雖然嘴巴說～但是）」。多半帶有後悔的心情。

例 部長は「自由にやりなさい」と言いつつ、すべてのことに口を出してくる。部長嘴巴雖然說「自由發揮」，但所有事都有意見。

※「～つつ」也有「～ながら（一邊～一邊～）」的意思。

例 社内の状況も考えつつ、取引先とも話し合って決めた。 一邊考慮公司內部的狀況，一邊和客戶談論做決定。

35 3 からして

～からして＝～からすると／～からみて（從～來看）

36 1 ばかりに

～ばかりに＝～せいで（因為～導致～）

37 4 どころじゃない

～どころではない＝～できる状況ではない（不是～的時候）

38 2 ようで

～ようで＝一見～ようで、実際は～（雖然看上去…、但實際上…）

39 4 ことだから 由於

［名詞］のことだから＝［名詞］だからきっと（[名詞]所以一定～）

對性格、習慣等對話者和聽者都熟悉的人物做出某種判斷時會用到的表現。

40 4 に限り

～に限り：只有～可以～

41 1 くせに

～くせに：（帶有不滿的情緒）明明～卻

42 2 走り出した

～たとたん＝～とすぐに（立刻～）

43 4 にともない 伴隨著～

Aにともない B＝Aにともなって B：表示當A發生變化時、B也隨之變化。）

44 2 はじめ

［名詞］をはじめ＝［名詞］を代表例として、その他にも（以［名詞］為代表、其他也…）

問題8

45 3

…子供のころから何か 2**につけ** 4**私** 3**に対して** 1**文句** を言う。

從小不論發生什麼事，2都會4我3對著1抱怨。

～につけ＝～と、いつも（每當～就會～）

何かにつけ：不論什麼事、不論什麼場合

46 1

服を買いに行ったが、2**どれに** 4**しようか** 1**迷った** 3**あげく** 何も買わなかった。

雖然是去買了衣服，但因為2要哪件4決定1太迷惘，3結果什麼都沒買。

～あげく＝した結果（做～之後結果）

表現「儘管做了很多，但結果還是不行」這種狀況時會用到的表現。

※「～」裡放[動詞た形]或是[名詞＋の]。

47 3

やっと梅雨が明けて、ようやく外で運動できると 4**思ったら** 1**暑すぎて** 3**ランニング** 2**どころじゃ** なくなった。

原本4以為梅雨結束了，終於可以在戶外運動，結果1天氣太熱，3外面跑步2不適合。

48 3

…お金を自由に使えなくなる 4**くらい** 2**なら** 3**独身で** 1**いたほう** がましだ。

4如果無法自由運用金錢2的話，3單身1維持這樣還比較好。

Aくらいなら Bほうがましだ／ほうがいい：表示「比起A，B比較好」。

49 1

山を 2**のぼりきった** 3**ところで** 1**言葉にできないほど** 4**美しい景色が** 見え、感動のあまり涙が出ました。

2爬到山頂3時看到那片1無法言喻的4美景，內心感動到落淚。

～たところで＝～したら／～した結果
在～時＝～之後／結果～
言葉にできないほど：無法用語言表達的程度

問題9

50 1 するのに対して

～のに対して：用於同時列舉兩個具有對比性的事物時。這裡列舉「フードドライブ（剩食利用）」和「フードバンク（食物援助）」並說明兩者的差異。

51 3 ないにもかかわらず

～にもかかわらず＝～のに
僅管＝雖然

52 4 ほど

程度

53 2 せざるを得ない

～ざるを得ない＝～なければならない
只得＝不得不

54 1 わけではない

並不是～

◆ 読解

問題10

（1） 55 4

人間というものは、自分のために働く時に生き生きしてくる。それが証明された。

強いられて行う残業は自分を滅ぼすものなのだ。

しかし、**強いられずにやる残業は疲れない**し、楽しい。自分のためにやっているから残業だという実感もない。私が残業をしても疲れなかった時代は、自分が会社とともに伸びているという実感があったからだ。たとえ錯覚であっても身体は熱を発するほど元気だった。

今、作家になって原稿を書く時、深夜になっても残業だなどという意識はない。

人類在為自己工作時最有活力。這點已經被證實了。

被強行要求的加班是在毀滅自己。

然而，**不是被強行要求的加班，不但不會累**，還會覺得很開心。因為那是為了自己，所以不會有在加班的感覺。有一段時期我就算加班也不覺得疲憊，那是因為覺得自己跟公司一起在成長。就算只是錯覺，身體也感覺充滿著熱氣、活力十足。

現在成為作家的我，就算寫稿到深夜也不覺得自己在加班。

選擇「強いられないで（未被強迫＝為了自己）的加班。與選項1「上司的命令」、2「沒有選擇」、3「不好意思拒絕」不同。

★熟記單字及表現

□生き生きする：生氣勃勃
□強いる：強行要他人做某事
□滅ぼす：毀滅
□伸びる：發展、進步
□発する：發出、散發
□意識：意識
□証明する：證明
□～ずに：不是～
□実感：實感
□錯覚：錯覺
□原稿：原稿

(2) 56 1

以下は、家のポストに入っていたチラシである。

●不用品回収お知らせ●

10月4日（木）こちらの地区に回収に参ります。

当日午前8時半までに、3**このチラシとともに**、不用品を道路から見える場所にお出しください。晴雨に関わらず、回収いたします。

無料で回収させていただくものは、2・4**エアコン、冷蔵庫、洗濯機、テレビ以外の家電製品**とフライパンやなべなどの金属製品です。こわれていてもかまいません。

1**パソコンと家具、自転車は有料**で回収いたします。有料回収品については、当日、ご自宅まで取りにうかがいますので、1**前日までに、下記へご連絡ください**。

Yリサイクル　03-1234-5678

3　需要跟傳單一起拿出來。

2・4　因為電視屬於收費回收物，所以需要連絡。相反的，吸塵器可以免費回收，所以不需要連絡。

1・2　電腦屬於收費回收物，最晚需要在前一天（10/3）連絡。

下面是家裡的信箱裡收到的傳單。

●廢棄物回收通知●

10月4日（四）會到這個地區收運回收。

請在當天上午8點半前，3**連同此傳單**，將廢棄物拿出至從道路就能看見的地方。不論晴雨都會前往回收。

免費回收的物品有2・4**冷氣機、冰箱、洗衣機、電視以外的家電用品**，以及平底鍋和鍋子等金屬製品。壞掉的也沒關係。

1**電腦和家具、腳踏車的回收需要收費**。收費回收物會到府收運，1**請至少在前一天聯絡下述號碼**。

Y回收 03-1234-5678

★熟記單字及表現

□**不用品**：不用的物品、廢品　　□**回収**：回收

□**当日**：當天

□**～に関わらず**＝～に関係なく（無關於～）

□**家電製品**：家用電器

□**かまわない**＝問題ない（沒有問題）

□**金属**：金屬

□**下記**：下述

(3) 57 4

人間は不完全なものです。医者も新発明の薬も全能ではありません。医者に見放された患者が、信心して健康になった例もあります。

しかしそれを信心したから霊験で救われたと短絡して考えるのはどうでしょう。

医者に見放された患者は絶望的です。絶望のなかでこそ人のはからいの外のものにすがる素直で純な心が生まれ、心の絶望に光りがさし、生きようとする活力が生まれます。人間に眠っていた自然治癒力が活発になってくるのです。

人類是不完美的。醫生和研發的新藥也不是萬能的。也有被醫生放棄的患者，向神明祈禱後恢復健康的案例。

但可以短略的想城因為祈禱、所以出現神蹟這樣嗎？

被醫生放棄的患者是絕望的。正因為感到絕望，才會有於向人類無法衡量的外在力量求助這樣樸實且純粹的心；在絕望的心裡注入一道陽光，產生想活下去的生命力。沉睡在人類內在的自然治癒力因此被激發。

談話內容

- 有相信神明與佛祖的人獲得健康
- 那並不是因為神明與佛祖所產生的不可思議的力量
- 絕望→相信神明與佛祖那顆樸實且純粹的心→產生活下去的生命力

選項2絕望不是直接激發自然治癒力的原因，因此不正確。

熟記單字及表現

□完全：完全、完整　⇔不完全（不完美）　□発明：發明
□絶望的：絕望的　□活力：活力、生命力

(4) 58 1

以下は、社内文書である。

3月4日
総務課

社員各位

ノー残業デーのお知らせ

次年度を迎えるにあたって、経費削減のため、毎週金曜日はノー残業デーとし、全社員 18：30までに退勤するようお願いします。また、各部署で仕事をより効率的に行えるよう、これまでの仕事のやり方を見直し、できるだけ定時で退勤できるようにしてください。また、ペーパーレス化を徹底するため、不必要な印刷やコピーは避け、パソコンでデータ共有できるものはパソコン上で閲覧するなど、資料のデジタル化も心がけてください。よろしくお願いします。

文章的內容

- 無加班日
- 無紙化、資料數位化

→降低成本

※「ノー残業デー（無加班日）」是指NO加班的DAY。規定不能加班的日子。

※「レス」是less，也就是沒有的意思。無紙化是指不列印文件，減少紙張的使用量。

下面是公司內部公告。

> 3月4日
> 總務部
>
> 全體員工
>
> 無加班日通知
>
> 在迎接下年度之際，由於經費縮減，因此將每週五訂定為無加班日，請全體同仁在 18：30 前下班。此外，為了讓各部門更有效率的工作，請重新檢討以往的工作模式，盡可能準時下班。此外，為了徹底實施無紙化作業，請避免不必要的列印及影印，注意將像是能用電腦分享的文件用電腦閱覽等等的資料數位化。敬請大家配合。

★熟記單字及表現

□**年度**：年度。在日本多數從4月開始到隔年3月為一個年度。「次年度」是指下個年度。

□**～にあたって**：～するときに（～的時候）

□**効率的に**：有效率地　　□**定時**：按時、準時

□**徹底する**：徹底　　□**印刷**：印刷

□**パソコン上で**：在電腦上　　□**～化**：～化

□**デジタル化**：數字化　　□**コスト**：成本

(5) 59 1

> われわれは、モノやコトが単独でリアリティをもつと考えがちだが、**他のモノやコトとの関係性の方が重要**なのかもしれない。お金だってそうだろう。お金が**単独で価値（リアリティ）をもつわけではない**。もし単独で価値をもつならば、ゲームで使われるおもちゃのお金だって、本物のお金と同じように価値をもつ可能性がある。実際にはお金の価値は、他の国のお金、株価やエネルギー埋蔵量など**数え切れないほどのモノやコトとの関係で決まってくる**。
>
> 我們往往會認為物品和事物單獨就具有著價值，但說不定**這些東西與其他物品和事物的關係性更為重要**。錢也是如此吧，錢**不是單獨的就具備著它的價值**。如果能夠單獨的具有價值，那麼玩遊戲使用的代幣也有可能會具有與實際金錢同等價值。事實上，錢的價值是用其他國家的貨幣、股票和能源蘊藏量等**數不盡的事物關係來決定**。

即使看不懂劃底線處的意思，也可以用文章中的其他替代說法來推敲含意。劃波浪線處的文字是提示，選擇用其他事物關係來決定價值的選項。1的狀況即使獲得了優勝，因為沒有贏過其他人，也不具任何實際意義。因此這個選項為正確答案。

文字・語彙

文法

讀解

聽解

試題中譯

★ 熟記單字及表現

□われわれ：「私たち（我們）」的正式說法
□単独（たんどく）：單獨
□関係性（かんけいせい）：關係性
□価値（かち）：價值
□可能性（かのうせい）：可能性
□実際（じっさい）に：實際上、事實上
□エネルギー：能源
□選挙（せんきょ）：選舉

問題11

（1） 60　3　61　2　62　1

　　知人（ちじん）の例（れい）を挙（あ）げる。彼（かれ）は分厚（ぶんあつ）く難易度（なんいど）の高（たか）いある翻訳本（ほんやくぼん）をそれこそ数年（すうねん）がかりで訳（やく）して出版（しゅっぱん）した。その間（あいだ）は、つき合（あ）いも一次会（いちじかい）までと決（き）め、二次会（にじかい）、三次会（さんじかい）は断（ことわ）るというスタンスで通（とお）した。そのため、ちょっとつき合（あ）いの悪（わる）い人（ひと）と思（おも）われていたわけだが、ある種（しゅ）の 60 ライフワークとして彼（かれ）はその翻訳（ほんやく）に取（と）り組（く）むことにした。年齢的（ねんれいてき）にはもう五十（ごじゅう）の坂（さか）を超（こ）えた彼（かれ）が、なお生（い）きがいとして①そのような孤独（こどく）のひとときを大切（たいせつ）にしていたことを知（し）ったとき、②私（わたし）は素直（すなお）に感動（かんどう）した。

　　61 一人（ひとり）きりの時間（じかん）を利用（りよう）して、一人（ひとり）でしかできない世界（せかい）を楽（たの）しむ。これができれば、四十代（よんじゅうだい）、五十代（ごじゅうだい）、六十代（ろくじゅうだい）と年齢（ねんれい）を重（かさ）ねたときにも充実（じゅうじつ）した日々（ひび）が待（ま）っている。人（ひと）といても楽（たの）しい。一人（ひとり）になっても充足（じゅうそく）できる。だが、それはある程度（ていど）若（わか）いうちに孤独（こどく）になる癖（くせ）、つまり孤独（こどく）の技（わざ）を身（み）につけておかないと、できないことなのだ。

　　仲間（なかま）とつるんで日々（ひび）を安楽（あんらく）に過（す）ごしてきただけの人間（にんげん）は、急（きゅう）に一人（ひとり）になったときに寂（さび）しくてやり切（き）れないだろう。そもそもやることが見（み）つからないかもしれない。そうなると、飲（の）み屋（や）の常連（じょうれん）として入（はい）り込（こ）み、「いつものやつ」「あれ、お願（ねが）い」というとすっと好（この）みの酒（さけ）や肴（さかな）が出（で）てくることが喜（よろこ）びというような、発展性（はってんせい）のない楽（たの）しみが人生（じんせい）の目的（もくてき）になってしまう。顔（かお）が利（き）く飲（の）み屋（や）でひとしきり常連同士（じょうれんどうし）で会話（かいわ）を重（かさ）ね、帰（かえ）ったら眠（ねむ）るという人生（じんせい）は、62 孤独（こどく）とは無縁（むえん）かもしれないが、果（は）たして「私（わたし）は十分（じゅうぶん）に生（い）きた」という手応（てごた）えが残（のこ）るだろうか。

---

60 ①前面的「人生意義」是指文章前面提到的「翻譯為生涯的成就」。

61 在第1段落介紹朋友的故事，在第2段落陳述讓自己感動的事和意見。

62 「果たして～か（果真是～嗎）」是疑問句，強調相反的事。作者認為「與孤獨無緣的人，人生沒有意義。孤獨的時間可以充實人生」。

我用朋友的故事為例。他花費多年時間翻譯又厚又難的書，然後出版。那段日子，他跟朋友聚會的原則是只去第一個地方，續攤的邀請一律拒絕。因此，雖然被認為有點難相處，**60 但是他已經把翻譯當作是一種生涯的成就**。年過 50 的他，將①**那種孤獨感**當作人生的意義珍惜著。當我知道這事的時候，②**內心十分感動。**

61 善用獨處的時間，享受著只有一個人才能過的生活。如果能做到如此程度，不論是活到 40 歲、50 歲、60 歲，都能過著充實的日子。跟他人相處也很愉快，自己一個人時也感到滿足，但是，如果在年輕時沒有在某種程度上習慣獨處，也就是擁有孤獨的技術，很難達到這個境界。

一直以來都是跟朋友一起行動、每天過著安逸生活的人，若突然變成孤獨，應該會感到無比寂寞吧。可能會根本找不到事做，然後變成居酒屋的常客，以說「跟平常一樣」、「照舊，麻煩了」就會端出他喜歡喝的酒和小菜這樣的事為樂，人生的目的變成毫無發展性的樂趣。在熟識的居酒屋跟常客聊天，回家後就睡覺，**62 這樣的人生或許與孤獨無緣，但真的能說「我活得精彩」嗎**？

熟記單字及表現

□訳す：翻譯
□なお：依然
□ある程度：某種程度
□人生：人生
□果たして：到底
□通す：貫徹
□重ねる：疊加、累加
□すっと：迅速地
□目的：目的

(2) 63 1 64 3 65 3

63 人間が成長するのは、なんといっても仕事だと思うんです。仕事とは、イヤなことも我慢して、他人と折り合いをつけながら自己主張していくことでもある。ずっとその試練に立ち向かい続けている人は、人間としての強さも確実に身につけていきます。

家庭生活や子育てで人間が成長するということ自体は否定しません。しかし、それは仕事での成長の比ではない。（中略）仕事でイヤなことにも堪えていく胆力を鍛えていれば、子どもが泣いたくらいでうろたえない人間力は自然に身についているのです。（中略）

女性も働き続けたほうがいい理由は、精神論に拠るだけではありません。少なくとも私にとっては、人が稼いできたお金に頼って生きていく人生は考えにくい——自分の欲しい物を、自分の稼いだお金で買えるということは、当たり前に必要なことなんです。

63「會讓人成長的是」「工作」、「工作要忍耐不喜歡的事」同時讓自己更加茁壯。

もちろん、それは万人の感覚ではないでしょう。「自分が家庭をしっかり守っているから、夫は何の心配もせずに仕事ができる。だから私は養われて当然なのだ」と考える人がたくさんいるのも知っていますし、それを否定する気は毛頭ありません。でも、自分の食い扶持は自分で稼ぎ、もしも、**64夫といるのがイヤになったらすぐに離婚できる経済状況の中で結婚生活を続けているからこそ確認できる**、夫婦の愛情ってあると思うんです。

63 能夠讓人成長的，我覺得終究是工作。工作要忍耐不喜歡的事，也要在與他人協調的同時，表達自己的意見。能夠不斷面對那樣考驗的人，才能夠練就身為一個人的強韌。

不可否認家庭生活和育兒會讓人成長。但是，那無法跟工作上的成長相比。（中間省略）如果能夠鍛鍊出在工作上既使遇到不喜歡的事也能夠面對的膽識，自然也就能擁有即使聽到小孩哭也能不慌不忙的能力。（中間省略）

女性最好也能持續工作的理由，不光只是根據精神論。至少對我而言，很難想像人生要依靠別人賺來的錢生活－能用自己賺的錢，買自己想要的東西，是理所當然的事情。

當然，不是所有人都那麼想。我知道也有很多人認為「因為有我好好的守護這個家，先生才能安心工作。因此先生養我也是應該的」，我絲毫沒有要否定那種想法。但是，我覺得自己的伙食費能夠自己賺，要是**64 不想跟先生在一起時，就能立刻離婚，這樣的經濟狀況中，還是能夠維持婚姻生活，才更能確認夫妻的愛情**。

64 仔細閱讀前文，選擇意思相近的選項3。

65 整篇文章在述說工作最能讓人成長，雖然育兒也能讓人成長，但工作更為重要。

★熟記單字及表現

□自己主張する：自我主張
□確実に：確實地
□否定する：否定
□堪える：這裡是指忍耐
□精神論：精神論
□感覚：感覺
□養う：養、供養；養育；培養
□状況：狀況

(3) 66 1 67 4 68 2

子供たちを「～ちゃん」や「～君」ではなく、みんなが集まる場や掲示物などでは「～さん」と呼ぶ保育園がある。そこには、66 **子供たちを一人の個人として尊重し、互いに対等な立場で接したいという方針**があるのだそうだ。そして園長先生自身も子供たちに「～さん」と呼んでほしいとお願いしているそうだ。確かに日本語では「～ちゃん」「～君」「～さん」「～先生」「～様」「～氏」など、時と場合、また互いの距離感、人間関係に応じていろいろな呼び方をする。しかし、それによって、67 **呼ばれる方は知らず知らずのうちに、その呼ばれ方のイメージに合わせて行動する**のではないだろうか。すなわち、子供たちは「～ちゃん」「～君」と呼ばれることで、「子供」として周囲と接し、周囲も彼らを「子供」として扱うのである。

こんな話も聞いたことがある。ある病院では、ある時から患者を「～さま」と呼ぶようになった。すると、患者の中には、横柄で暴力的になる人が現れ、その後、「～さん」という呼び方に戻したところ、彼らの態度も元に戻ったというのである。

言葉を使っているのは、もちろん私たち人間だが、68 **一方で**私たち**人間自身が言葉に使われている**側面もあるのである。

有一間幼稚園，在大家聚集的場合和公佈欄等地方不會用「～ちゃん」和「～君」稱呼孩子，而是用「～さん」稱呼對方。66 **據說那間幼稚園的方針是要尊重每個孩子是一個獨立的個人，希望用相互平等的立場與孩子相處**。然後聽說幼稚園的園長也要求孩子用「先生／小姐」來稱呼自己。的確，日語根據時機和場合，還有彼此間的親疏關係、人際關係會有不同的稱呼方式，例如「～ちゃん」、「～君」、「～さん」、「～先生」、「～様」、「～氏」等。但是也因為如此，67 **被稱呼的人在不知不覺中配合著被稱呼的方式而影響行為**。也就是說，孩子們會因為被用「～ちゃん」、「～君」稱呼，就用「孩子」的行為模式與人相處，周圍的人也會把他們當作「孩子」對待。

我也聽過這樣的事。有一間醫院從某個時期開始用「～さま」稱呼患者。結果，患者中出現蠻橫、使用暴力的人。之後將稱呼改回「～さん」後，那些患者的態度也恢復正常。

雖然使用語言的是我們人類，68 **但從另一個角度來看**，我們**人類本身也被語言駕馭著**。

66「尊重每一個人」意思不是「像是孩子般」、「像是大人般」，而是把對方當作一個人對待。

67 被稱呼的人的行為也配合他被稱呼的方式＝患者被用「～さま」尊稱，所以態度也變得高高在上。

68 畫底線處的前面有「一方で（相反的）」，由此得知後敘內容會是與前面相反的狀況。所以與「人類使用語言」相反的選項2是對的。

★熟記單字及表現

□尊重する：尊重
□接する：接觸

□<ruby>自身<rt>じ しん</rt></ruby>：自身、自己
□<ruby>距離感<rt>きょり かん</rt></ruby>：距離感
□<ruby>人間関係<rt>にんげんかんけい</rt></ruby>：人際關係
□<ruby>知<rt>し</rt></ruby>らず<ruby>知<rt>し</rt></ruby>らずのうちに＝在自己也沒有察覺當中
□イメージ：印象
□<ruby>行動<rt>こう どう</rt></ruby>する：行動
□<ruby>周囲<rt>しゅう い</rt></ruby>：周圍
□<ruby>扱<rt>あつか</rt></ruby>う：對待、待人
□<ruby>暴力的<rt>ぼうりょくてき</rt></ruby>：暴力的
□<ruby>甘<rt>あま</rt></ruby>やかす：嬌慣縱容、溺愛

問題12

69　**2**　70　**4**

A

> 　　<ruby>自分<rt>じ ぶん</rt></ruby>で<ruby>車<rt>くるま</rt></ruby>を<ruby>持<rt>も</rt></ruby>たずに、<ruby>必要<rt>ひつよう</rt></ruby>なときだけ<ruby>借<rt>か</rt></ruby>りたり、1<ruby>台<rt>だい</rt></ruby>の<ruby>車<rt>くるま</rt></ruby>を<ruby>多<rt>おお</rt></ruby>くの<ruby>人<rt>ひと</rt></ruby>と<ruby>共有<rt>きょうゆう</rt></ruby>したりする<ruby>人<rt>ひと</rt></ruby>が<ruby>増<rt>ふ</rt></ruby>えている。<ruby>特<rt>とく</rt></ruby>に、<ruby>最近<rt>さいきん</rt></ruby>の10<ruby>代<rt>だい</rt></ruby>から20<ruby>代<rt>だい</rt></ruby>の<ruby>若者<rt>わかもの</rt></ruby>は、<ruby>以前<rt>い ぜん</rt></ruby>の<ruby>若者<rt>わかもの</rt></ruby>に<ruby>比<rt>くら</rt></ruby>べて、<ruby>車<rt>くるま</rt></ruby>をほしいと<ruby>思<rt>おも</rt></ruby>わないと<ruby>考<rt>かんが</rt></ruby>える<ruby>人<rt>ひと</rt></ruby>が、<ruby>半数近<rt>はんすうちか</rt></ruby>くいるという<ruby>調査結果<rt>ちょうさけっか</rt></ruby>もある。
>
> 　　<ruby>車<rt>くるま</rt></ruby>を<ruby>持<rt>も</rt></ruby>つと、<ruby>車<rt>くるま</rt></ruby>を<ruby>買<rt>か</rt></ruby>う<ruby>費用<rt>ひ よう</rt></ruby>だけでなく、<ruby>保険料<rt>ほ けんりょう</rt></ruby>やガソリン<ruby>代<rt>だい</rt></ruby>、<ruby>整備費用<rt>せい び ひ よう</rt></ruby>などさまざまな<ruby>費用<rt>ひ よう</rt></ruby>がかかる。その<ruby>上<rt>うえ</rt></ruby>、<ruby>都会<rt>と かい</rt></ruby>では<ruby>車<rt>くるま</rt></ruby>の<ruby>必要性<rt>ひつようせい</rt></ruby>も<ruby>低<rt>ひく</rt></ruby>いし、むしろ<ruby>車<rt>くるま</rt></ruby>のほうが<ruby>渋滞<rt>じゅうたい</rt></ruby>に<ruby>巻<rt>ま</rt></ruby>き<ruby>込<rt>こ</rt></ruby>まれるから<ruby>不便<rt>ふ べん</rt></ruby>だともいえる。しかし、<ruby>以前<rt>い ぜん</rt></ruby>のように、**70<ruby>自分<rt>じ ぶん</rt></ruby>の<ruby>憧<rt>あこが</rt></ruby>れの<ruby>車<rt>くるま</rt></ruby>を<ruby>買<rt>か</rt></ruby>うために、<ruby>一生懸命働<rt>いっしょうけんめいはたら</rt></ruby>いて、お<ruby>金<rt>かね</rt></ruby>を<ruby>稼<rt>かせ</rt></ruby>ごうと<ruby>考<rt>かんが</rt></ruby>える**<ruby>若者<rt>わかもの</rt></ruby>が<ruby>減<rt>へ</rt></ruby>り、<ruby>必要最低限<rt>ひつようさいていげん</rt></ruby>のお<ruby>金<rt>かね</rt></ruby>さえあれば<ruby>良<rt>よ</rt></ruby>いと<ruby>考<rt>かんが</rt></ruby>える<ruby>若者<rt>わかもの</rt></ruby>が<ruby>増<rt>ふ</rt></ruby>えているのは、**69<ruby>社会<rt>しゃかい</rt></ruby>から<ruby>活気<rt>かっ き</rt></ruby>がなくなっていくようで、<ruby>寂<rt>さび</rt></ruby>しい**<ruby>気<rt>き</rt></ruby>がする。
>
> 　　不持有自己的車，只在必要時租借，或是一台車多人共用的人正越來越多。根據調查結果顯示，特別是現在 10 到 20 幾歲的年輕人，跟以前的年輕人相比，有近半數的人沒想過要買車。
> 　　想要有車，不僅要花錢買車，還有花上保險費、油錢、維修費等費用。再加上，都市裡也不太需要開車，反倒開車容易遇上塞車，不方便。但是，不像以前般，**70 為了買自己夢想中的車，努力賺錢**的年輕人減少，認為只要賺能維持最低限的生計的錢就好的年輕人增加，**69 這樣的狀況讓社會不再充滿朝氣，讓我感到似乎有些寂寞。**

70　A文裡沒有「物欲」這個詞彙，因此要找替代説法。

69　A<ruby>寂<rt>さび</rt></ruby>しい（寂寞）→　<ruby>残念<rt>ざん ねん</rt></ruby>（可惜）、B<ruby>賢<rt>かしこ</rt></ruby>い<ruby>選択<rt>せんたく</rt></ruby>（明智的選擇）→<ruby>合理的<rt>ごうりてき</rt></ruby>（合理的）

文字・語彙

文法

讀解

聽解

試題中譯

B

最近の若者は、昔より物欲がなくなっているようだ。昔は、給料をもらったら、あれを買いたいとか、貯金して憧れの車に乗りたいとか思ったものだ。しかし、今は車など買わなくてもいいと思っている若者も多いそうだ。

車を持つには、お金がかかる。都会に住んでいれば、車がなくても、十分に生活ができるのだから、車以外に、お金をもっと有効に使いたいという考えもある。確かに、**70 物欲は働く原動力になる**だろう。しかし、物を持つことばかりにこだわらずに、家族や友人と過ごす時間や、趣味や勉強などの経験にお金を使ったほうが豊かな人生を送れるのかもしれない。そう考えると、最近の若者が車を所有しないことも **69 賢い選択といえる**だろう。

最近的年輕人，跟以前的人相比似乎比較沒有物欲。以前只要一拿到薪水，就會想買東西，或是想存錢買自己夢想中的車。但聽說現在很多年輕人認為不買車也沒關係。

要有車的話，就要花錢。只要住在都市裡，就算沒有車也不影響生活，因此有人會想把錢花在車子以外的地方，更有效率的運用。的確，**70 物欲是工作的動力**。但或許不要只著重在物質上，把錢用在跟家人、朋友相處的時間、興趣和讀書等事情上更能豐富生活。這麼想的話，或許現在的年輕人不買車也 **69 可以說是聰明的選擇**吧。

★ **熟記單字及表現**

□**調査**：調查
□**整備**：維修、保養
□**必要性**：必要性
□**必要最低限**：必要的最低限度
□**活気**：生機、活力
□**原動力**：原動力
□**こだわる**：拘泥、糾結
□**豊かな**：豐富的
□**人生**：人生
□**選択**：選擇
□**述べる**：陳述
□**合理的**：合理的
□**意欲**：積極性、熱情

問題13

71 **3** 72 **1** 73 **4**

とかく人は、相手に好意を抱けば抱くほどに、自分の気に入る方向にその人を導き寄せたいと望みます。付き合い始めた最初の頃こそ、相手のことを知らないから、「ああ、この部分は自分と似ているな。ほほお、こういうところは自分とぜんぜん違うな」などと客観的に解釈する余裕がありますが、しだいに互いの付き合いの距離が近くなるにつれ、71 **自分の気に入るところに重点を置き、許容できない部分はあえて目に入れず、全面的に気が合っているという錯覚を持ち始める。**ところがある日、自分の許容を超えた行動を相手がしたとします。

たとえば、仲良しのマルコちゃんがちょっと不良っぽい仲間と遊び出したとします。大丈夫かしら、あんな連中と夜遅くまで遊んで。昔はあんなことするマルコちゃんじゃなかったのに。心配のあまり、マルコちゃんを呼び出して、

「あんな連中と仲良くするなんて、ぜったいあなたらしくない！　やめたほうがいいと思う」

それは友達として正しい助言だったかもしれません。でもその助言をする際に、**「あなたらしくない」**と言われたマルコちゃんは、心外に思うでしょう。

「72 **いったいあなたがどれほど私のことを知っているというの？**　不良っぽいとあなたが言う彼らのことだって、ぜんぜん知らないくせに。つき合ってみたら本当に仲間を大事にするいい人ばかりよ。私は彼らといるときのほうが、あなたと真面目ぶっているときより、はるかに自分らしいと思っているの。勝手に決めつけないで」

なんだか青春映画のような展開になってまいりましたが、73 **つまり私が言いたいのは、他人が他人のことを百パーセント理解するなんて、不可能ということです。**自分のことすら理解できないのに、他人のすべてを知ったつもりになってはいけないと思うのです。

「お、あんな意外性があったのか。真面目そうな顔して、案外、剛胆な人だったのね」

そう驚くのは自由です。そして自分の知らない危険な世界へ引き込まれていく親友がどうしても心配なら、

「気をつけてね。私、心配してるのよ」と自分の気持をストレートに伝えるほうがいいと思います。「あなたらしくない」という言葉は、驕った印象を相手に与えかねません。それがその人「らしい」か「らしくない」かは、所詮、他人にはわかりゃしないんですから。

71　一開始還能客觀的看對方，漸漸的變成主觀判斷。

72　畫底線處後方括弧內的句子是解題的線索。

73　「總而言之，我想說的是」後面接著是筆者想強調的事。

人往往越是對對方抱有好感，越是想把那個人往自己喜歡的方向引導。剛認識的時候，因為不了解對方，「啊，這個部份跟我好像，哇，這點跟我完全不一樣」，還能像這樣客觀的分析。但隨著彼此的距離拉近，**71 就會開始把重點放在自己喜歡的地方，忽視自己無法容許的部份，進而產生自己跟對方任何事都很契合的錯覺。**但如果某天對方做出超出自己容忍範圍的事。

比方說好友的小丸子跟看起來有點像是不良少年的人出去玩。跟那樣的人在外面玩到那麼晚沒問題嗎？明明以前的小丸子不會做那種事。因為過於擔心，所以把小丸子約出來對她說：

「跟那種人走那麼近，完全不像你！我覺得不要比較好。」

身為朋友，或許那樣的勸說是對的。但是在勸說時，被說「**不像你**」的小丸子可能會感到不服氣。

「**72 到底你有多了解我？**你根本不認識你口中說的不良少年。相處過後就會知道他們都是很有義氣的人。與其跟你正經八百的，跟他們在一起時更能做自己。你不要自己隨便下定論。」

雖然像是青春電影般的展開，**73 總而言之，我想說的是沒有人可以百分之百的了解另一個人。**我覺得人連自己都不了解自己了，更別想要了解別人的全部。

「啊，居然有那麼事。看起來很謹慎，沒想到是那麼有膽識的人。」

感到驚訝是人的自由。若無論如何就是擔心親友被捲入未知的危險世界的話，

「要小心喲，我會擔心你。」像這樣直率的傳達自己的心情比較好。「不像你」這種話可能會帶給人傲慢的印象。因為到頭來說，「像」或「不像」那個人，別人終究是沒辦法判斷的。

★熟記單字及表現

□抱く（いだく）：懷抱著（感情等）

□～ば～ほど：越～越～

□客観的に（きゃっかんてきに）：客觀地

□解釈する（かいしゃくする）：解釋、說明

□余裕（よゆう）：餘裕、從容

□重点を置く（じゅうてんをおく）：把重點放在～

□いったい：究竟、到底

□仲間（なかま）：夥伴、同伴

□はるかに：遠遠、遠比

□展開（てんかい）：展開

□意外性（いがいせい）：意外性

□案外（あんがい）：出乎意料

□印象（いんしょう）：印象

問題14

74 3 **75** 2

健康診断のおしらせ

市では国民健康保険の加入者を対象に、年に1回、定期健診を実施しています。糖尿病などの生活習慣病の予防のためにも、健診を受けることをお勧めします。

対象	自己負担額	検査項目
40歳～74歳の国民健康保険に加入している方	600円	身体測定・視力・聴力・尿検査・心電図・血液検査・血圧・レントゲン検査 ＊別途1,000円で胃ガン検査ができます。

受診方法

- ●要予約（受診を希望する医療機関に直接お申込みください。）
- ●検査当日は、保険証が必要です。
- ●所要時間はおよそ90分です。
- ●検査結果は、受診した医療機関を通じて、3週間から4週間以内にお知らせします。
- ●胃ガン検査を受診される方は、検査前日21時以降は絶飲食でお願いします。

受診場所

●実施日や時間帯は、各医療機関によって異なりますので、ご希望の医療機関にお問い合わせください。（受診可能な医療機関は市のホームページで確認できます。）

●平日のみ各町の健康センターでも受診できます。

青木町（9：00～11：00）黒木町（12：30～14：30）緑町（14：00～16：00）

※上記の時間は受付時間です。

※事前に問診票などを送付しますので、受診希望の3週間前までに各町の健康センターに電話でご連絡ください。

※黒木町では胃ガン検査を実施しておりません。

●市の健診センターでは、土曜日と日曜日の健診を受け付けております。

※4週間前までに市の健診センターに、電話またはインターネットの申込ページより予約してください。

※申し込み状況によっては、ご希望の日に受診できない場合もございます。

健診実施時間：<土曜日>9時から12時まで（受付は11時まで）

<日曜日>13時から16時まで（受付は15時まで）

実施日は、月によって替わります。5月と6月の実施曜日は下記の通りです。

5月	第2・第4土曜日	第1・第3日曜日
6月	第1・第2土曜日	第3・第4日曜日

74 平日下午提供健檢的是黑木町和綠町的健康中心。但是黑木町不提供胃癌檢查。

75 市府的健檢中心在星期六只有上午提供服務。各鄉鎮的健康中心只有平日提供服務，因此需詢問其他醫療機構。

健康檢查通知

市府對加入全民健康保險的民眾提供一年一次的定期健康檢查。為了預防糖尿病等文明病，民眾應接受健康檢查。

對象	個人負擔金額	檢查項目
40 歲～ 74 歲加入全民健康保險的民眾	600 日圓	身高、體重、視力、聽力、尿液檢查、心電圖、血液檢查、血壓、X 光檢查 ※ 可自費 1000 日圓接受胃癌檢查

就診方式

・要預約（請直接跟欲就診的醫療機構申請）。
・檢查當天需攜帶健保卡。
・檢查時間約 90 分鐘。
・檢查結果約在 3 週至 4 週內由檢查的醫療機構通知保險者。
・接受胃癌檢查的民眾在檢查的前一天晚上 9 點之後請禁止飲食。

就診地點

・檢查日期和時間依各醫療機構規定有所不同。請直接向欲就診的醫療機構詢問。（可至市府的網頁確認健保特約醫療機構）。
・平日也可以到各鄉鎮健康中心接受檢查。
　青木町（9：00 ～ 11：00）黑木町（12：00 ～ 14：30）綠町（14：00 ～ 16：00）
　※ 上述時間為櫃檯服務時間。
　※會事先寄送病歷表等相關文件，請在欲就診 3 週前透過電話連絡各鄉鎮健康中心。
　※黑木町不提供胃癌檢查。
・市府健康中心在星期六、日提供健康檢查服務。
　※請於 4 週前透過電話或網站上的申請網頁向市府健康中心預約。
　※依預約狀況，不一定能指定健檢的日期。
　健檢時間：＜星期六＞早上 9 點到 12 點（11 點前報到）
　　　　　　＜星期日＞下午 1 點到 4 點（3 點前報到）
　每月的健診日期不同。5 月和 6 月的健診日期如下。

5 月	第 2、第 4 週的星期六	第 1、第 3 週的星期日
6 月	第 1、第 2 週的星期六	第 3、第 4 週的星期日

熟記單字及表現

□実施(じっし)する：實施
□時間帯(じかんたい)：時間帶
□受診(じゅしん)：就診
□医療機関(いりょうきかん)：醫療機構　※ 交通機関(こうつうきかん)＝電車、巴士、飛機等交通運輸方式
□異(こと)なる：不同、相異
□上記(じょうき)：上述
□事前(じぜん)に：事前、事先
□送付(そうふ)する：發送、寄送

聽解

問題1

例　3

N2_2_03

病院の受付で、女の人と男の人が話しています。男の人はこのあとまず、何をしますか。

F：こんにちは。

M：すみません、予約はしていないんですが、いいですか。

F：大丈夫ですが、現在かなり混んでおりまして、1時間くらいお待ちいただくことになるかもしれないのですが…。

M：1時間か…。大丈夫です、お願いします。

F：はい、承知しました。こちらは初めてですか。初めての方は、まず診察券を作成していただくことになります。

M：診察券なら、持っています。

F：それでは、こちらの書類に症状などをご記入のうえ、保険証と一緒に出してください。そのあと体温を測ってください。

M：わかりました。ありがとうございます。

男の人はこのあとまず何をしますか。

在醫院的櫃檯處，女性和男性在說話。男性在這之後首先要做什麼？

女：午安。
男：不好意思，沒有預約也可以看診嗎？
女：可以。但是現在候診的病人很多，可能要等 1 個小時左右…。
男：1 個小時啊…。沒關係，我可以等，麻煩你了。
女：好的，我知道了。請問是第一次來嗎？初診的話，要請您先製作掛號證。
男：我有帶掛號證。
女：那樣的話，請您填寫完這個病歷表後，連同健保卡一起給我。之後請您量體溫。
男：我知道了。謝謝。

男性在這之後首先要做什麼？

1番　4

N2_2_04

電話で母親と息子が話しています。息子はこのあとまずどうしますか。

F：あ、もしもし、お母さんだけど…。

M：何？　どうしたの？

F：来週、おじさんとおばさんがこちらに遊びに来るって言ってたじゃない？　それがね、予定が変わって、今晩こちらに来るんだって。

M：ええ？　すごく急だな…。じゃあ今晩はうちに泊まるの？ 1 **もし泊まるんだったら、掃除しないと。**

F：ううん、今日はホテルに泊まって、明日うちに遊びに来るんだって。悪いんだけど、2 **今日大学に行った帰りに、おいしそうなお菓子、買ってきてくれない？**

M：うん、わかった。

F：明日からはうちに泊まるらしいから、お客様用の布団と枕、二人分出しておいて。

M：ええ、3 **お客用の布団なんてどこにあるかわかんないよ。**

F：**もう。じゃあ、いいわ。**あ、それと、4 **雨が降りそうだから洗濯物、中にとりこんでおいて。**

M：はいはい。

F：お母さんは5時くらいに帰るから、とにかくよろしくね。

息子はこのあとまずどうしますか。

1　明天才要在家裡過夜，不用現在馬上打掃。

2　從大學回家的途中買點心。

3　因為不知道客人用的棉被放在哪裡，所以沒有要拿出來。

4　○

電話裡媽媽和兒子正在說話。兒子在這之後首先要做什麼？

女：喂，我是媽媽。
男：幹嘛？怎麼了？
女：之前不是有說下禮拜伯父和伯母要來這裡玩？那個，計劃變了，他們說今天晚上就要來。
男：咦？太臨時了吧…。那他們今天晚上會住在我們家嗎？ 1 **如果要在我們家過夜的話，家裡不打掃不行。**
女：不會。他們說今天會住飯店，然後明天來我們家玩。雖然有點麻煩，2 **但你今天從大學回家的途中，可以買一些好吃的點心回來嗎？**
男：好，我知道了。
女：他們明天好像要住我們家，你先把兩人份的客用棉被和枕頭拿出來。

男：什麼？3 **我可不知道客人用的棉被這些東西放在哪裡。**
女：**怎麼這樣，那就算了。**啊，還有，4 **好像快下雨了，你先把曬在外面的衣服收進屋內。**
男：好啦好啦。
女：媽媽 5 點左右回家，總之就麻煩你囉。

兒子在這之後首先要做什麼？

★熟記單字及表現

□洗濯物をとりこむ：收衣服、把晾在外面的衣服收進屋內。
□とにかく：總之

2番　1

N2_2_05

女の人と男の人が引っ越しのときのベッドの処分について話しています。男の人は、このあとまずどうしますか。

F：金山くん、引っ越しの荷造り、全然、進んでないじゃない。

M：今、一生懸命やってるところ。

F：大変だね。ねえ、このベッドどうするの？

M：粗大ごみに出すよ。引っ越し会社に聞いたら、ベッド1つ運ぶのに追加料金が1万円かかるって言われちゃってさ。それなら新しいベッドを買ったほうがいいかなって思って。

F：えー、使えるのにもったいないね。リサイクルショップに売ったらどう？

M：3 **この前、リサイクルショップには電話したよ。**そうしたらさ、ベッドは大きすぎるので、引き取れませんって言われちゃったんだ。

F：無料だったらほしい人がいるんじゃない？　ほら、このサイト見て。いらないものの写真を撮ってこのサイトにアップすると、ほしい人からメッセージが来るの。

M：へー、そんな便利なサイトがあるんだ。全然知らなかった。

F：4 **私がこのベッドの写真を撮って、サイトにアップしてあげる。**金山くんは続きをやったら？

M：そうだね。ありがとう。

男の人は、このあとまずどうしますか。

1　○

2　原本想要當作大型垃圾丟掉，但被女性阻止了。

3　已經打過電話了。

4　女性要幫忙拍照跟上傳。

女性和男性在討論搬家時要如何處理床。男性在這之後首先要做什麼？

女：金山，你都還沒有打包搬家的東西。
男：我現在正在努力整理。
女：很辛苦吧。對了，你這個床要怎麼處理？
男：我要把它當作大型垃圾丟掉。我問了搬家公司，他們說搬運一張床要加 1 萬日圓。那樣的話我還不如買一張新的床。
女：明明就還可以用，這樣好可惜。還是賣給回收公司，你覺得呢？
男：**3 前幾天我打電話問過回收公司了**。結果他們說床太大了，他們不接受回收。
女：如果不用錢的話應該會有人想要吧？你看這個網站。把不要的東西拍照後上傳到這個網站，想要的人就會傳訊息給你。
男：真的耶，居然有那麼方便的網站，我都不知道。
女：**4 我幫你拍這張床，然後上傳到網站**。金山你就繼續整理，如何？
男：好，謝謝。

男性在這之後首先要做什麼？

★熟記單字及表現

□処分：處理
□粗大ごみ：大型垃圾
□引っ越し先：搬家之後的家
□リサイクルショップ：舊貨商店
□サイトにアップする：上傳到網上

3番　3

N2_1_06

レストランで、店長と女の店員が話しています。店長はこのあとまず何をしますか。

M：あ、関口さん。すみません、今ちょっと、いいですか？

F：はい。何ですか。

M：明日、団体のお客様からご予約いただいたんですけど、人手が足りないんです。もし、さしつかえなければ、明日、入っていただけますか。7時からなんですけど。

F：ああ、申し訳ないんですけど、明日は大学の授業があって、7時には間に合わないんです。8時なら、間に合うと思うんですけど。

M：そっかあ。それは仕方ないですね。明日入れそうな人、心当たりありませんか。みなさんにも、**1 メールはしてみたんですけど、誰からも返事がなくて**……。

1　已經拜託大家幫忙了。

F：木村さんはどうですか。木村さん、明日は午前の授業しかないと思いますよ。

M：それが、**2木村さんは明日の午後から旅行で、こっちにいない**らしくて……。

F：他の店舗から、誰かに来ていただけないんですか。

M：そうですね。空いている人がいないか、聞いてみてもいいんですけど。でも、今はどの店も忘年会シーズンで忙しいから、言いにくいんですよねぇ。

F：ええ、誰か来てくれるかもしれないので、**3聞くだけ聞いてみたらどうですか**。私も８時に来ますよ。

M：うん、じゃあ、そうします。忙しいところ、すみません。

店長はこのあとまず何をしますか。

2　木村正在旅行。

3　○

4　說不出口。

餐廳裡店長和女店員在對話。店長在這之後首先要做什麼？

男：啊，關口。不好意思，你現在方便說話嗎？
女：可以。怎麼了？
男：明天有團體的客人預約，但我們的人手不夠。如果方便的話，你明天可以上班嗎？７點開始。
女：不好意思，我明天大學有課，來不及上７點的班。8 點的話我可以。
男：這樣啊。那就沒辦法了。你知道明天誰可以來嗎？**1 我已經寫信問大家了，可是沒有人回覆**…。
女：木村呢？木村明天只有早上有課。
男：**2 木村明天下午要去旅行，不會待在這邊**的樣子…。
女：可以請其他店的人來支援嗎？
男：這個嘛。也是可以問看看有沒有人有空，但是現在是尾牙旺季，每家店都很忙，不好意思開口。
女：說不定有人可以來幫忙，**3 問就問問看吧，怎麼樣**？我 8 點也會來。
男：嗯，那麼我就問看看。你在忙我還打擾你，不好意思。

店長在這之後首先要做什麼？

★熟記單字及表現

□団体（客）：團體（遊客）
□人手：人手、勞力
□さしつかえなければ＝如果方便的話、如果沒問題的話
□入る：進入，在這裡是「開始打工」的意思。
□心当たり：頭緒、線索
□忘年会：會在年末舉辦的宴會
□シーズン：季節、旺季。「忘年会ｼｰｽﾞﾝ（尾牙季節）」是指通常舉辦尾牙的時期。12月。

4番　2

N2_2_07

会社で男の人が新入社員に会社について説明しています。新入社員は明日の朝、会社に来たらはじめに何をしなければなりませんか。

M：ここが明日から安田さんに来てもらう部署です。1 **朝来たらまず、出勤時刻を記録します**。まず各自のパソコンをつけて、IDとパスワードを入力してログインすれば、自動的に出勤時間が記録されます。安田さんには明日、ログインの方法とID、パスワードを教えますから、1 **明日の朝はしなくてけっこうです**。それから、うちの部署では朝の仕事が始まる前に、2 **机や窓を拭いたりする掃除の時間**を設けています。それが終わったら、3 **社員全員で朝礼といって、今日の仕事内容のチェックやスケジュールの確認などを行います**。そのとき、安田さんには 4 **部署のみんなに自己紹介**をしてもらおうと思っています。では、明日からよろしくお願いします。

新入社員は明日の朝、会社に来たらはじめに何をしなければなりませんか。

公司裡男性正在跟新進員工說明公司的事。新進員工明天早上到公司後首先做什麼？

男：這裡是明天開始安田先生你要工作的部門。1 **早上到公司後先記錄上班時間**。首先打開各自的電腦，輸入 ID 和密碼登入後，上班時間就會自動被記錄。明天早上我會告訴安田先生你登入的方法、ID 和密碼，所以 1 **明天早上先不用記錄沒關係**。之後，我們部門在早上開始工作前 2 **有安排擦拭桌子和窗戶的打掃時間**。在那之後 3 **全體員工會參加早會，確認今天的工作內容和行程等事項**。那時候會請安田先生自己 4 **跟部門的同事自我介紹**。那麼，明天就麻煩你了。

新進員工明天早上到公司後首先要做什麼？

1　明天不用記錄出勤時間沒關係。

2　○

3・4　在打掃後的早會時間進行。

熟記單字及表現

□記録する：記錄
□各自：各自
□ログイン：登錄

5番　4

N2_2_08

会議室で男の人と女の人が明日の会議の準備をしています。女の人はこのあと何をしますか。

M：明日の会議の準備、どれくらい進んでる？

F：机といすはすべて並べ終えたところです。それから、パソコンがちゃんと動くかのチェックをしようと思っています。

M：パソコンってこのパソコンのこと？　実はさっき高橋君から、**1 明日の会議では自分のパソコンを使うから、そちらで用意していただかなくてけっこうですって連絡があったんだ。**だからそれはいいよ。

F：そうなんですね。でもパソコンとスクリーンをつなぐケーブルは必要ですよね。

M：うーん、それも高橋君が持ってくるとは思うけど、念のためここに置いておいて。あ、ケーブルは印刷室の棚にまとめておいてあるから。

F：わかりました。じゃあ、印刷室に資料を取りに行くついでに取ってきます。

M：**3 資料は何部印刷したの？**

F：**予備もあわせて 100 部です。**

M：重くて、女の人じゃ大変だな。じゃあ、**2 僕が印刷室に行って全部取ってくる**から、この **4 ペットボトルの飲み物、全部机の上に並べておいて。**

F：ありがとうございます。助かります。

女の人はこのあと何をしますか。

會議室裡男性和女性正在準備明天的會議。女性在這之後要做什麼？

男：明天的會議準備到哪裡了？

女：剛排好所有的桌子跟椅子。接著要確認電腦是不是能確實運作。

男：你說的電腦是指哪一個電腦？其實剛剛高橋有 **1 聯絡說明天的會議他會用自己的電腦，所以我們不用準備**。所以你不用檢查電腦了。

女：這樣啊。但還是要準備連接電腦和螢幕的轉接線對吧。

男：嗯。那個高橋應該也會帶來，保險起見這裡還是先準備著。啊，轉接線都在影印室的架子上。

1　高橋會準備。

3　轉接線放在影印室的架子上。男性會連同資料一起拿來。

2　已經印好了。

4　○

女：我知道了。那我去影印室拿資料的時候順便拿來。
男：**3 資料印了幾份？**
女：**加上額外準備的，總共 100 份**。
男：那麼重，女性拿很辛苦吧。**2 還是我去影印室把所有東西都拿來**，**4 你先把所有的瓶裝飲料排好在桌上**。
女：謝謝，幫了我大忙。

女性在這之後要做什麼？

熟記單字及表現

□念のため：慎重起見、以防萬一
□予備：備品；預備

問題2

例　4

N2_2_10

テレビ番組で、女の司会者と男の俳優が話しています。男の俳優は、芝居のどんなところが一番大変だと言っていますか。

F：富田さん、今回の舞台劇『六人の物語』は、すごく評判がよくて、ネット上でも話題になっていますね。

M：ありがとうございます。今回は僕の初舞台で、たくさんの方々に観ていただいて本当にうれしいです。でも、まだまだ経験不足のところもあって、いろいろ苦労しました。

F：動きも多いし、かなり体力を使うでしょうね。

M：ええ。セリフもたくさんおぼえなきゃいけないから、つらかったです。

F：そうですよね。でもすごく自然に話していらっしゃいました。

M：ありがとうございます。空いている時間は全部練習に使ったんですよ。でも、間違えないでセリフを話せたとしても、キャラクターの性格を出せないとお芝居とは言えないので、そこが一番大変でしたね。

男の俳優は、芝居のどんなところが一番大変だと言っていますか。

電視節目裡女主持人和男演員在對話。男演員說戲劇表演哪裡最辛苦？

女：富田先生，這次的舞台劇《六個人的故事》廣受好評，網路上也掀起熱烈討論。
男：謝謝。這次是我第一次的舞台劇，能夠有那麼多人觀賞，真的很開心。但我因為經驗不足，吃了不少苦頭。
女：動作也很多，很耗體力吧。
男：是的。也有很多要背的台詞，很辛苦。
女：看得出來，但是您表達得很自然。
男：謝謝。我把所有空閒的時間都投入在練習上。不過，就算能一字不漏的說出所有台詞，如果不能展現出角色的個性，就稱不上是戲劇表演，這點最辛苦。

男演員說戲劇表演哪裡最辛苦？

1番　3

N2_2_11

夫婦が話しています。夫はどうして午後から会社に行くことにしたのですか。

F：ちょっと、いつまで寝てるの？　もう８時だよ？　いい加減起きないと会社、遅刻しちゃうじゃん。

M：あー、今日は会社、午後から行くことにしたから。

F：え？　なんで？　風邪？

M：いや、健康そのもの。まぁ、ちょっと喉は痛いけど…。

F：それは昨日の飲み会で飲みすぎたからでしょ。

M：しょうがないじゃん。退職する人の送別会だったんだから。**本当は今日、出張の予定だったんだけど、お客さんの都合でキャンセルになってさ。**だから、今日は午前中休みをいただいてもいいですかって上司に言ってみたら、いいよって。ほんとついてるよ。

（因為不用出差了，所以請假休息。）

F：そうなの。まあ、最近働きすぎじゃないかって心配してたから、たまにはいいんじゃない？

M：すごく特別な気分。

F：あー、うらやましい。あ、もうこんな時間。じゃあ、私行ってくるね。

夫はどうして午後から会社に行くことにしたのですか。

夫妻正在說話。先生為什麼下午才要去公司？

女：喂，你要睡到什麼時候？已經 8 點了，再不起來上班要遲到了。
男：啊，我今天下午才要去公司。
女：咦？為什麼？感冒嗎？
男：不是，我很健康。不過喉嚨有點痛。
女：那是因為你昨天酒喝太多了吧。
男：我也不想啊。那是因為要歡送離職的人。**原本今天要出差，結果客人有事取消了**。所以我就問主管上午可不可以請假，結果主管說好。真幸運。
女：是嗎。我還擔心你最近是不是工作太累了，偶爾休息也還好吧。
男：感覺好特別啊。
女：啊一，真羨慕。啊，已經這麼晚了，那我就先出門囉。

先生為什麼下午才要去公司？

熟記單字及表現

□ いい加減（か げん）：適可而止　　　　　□ ついている：運氣好、走運

2番　2

🔊 N2_2_12

病院（びょういん）で医者（いしゃ）が検査（けんさ）について話（はな）しています。患者（かんじゃ）が検査（けんさ）の前（まえ）にしてもいいことは何（なん）ですか。

M：えー、検査（けんさ）を受（う）けるにあたって、いくつか注意事項（ちゅういじこう）がございます。まず、検査前日（けんさぜんじつ）ですが、**1・2 夕食（ゆうしょく）は、午後（ご ご）8時（じ）までに済（す）ませて、それ以降（いこう）は飲（の）み物（もの）以外（いがい）は一切（いっさい）取（と）ってはいけません。** アルコール、**たばこも同様（どうよう）に、午後（ご ご）8時以降禁止（じ い こうきん し）**です。そして検査当日（けんさとうじつ）は、朝食（ちょうしょく）を抜（ぬ）き、**3飲（の）み物（もの）もお控（ひか）えになってください。** また、当病院（とうびょういん）では検査（けんさ）を行（おこな）う際（さい）、いくつかの薬（くすり）を使用（しよう）いたします。これらの薬（くすり）は、検査後（けんさ ご）に、眠気（ねむ け）や頭痛（ず つう）、体（からだ）のだるさを引（ひ）き起（お）こすおそれがあるため、検査当日（けんさとうじつ）は、車（くるま）、バイク、自転車（じ てんしゃ）の運転（うんてん）をご遠慮（えんりょ）いただいております。ご理解（り かい）ください。

患者（かんじゃ）が検査（けんさ）の前（まえ）にしてもいいことは何（なん）ですか。

醫院裡醫生正在說明檢查的相關事項。患者在檢查前可以做什麼事？
男：那個，檢查的時候有幾個注意事項。首先是檢查的前一天，**1・2 晚餐要在晚上 8 點前結束。之後只能喝東西。酒和煙也一樣，晚上 8 點之後禁止**。然後檢查當天不要吃早餐，**3 也不能喝飲料**。此外，本院進行檢查時會使用幾種藥物。這些藥物在檢查後可能會引起想睡、頭痛或感到疲倦等狀況，所以檢查當天不要開車、騎車或騎腳踏車。希望您可以理解。
患者在檢查前可以做什麼事？

1・2 晚餐（夕食（ゆうしょく）＝晚ご飯（ばん はん））在前一天晚上 8 點前結束。飲料除了酒之外都可以喝。

3 當天也不能喝飲料。

4 不能抽煙。

★熟記單字及表現

□一切～ない：完全不
□同様に：同樣
□禁止：禁止
□控える：節制、控制
□～おそれがある：有可能…
※有可能會發生不好的事時使用。

3番　4

N2_2_13

会社で女の人と男の人が海外出張について話しています。男の人は海外出張で何が大変だったと言っていますか。

F：お疲れ様です。海外出張いかがでしたか。

M：あーあ、とにかく疲れた、疲れた。

F：何かあったんですか。お客さんから何か言われたとか…。

M：1**いつもお世話になっている会社だから、緊張せずに行けたよ。**そのせいで油断してしまって、持っていくべきだった2**資料を忘れてしまって**。

F：それは大変でしたね。大丈夫だったんですか。

M：もう、冷や汗が出るくらい慌てたんだけど、向こうの方が、あとでかまいませんよ、って言ってくださって2**大きなトラブルにはならなかった**。それよりも問題は飛行機。

F：もしかして飛行機が飛ばなかったとか？

M：確かに3**出発は30分遅れたけど、そんなこと大したことじゃない**。とにかく隣の人のいびきがうるさくて、たまらなかったんだ。4 **8時間のフライト中ずっとひどいいびきに悩まされてちっとも眠れなかった**。そのまま会社に来たから、もうやってられないよ。

男の人は海外出張で何が一番大変だったと言っていますか。

1　不會緊張。

2　雖然忘了帶資料，但沒有釀成大禍。

3　出發延遲了30分鐘，但問題不大。

4　○

公司裡女性和男性正在談論到國外出差的事。男性說國外出差什麼事最辛苦？

女：辛苦了。國外出差還順利嗎？
男：啊～總之就是很累、很累。
女：發生什麼事了嗎？像是被客人說了什麼的。
男：**1 因為跟對方公司已經合作很久了，所以我去一點也不緊張**。結果太鬆懈，反而 **2 忘了帶**應該要帶的**資料**。
女：那可就糟糕了。還好嗎？
男：我慌張到冒冷汗，但對方說之後再給沒關係，所以**沒有釀成大禍**。比起那個飛機比較有問題。
女：該不會飛機停飛吧？
男：**3 確實出發延遲了 30 分鐘，但那也不是什麼大問題**。總之就是坐在我旁邊的人的打呼聲很吵，讓我很受不了。**4 整整 8 小時的飛行時間我一直被打呼聲吵到沒辦法睡**。就這樣直接來公司，已經快撐不下去了。

男性說國外出差什麼事最辛苦？

熟記單字及表現

□油断する：疏忽大意　　□たまらない：難以忍受

4番　2

N2_2_14

テレビで男の人と先生が話しています。先生は子供の成長のためには何をするといいと言っていますか。

M：親はいつの時代も「いい子に育てたい」と考え、一生懸命子供と向き合っています。子供の成長のためには、親はどのようなことに気をつければいいでしょうか。

F：そうですね。最近の親を見ていて思うんですが、まだ小さいうちから英語やピアノ、スイミング、運動教室などに行かせている人があまりに多いことが気になっています。もちろん、小さいうちからいろんな習い事をさせることが必ずしも悪いわけではありません。ただ、**1 習い事をたくさんさせようとした結果、親子のコミュニケーションの時間が無くなってしまうのは残念**なことです。

M：子供のうちに海外旅行など、特別な経験をさせたほうがいいという意見もありますが、いかがですか。

1 讓孩子學太多東西，造成親子間沒有時間溝通，反而會不好。

F：**3・4 家族での海外旅行が子供にとって素晴らしい経験になることは間違いないでしょう。しかし、毎日毎日特別な経験を用意してあげられるわけではありませんよね。**

M：確かにそうですね。

F：だったら、**2 毎日の生活で子供とゆっくり話をする時間を作るとか、一緒に遊んであげる時間を作ることのほうがずっと大切**だと思います。

M：なるほど。たった1度だけの特別な経験よりも、毎日のコミュニケーションが大切だということですね。

先生は子供の成長のためには何をするといいと言っていますか。

電視裡男性和教授正在說話。教授說為了孩子的成長應該要做什麼？

男：不管在什麼時代，父母都希望能「培養出好的孩子」，努力跟孩子相處。為了孩子的成長，父母應該要注意什麼事呢。

女：是的。我看到最近很多父母，在孩子還小的時候就讓他們去學英文、鋼琴、游泳或運動，有感而發。當然，在孩子還小的時候讓他們去學不同的才藝不一定是一件壞事。但是 **1 讓孩子學太多東西，結果壓縮到親子間的溝通時間，實在很可惜**。

男：也有人覺得應該趁孩子還小一起到國外旅遊之類的啦，讓孩子有過特別的經驗。您覺得呢？

女：**3・4 家人一起到國外旅遊對孩子來說絕對會是一個很棒的經驗。但也不可能每天都能為孩子創造出特別的經驗吧**。

男：確實如此。

女：所以 **2 在每天的生活裡花時間和孩子好好對話，或是陪小孩玩才是最重要的**。

男：原來如此。也就是說比起只有一次的特別經驗，每天的溝通又更為重要。

教授說為了孩子的成長應該要做什麼？

2 ○

3・4 不是每天都能創造出到國外旅遊這類的特別經驗。

★ 熟記單字及表現

□あまりに（も）：太、過於

□必ずしも～ない：未必、不一定

□コミュニケーション：交流、溝通

□～にとって：對於…來說

5番　4

🔈 N2_2_15

大学で女の学生と先生が話しています。先生は女の学生の発表の何がよくなかったと言っていますか。

F：先生、私の研究発表、何か問題がありましたか。先生が難しい顔で見ていらっしゃったので…。

M：いやいや、4 **表情を除けば、内容は完璧だった**と言ってもいいんじゃないでしょうか。 ―― 4 ○

F：本当ですか。

M：一番よかった点は、なぜこのテーマの研究をやる必要があるのかが明確に説明できていた点です。1・2 **学生の発表で多いのが、研究する意味をはっきり説明しないまま、だらだらと話し続けるパターンです。**松田さんの発表は、最初に研究の目的と必要性を述べ、それから具体的な内容に入っていったところがとてもよかったと思います。 ―― 1・2　不是在說松田。

F：ありがとうございます。3 **実は、先輩に発表の練習に付き合っていただいたんです。** ―― 3　有練習。

M：なるほど。実際の発表の前に、友人や鏡の前などで何回か練習しておくと、内容が頭に入り、自信もつきます。松田さんの発表の内容はいいんですから、4 **もっとリラックスして、緊張しなければ、今よりももっと素晴らしい発表ができる**と思いますよ。 ―― 4 ○

F：はい。頑張ります。

先生は女の学生の発表の何がよくなかったと言っていますか。

大學裡女學生和老師正在說話。老師說女學生的發表哪裡不好？

女：老師，我的研究發表哪裡有問題嗎？老師看起來好像不是很滿意⋯。

男：沒有沒有。4 **除了表情外內容可以說是完美**。

女：真的嗎？

男：最棒的一點就是你可以很明確的說明為什麼有必要研究這個題目。1・2 **學生發表最常發生的問題就是沒辦法清楚的說明研究的意義，然後發表又很冗長**。松田的發表一開始先敘述研究的目的和必要性，接著說明具體內容這點非常好。

女：謝謝。3 **其實我有請學長姐陪我練習**。

男：原來如此，實際發表前不斷在朋友或鏡子前練習的話，腦袋自然就會記住內容，人也會有自信。松田發表的內容很好，4 **如果能再放鬆一點不要緊張的話，一定能表現的比現在更好**。

女：好。我會努力的。

老師說女學生的發表哪裡不好？

★ 熟記單字及表現

□ 発表（はっぴょう）：發表　　　　　□ 除（のぞ）く：除了
□ 完璧（かんぺき）：完美　　　　　　□ 明確（めいかく）に：明確地
□ だらだら：冗長　　　　　　　　　□ パターン：模式
□ 述（の）べる：陳述

6番　3

🔊 N2_2_16

女（おんな）の人（ひと）と男（おとこ）の人（ひと）が話（はな）しています。男（おとこ）の人（ひと）はどうして遅（おそ）くなったのですか。

F：もう、1時間（じかん）も遅刻（ちこく）！

M：ごめんごめん。

F：道路（どうろ）がひどい渋滞（じゅうたい）だったから？　でもさ、今日（きょう）から**1三連休（さんれんきゅう）だから道路（どうろ）が渋滞（じゅうたい）するなんてわかりきってたじゃん。**

M：**1そう思（おも）っていつもより30分（ぶんはや）早く出（で）たよ。昨日（きのう）降（ふ）った2雪（ゆき）がまだ溶（と）けてなくって、どの車（くるま）もいつもよりゆっくり走（はし）ってたから、けっこう時間（じかん）がかかるかな、と思（おも）ったけどそうでもなかった。**

F：そうなんだ。意外（いがい）だね。

M：これなら約束（やくそく）の時間（じかん）より早（はや）く着（つ）くかな、と思（おも）って安心（あんしん）してたら、**3・4前（まえ）を走（はし）ってたトラックが急（きゅう）にコントロールを失（うしな）って、道路（どうろ）の脇（わき）の街路樹（がいろじゅ）にぶつかったんだよ。**すごい音（おと）でもうびっくりしたよ。

F：ええ、怖（こわ）い。それで大丈夫（だいじょうぶ）だったの？

M：思（おも）いっきりブレーキ踏（ふ）んだから、まあ、なんとか…。運転手（うんてんしゅ）も自分（じぶん）で歩（ある）けていたから誰（だれ）もけが人（にん）はでなかったみたい。それから警察（けいさつ）に電話（でんわ）して、警察（けいさつ）から事故（じこ）の状況（じょうきょう）を聞（き）かれたりして、いろいろ大変（たいへん）だったんだよ。

F：あらら。面倒（めんどう）くさいことに巻（ま）き込（こ）まれちゃったってわけね。

男（おとこ）の人（ひと）はどうして遅（おそ）くなったのですか。

1　以為會塞車，所以提早30分鐘出門。

2　雖然還是積雪，但沒有多花什麼時間。

3・4　前方的卡車發生事故。不是自己發生事故。

女性和男性正在說話。男性為什麼遲到？

女：你居然遲到了 1 小時！
男：對不起對不起。
女：因為路上很塞嗎？可是今天開始 1 <u>連假三天，會塞車不是早就知道的事嗎</u>？
男：**1 <u>我也是這麼想，所以比平常還要早 30 分鐘出門。昨天下的 2 雪還沒有融化，我以為路上的車都會開得比平常慢，應該會花不少時間，結果沒有。</u>**
女：是喔，真是意外。
男：原本以為這麼一來還會比約定的時間早到，心裡就放心了，**3・4 <u>結果前面那台卡車突然失去控制，撞上路邊的樹</u>**。超大聲，嚇了我一跳。
女：好恐怖。沒事吧？
男：我趕緊踩煞車，還好沒事…。司機自己也還能走路，好像沒有人受傷。打電話報警之後，警察問了一些事故的狀況。要做的事很多呢。
女：哎呀呀，被捲入了麻煩事呢。

男性為什麼遲到？

熟記單字及表現

□溶（と）ける：融化；溶化　　　□脇（わき）：旁邊
□状況（じょうきょう）：狀況

問題3

例　2
🔊 N2_2_18

日本語学校（にほんごがっこう）で先生（せんせい）が話（はな）しています。

F：皆（みな）さん、カレーが食（た）べたくなったら、レストランで食（た）べますか、自分（じぶん）で作（つく）りますか。作（つく）り方（かた）はとても簡単（かんたん）です。じゃがいも、にんじん、玉（たま）ねぎなど、自分（じぶん）や家族（かぞく）の好（す）きな野菜（やさい）を食（た）べやすい大（おお）きさに切（き）って、ルウと一緒（いっしょ）に煮込（にこ）んだらすぐできあがります。できあがったばかりの熱々（あつあつ）のカレーももちろんおいしいのですが、実（じつ）は、冷蔵庫（れいぞうこ）で一晩冷（ひとばんひ）やしてからのほうがもっとおいしくなりますよ。それは、冷（さ）めるときに味（あじ）が食材（しょくざい）の奥（おく）まで入（はい）っていくからです。自分（じぶん）で作（つく）ったときは、ぜひ試（ため）してみてください。

先生（せんせい）が一番（いちばん）言（い）いたいことは何（なん）ですか。

1　カレーを作る方法

2　カレーをおいしく食べる方法

3　カレーを作るときに必要な野菜

4　カレーのおいしいレストラン

日語學校的老師正在說話。
女：大家想吃咖哩的時候，會去餐廳吃還是自己煮呢？咖哩的作法非常簡單。將自己跟家人喜歡吃的蔬菜，像是馬鈴薯、紅蘿蔔、洋蔥等切成容易入口的大小後，跟咖哩塊一起熬煮就完成了。剛做好熱騰騰的咖哩當然也好吃，但其實放在冰箱裡冷藏一晚的咖哩更加美味。因為冷卻時食材會更入味。自己煮的時候，請務必試看看這個作法。
老師最想說的是什麼？
1　咖哩的作法
2　咖哩的美味享用方式
3　煮咖哩需要的蔬菜
4　好吃的咖哩餐廳

1番　4

N2_2_19

ニュースで専門家が話しています。専門家は若者の何について話していますか。

M：最近、若い人の間で車を持たない「車離れ」が進んでいると言われています。ある調査によると、「車を持っていない」「車を持つつもりはない」と回答した若者は54%に達したということです。これは、レンタカーやカーシェアリングなどのサービスが広がり、自分の車を持つ必要が低下したという理由のほか、若者に十分なお金がないという問題も関係しています。自分の収入のほとんどを貯金に回し、お金を使わないようにしている若者が増えているという調査結果もあるそうです。若者が自由にお金を使える社会にしていくために、今の社会のあり方を考える必要があると思います。

専門家は若者の何について話していますか。

1　調査の結果

2　お金の使い方

3　貯金の仕方

4　抱えている問題

文章的內容

故事的順序
・沒有車的年輕人增加
・理由1：沒有必要有車
・理由2：擔心以後會沒有錢→沒有錢買車
・結論：必須思考現在的社會模式

新聞裡專家正在說話。專家正在談論年輕人的什麼事？

男：現在的年輕人裡沒有車的「無車族」越來越多。根據某調查顯示，回答「沒有車」和「沒有打算買車」的年輕人高達 54%。這是因為租車和車子共享的服務隨處可見，降低了買車的必要性。除此之外，年輕人錢不夠也是原因之一。調查結果也顯示越來越多的年輕人將大部份的收入存起來，選擇不花錢。為了打造年輕人能自由使用金錢的社會，我們需要思考現在的社會模式。

專家正在談論年輕人的什麼事？

1　調查結果

2　金錢的使用方式

3　存錢的方式

4　面臨的問題

★熟記單字及表現

□低下する：低下

□収入：收入

□貯金に回す＝（不花錢）存錢

□抱える：承擔、負擔（不好的事物）

□安定する：安定

2番　3

N2_2_20

男の人がケーキ屋に電話をかけています。

M：昨日そちらでフルーツケーキを注文した山本というものなんですが…。

F：山本様、いつもご利用いただきありがとうございます。

M：フルーツケーキを注文するときに、子供にアレルギーがあるからキウイは抜いてほしいってお願いしてたんですよ。その上で、ケーキを受け取るときにも今回はキウイは入ってないですよね？　って再度確認もしたんですけど、実際にケーキを切ってみたら中に入ってて…。

F：そんな…。まことに申し訳ございませんでした。

M：いやね、おたくのケーキは本当においしくて、僕も子供も大好きだから何度も注文していたんだけど、お願いしたことをやってもらえないとなると、もうおたくでケーキを購入する気にはなれませんよ。

F：おっしゃる通りでございます。大変申し訳ございませんでした。ただちに返金させていただきます。

故事的順序

- 訂蛋糕的時候有要求不要加奇異果
- 拿蛋糕的時候也有確認
- 結果切開蛋糕後裡面有奇異果
- 不需要退錢
- 希望店家以後可以注意

M：いや、もういいですよ。ずっとお世話になってきているし、子供はケーキを食べなかったから問題も起きなかったですし。でも、これからは気をつけてくださいよ。

F：はい。わざわざご連絡をいただきありがとうございます。今後、このようなことのないように十分注意いたします。

男の人は何について不満を言っていますか。

1　ケーキの味

2　ケーキの注文方法

3　注文内容の間違い

4　店員の態度

男性正在打電話給蛋糕店。
男：我是昨天跟你們訂水果蛋糕的山本。
女：山本先生，謝謝您的購買。
男：跟你們訂水果蛋糕的時候，因為我的小孩對奇異果過敏，有請你們不要加奇異果。而且，拿蛋糕的時候也有再一次確認沒有加奇異果。結果蛋糕切開後，裡面還是有奇異果…。
女：居然有這種事…。真的是十分抱歉。
男：這樣讓我們很困擾耶。你們的蛋糕真的很好吃，我跟小孩都很喜歡吃，也訂了好幾次。拜託你們的事如果做不到的話，我就不想再跟你們訂蛋糕了。
女：您說的是。真的非常抱歉。我現在馬上退錢給您。
男：不用，沒關係。常常跟你們買，小孩也沒有吃到蛋糕，所以沒有造成什麼問題。可是你們以後還是要注意。
女：是的。謝謝您特地連絡我們。我們會特別注意，以後不會再發生這樣的事。
男性在抱怨什麼？
1　蛋糕的味道
2　蛋糕的訂購方式
3　訂購的內容有誤
4　店員的態度

★ **熟記單字及表現**

□実際に：的確、真的
□返金する：退款

3番　3

N2_2_21

テレビで女の人がある商品について話しています。

F：この商品は大阪の小さな会社が作ったもので、開発に３年もの長い時間がかかりました。しかし、販売当初はほとんど売れず、会社はつぶれる寸前までになったそうです。それでも社長だけは、必ずこの商品は売れるはずだと信じて商品を作り続けました。小さな会社ですし、資金もほとんどありませんから、広告やCMなどの宣伝はできません。ところが、あるテレビ番組で、今人気の俳優がこの商品を愛用していると紹介したところ、若い人を中心に急に売れ始め、今では若い人だけでなく、幅広い年代で使われるようになりました。

女の人は商品の何について話していますか。

1　会社の歴史

2　社長の性格

3　商品が売れたきっかけ

4　商品の宣伝方法

電視裡女性正在介紹某商品。

女：這個商品是由一間在大阪的小公司所製作的，光是開發就花了3年的時間。但是聽說剛開始販售時銷售很不好，公司幾乎快倒了。即使如此，只有公司的老闆深信這個商品一定會熱賣，繼續生產下去。因為是小公司，沒有什麼資金，所以也辦法刊登廣告或是CM等宣傳。但是，在某個電視節目裡一位當紅的演員向大家介紹愛用這個商品後，突然開始廣受年輕人的喜愛。現在不僅是年輕人，也深受不同年齡層的歡迎。

女性正在說商品的什麼事？

1　公司的歷史

2　老闆的個性

3　商品熱賣的契機

4　商品的宣傳方式

故事的順序

- 某商品一開始賣得很不好
- 老闆深信會大賣，持續製作
- 電視裡經由演員介紹→開始有人買
- 現在持續熱賣

熟記單字及表現

□**ところが**：然而、可是

□**年代**：年代、年齡段

4番　3

N2_2_22

ラジオで女の人が話しています。

F：寒い季節がやってきました。寒くなると手の乾燥、気になりませんか。かさかさになった手って、乾燥で切れちゃったりしてけがにつながりやすいですし、どうにかしたいですよね。手がかさかさにならないように、みなさんが行っていることを調査しました。その結果、やはり「ハンドクリームを塗る」というのが圧倒的に多かったです。他にもオリーブオイルを塗る人や、化粧水を塗る人もいるようです。主婦の方の中には、洗い物をするときにゴム手袋をして、予防をする人もいるとのことでした。主婦の方は、水をよく使うので大変ですよね。

女の人は何について話していますか。

1　手が乾燥する理由

2　乾燥による手のけが

3　手の乾燥を防ぐ方法

4　主婦の大変さ

廣播裡女性正在說話？

女：寒冷的季節到來。大家會不會擔心天氣一冷手就開始乾燥呢？粗糙的手容易因為乾燥造成裂傷，大家一定希望能夠找到解決的方法。我們調查了一般人都用什麼方式預防手乾燥。不出所料「擦護手霜」這個答案獲得壓倒性的多數。其他也有人選擇擦橄欖油或是擦化妝水。家庭主婦當中也有人在洗碗時戴橡膠手套預防乾燥。家庭主婦要常常碰水，真的很辛苦。

女性正在說什麼？

1　手變乾燥的理由

2　因為乾燥造成手受傷

3　預防手變乾燥的方法

4　家庭主婦的辛苦

為了避免因為乾燥造成手變粗糙，大家都用什麼方式預防是說話的內容？

・擦護手霜等保養品

・洗碗時戴橡膠手套

熟記單字及表現

□かさかさ（な）：乾燥、乾巴巴

□どうにかする：想辦法解決

□調査する：調査

□洗い物をする：清洗使用過後的碗盤等餐具

□ゴム手袋：橡膠手套

□予防：預防

5番　3

N2_2_23

会社で男の人が話しています。男の人は何について話していますか。

M：私は約10年間、弊社に就職を希望する学生たちを見てきました。最近、特に頭が良い学生が、入社後、仕事がうまくいかない、と泣き出すことがあります。外国語ができたり、一流大学を卒業したりしているのにどうしてだろう、と。でも、そうしたことは仕事で活躍できるかどうかとあまり関係がありません。私たちの会社が求める人は、外国語や勉強はさほどできなくても、人の話をよく聞き、自分で考える人です。もし、今、自分は能力があまり高くないから、と自信が持てずにいるなら、そんなこと少しも気にすることはありません。この会社で、一緒に成長していきましょう。

男の人は何について話していますか。

1　最近の学生の様子

2　頭がいい学生の傾向

3　この会社に入ってほしい学生の条件

4　自分の能力に自信を持つ方法

公司裡男性正在說話。男性正在說什麼？

男：我在這10年間看了很多希望到弊公司上班的學生。最近發生有學生的頭腦很好，但進公司後因為工作不順利落淚。明明會說多國語言也是一流大學畢業的，不知道怎麼會這樣。但是，這些跟能不能把工作做好沒有什麼太大關係。就算外語能力不佳或是不太會讀書也沒關係。我們公司在找的是能聆聽他人說話，並且能夠自己思考的人。如果你對自己的能力沒有自信的話，不用擔心，一點都不需要在意那種事情。大家一起在這間公司成長吧。

男性正在說什麼？

1　最近學生的狀況

2　頭腦好的學生的特質

3　希望雇用的學生能具備的條件

4　對自己能力感到自信的方法

故事的順序

- 頭腦好的學生在進公司後因為「工作不順利」落淚
- 我們公司就算外語能力不佳或是不會讀書也沒關係
- 希望能夠聆聽別人說話、自己思考、對任何事都抱持興趣的人來公司上班

熟記單字及表現

□弊社：「自己的公司」的謙讓說法

□さほど＝それほど（沒那麼）

問題4

例　1

N2_2_25

F: あれ、まだいたの？　とっくに帰ったかと思った。

M: 1　うん、思ったより時間がかかって。

2　うん、思ったより早く終わって。

3　うん、帰ったほうがいいと思って。

女：你還在啊？我以為你早走了。
男：1　對啊，比想的還要花時間。
2　對啊，比想的還要早完成。
3　對啊，先回家比較好。

1番　2

N2_2_26

M: 納豆って、混ぜれば混ぜるほどおいしくなるって知ってた？

F: 1　へえ、混ぜる必要がないね。

2　へえ、今度やってみるよ。

3　へえ、ずっと続けたいね。

男：你知道納豆越拌越好吃嗎？
女：1　真的嗎，不需要攪拌吧。
2　真的嗎，下次試試看。
3　真的嗎，我想要一直持續下去。

～ば～ほど：～的話，更～

2番　1

N2_2_27

M: 足がないからさすがにそこまでは行けないな。

F: 1　そうか、残念だな。

2　それはかわいそうだよね。

3　ちゃんと行けばよかったね。

男：沒有交通工具實在去不了那裡。
女：1　是喔，真可惜。
2　那真是可憐。
3　可以去真是太好了。

「足（腳）」這裡是指交通工具。

3番　3

N2_2_28

F: あとちょっとだったのに、惜しかったね。

M: 1　ちょっとだけでもだめでしょうか。

2　私はあまりおいしいと思いませんでした。

3　あと2点とれば、合格だったのに…。

女：就差那麼一點點，真可惜。
男：1　就算只差一點點也不行嗎。
2　我不覺得好吃。
3　只差 2 分就及格了…。

熟記單字及表現

□惜しい：可惜、遺憾

4番　2

🔊 N2_2_29

M：何にやにやしてるの？

F：1　今日中にレポートを出さないといけないから。

2　実は、昨日彼からプロポーズされたんだ。

3　昨日の夜、全然寝られなかったんだ。

男：你在笑什麼？
女：1　因為今天之內一定要交出報告。
2　其實昨天男朋友跟我求婚了。
3　我昨晚完全睡不著。

★熟記單字及表現

□にやにやする：咧嘴笑、得意地笑

5番　1

🔊 N2_2_30

F：あまりに失礼な態度だったから、文句を言わないではいられなかったよ。

M：1　そんなにひどかったなら、文句を言って当然だね。

2　はっきりと相手に文句を言うべきだったね。

3　文句を言うどころか何もしなかったの？

女：他實在太失禮了，我不抱怨不行。
男：1　他那麼過份，抱怨也是應該的。
2　應該清楚的跟對方抱怨。
3　不要說是抱怨了，你什麼都沒做嗎？

～ないではいられない：どうしても～してしまう（無論如何都要～）

AどころかB：跟預期或期待的A相反，實際是B

6番　1

🔊 N2_2_31

M：子供服はお2階でございます。

F：1　ありがとうございます。

2　それは怖いですね。

3　じゃあ、買います。

男：童裝在2樓。
女：1　謝謝。
2　那真是恐怖。
3　那麼，我要買。

在說建築物的樓層時，只有2樓有時候會在前面加「お」。「にかい」和「おにかい」的重音位置不同，聽的時候要注意。

7番　3

🔊 N2_2_32

M：明日、ピクニックに行くって約束したじゃん。

F：1　ピクニックには何を持っていくんだっけ？

2　明日は8時に出発するよ。

3　台風が来るんだから仕方ないでしょ？

男：明天不是說好了要去野餐嗎？
女：1　要帶什麼去野餐？
2　明天8點出發。
3　颱風要來了，也沒辦法啊。

～じゃん：比「～じゃない（不是嗎）」更口語的說法。這裡帶有「抗議（抗議）」的意思。

8番　3

🔊 N2_2_33

F：もしよければ、これも全部もらっていただけませんか。

M：1　いいえ、さすがにそんなようでは…。

2　いいえ、さすがにそんなはずでは…。

3　いいえ、さすがにそんなわけには…。

女：可以的話，這些也可以全部拿去嗎？
男：1　不，再怎麼說那樣也會令我很困擾。
2　不，再怎麼說也應該不會那樣。
3　不，再怎麼說也不行那樣。

～わけにはいかない：沒辦法～

さすがに～わけにはいかない：婉拒時使用的句子。「～」裡放入對方做的事。

※選項1是「そんなようでは困ります（那樣會令我很困擾）」、選項2是「そんなはずではないのですが（應該不會那樣）」、選項3是「そんなわけにはいきません（不行那樣）」的省略說法。

9番　1

🔊 N2_2_34

M：彼と一緒に仕事をするなんてごめんだね。

F：1　彼、いつもいばっていて嫌な感じだもんね。

2　彼に直接謝ったほうがいいんじゃない？

3　彼と一緒に仕事できるなんてうらやましい。

男：我不喜歡跟他一起工作。
女：1　因為他很愛擺架子，讓人感覺不舒服呢。
2　要不要直接跟他道歉？
3　真羨慕你可以跟他一起工作。

～なんて：跟「なんか」意思一樣。「～」表示不喜歡的事情。

ごめんだ＝いやだ（不喜歡）

10番　1

🔊 N2_2_35

M：彼と別れたんだって？

F：1　ちょっと気が合わなくって。

2　なんだか気が進まないんだ。

3　気を落としちゃだめだよ。

男：聽說你跟男朋友分手了？
女：1　個性不太合。
2　總覺得提不起勁。
3　不可以灰心喲。

熟記單字及表現

□気が合う：合得来

2 気が進まない：提不起勁

3 気を落とす：灰心喪氣

11番　2

🔊 N2_2_36

F：締め切りにぎりぎり間に合いましたね。

M：1　いったいどういうつもりなんだろう。

2　うん、どうなることかと思ったよ。

3　君がどうしてもって言うなら…。

女：勉強趕在截止日前交出去了呢。
男：1　到底是什麼意思啊？
　　2　嗯，我還在擔心呢。
　　3　如果你堅持的話…。

熟記單字及表現

□どうなることか＝どうなってしまうんだろう（不知道事情會變怎樣呢。通常是負面的想像）

1（いったい）どういうつもり＝どういう考えなんだろう（到底是什麼意思、到底在想什麼）

3 どうしてもって言うなら…：如果你堅持的話，雖然我不想做，但我還是會做。

12番　1

N2_2_37

M：ご無沙汰しております。お変わりありませんか。

F：1　ええ、おかげさまで。

　　2　どうぞ、おかまいなく。

　　3　いいえ、どういたしまして。

男：好久不見，一切都還好嗎。
女：1　嗯，託您的福。
　　2　請您不用費心。
　　3　不客氣。

ご無沙汰しております。お変わりありませんか。：跟很久未見的人見面時的招呼語。回答可以說「おかげさまで（託您的福）」。

問題5

1番　2

N2_2_39

保育園で、男の先生と園長先生が話しています。

M：園長先生、秋の遠足の行き先について、4つの候補を調べてみました。

F：ありがとうございます。どうですか。

M：保育園からみんなで移動するなら近いほうがいいですよね。それなら、バスで10分のうみかぜ水族館か、バスで30分のみらい科学館がいいと思います。

F：確かに、おおぞら動物園は電車で1時間弱かかりますからね。あおば公園はどうですか。電車で20分くらいでしょう。

M：でも最寄駅からのバスが廃止されちゃって、15分くらい歩かなきゃいけないんです。大人ならまだしも、子供連れだとたいへんかなと。

F：そうですね。料金はどうですか。

M：うみかぜ水族館は大人1500円、子供500円、みらい科学館は大人500円、子供は無料です。おおぞら動物園は大人800円、子供300円、あおば公園は無料で入園できます。

F：大人と子供が一人ずつとして1000円を超えるところは避けたいですね。参加者にとって負担になるといけないので。

M：わかりました。

F：そのうえで、いちばん近いところに決めましょう。

秋の遠足はどこに行きますか。

1　うみかぜ水族館

2　みらい科学館

3　おおぞら動物園

4　あおば公園

- 海風水族館：大人1500日圓、小孩500日圓。搭公車10分鐘。
- 未來科學館：大人500日圓、小孩免費。搭公車30分鐘。
- 大空動物園：大人800日圓、小孩300日圓。搭電車要快1個小時。
- 青葉公園：不用入場費。搭電車20分鐘＋徒步15分鐘。

幼兒園裡，男老師和園長正在說話。

男：園長，關於秋天遠足的地點，我調查了 4 個在候補名單內的地方。

女：謝謝，調查結果如何？

男：如果大家要從幼兒園一起出發的話，近一點的地方比較好對吧。這樣的話，可以去搭公車 10 分鐘就可以到的海風水旅館，或是搭公車 30 分鐘就可以到的未來科學館。

女：確實，如果去大空動物園的話，搭電車要快 1 個小時的時間呢。青葉公園呢？搭電車大概 20 分鐘吧。

男：可是從最近的車站到青葉公園的公車已經停駛了。走路大概要 15 分鐘。大人的話還好，如果還要帶小孩的話，可能有點辛苦。

女：也是。費用呢？

男：海風水族館的話大人 1500 日圓、小孩 500 日圓；未來科學館大人 500 日圓、小孩不用錢。大空動物園大人 800 日圓、小孩 300 日圓；青葉公園進去不用錢。

女：盡量避免去大人和小孩一個人就要超過 1000 日圓的地方。我們不能造成參加者的負擔。

男：我知道了。

女：那就去最近的地方吧。

秋天要去哪裡遠足？

1　海風水族館

2　未來科學館

3　大空動物園

4　青葉公園

★ 熟記單字及表現

□行(い)き先(さき)：目的地

□候補(こうほ)：候補

□最寄(もよ)り駅(えき)：離得最近的車站

□避(さ)ける：避、避開

□負担(ふたん)：負擔

2番　2

N2_2_40

学校で学生たちが話しています。

F1：ねえ、来週が先生の60歳の誕生日なんだけど、何かみんなでお祝いしない？

F2：いいね。60歳なら「還暦」で、特別な誕生日だもんね。

F1：そうそう。それに普段お世話になってるんだし、花束でも送ろうよ。

M：特別な誕生日なら、花束より、毎日使ってもらえるもののほうがいいんじゃないかな。財布とか。

F1：それはちょっと予算オーバーかな。せいぜい一人1000円くらいしか出せないと思う。

F2：じゃあペンは？　仕事で毎日使うじゃない？

M：あ、確か、ペンを買うと無料で名前を入れてくれるサービスをやってるお店があった気がする。ちょっと調べてみよう。

F1：いいね、それ。自分の名前が入ったペンなんて、きっと喜ばれると思う。

M：あった！　これと花束を一緒に渡せば、華やかになるよ。

F1：あ、私、いいこと思いついちゃった。花束をやめてケーキを買ってきて、一緒に食べてお祝いするのはどう？

M：それって自分が食べたいだけじゃないの？

F2：でも、先生ならそっちのほうが喜んでくれるかもね。

F1：じゃあ、そうしようよ。

三人は誕生日プレゼントに何を買いますか。

1　財布とケーキ

2　ペンとケーキ

3　花束と財布

4　花束とペン

故事的順序

- 比起花束，能夠長久使用的東西比較好
- 錢包超出預算
- 買刻入名字的筆
- 買蛋糕大家一起吃

學校裡學生們在說話。
女 1：下禮拜是老師 60 歲的生日，大家要不要一起慶祝？
女 2：好耶。60 歲的話就是「還暦」，是特別的生日呢。
女 1：對對。而且老師平時那麼照顧我們。要不要送老師花束？
男：既然是特別的生日，與其送花不如送老師每天都能用到的東西，像是錢包之類。
女 1：那個會不會超出預算啊。一個人頂多只能出 1000 日圓。
女 2：那送筆呢？工作的時候每天都會用到吧？
男：啊，的確。好像有店家提供買筆就免費刻名字的服務。我來查看看。
女 1：那個不錯耶。收到刻著自己名字的筆一定很開心。
男：我知道了！我們也送老師花束，感覺很華麗。
女 1：啊，我想到一個好主意。不要送花，改買蛋糕，大家一起吃跟慶祝，如何？
男：那是你自己想吃吧？
女 2：但老師應該會比較喜歡這個吧。
女 1：那，就那麼辦。
三個人要買什麼生日禮物？
1　錢包和蛋糕
2　筆和蛋糕
3　花束和錢包
4　花束和筆

熟記單字及表現

□華やか：華麗

3番　質問1　1　　質問2　3

N2_2_41

動物病院で三人が話しています。

F1：まず、犬をおうちに迎えるにあたって、いくつかやらなければいけないことがあります。一番大切なことは、犬の健康管理です。うちから犬をお譲りする場合は、予防接種はすませてありますから、飼い主の方がもう一度予防接種を受けさせなくて大丈夫です。必要なのは、市役所での犬の登録です。これを忘れると20万円以下の罰金がある場合があります。そして、犬を家に迎える際の注意ですが、犬は新しい生活が始まると、とても不安になります。できるだけ不安にさせないように、食べなれている餌やおやつをあげてください。うちの病院で与えていた餌やおやつは、病院の隣にあるドラッグストアで買うことができます。家に帰る前に、公園など外に連れて行って犬を遊ばせて、リラックスさせてから家に入れるというのも、犬のストレスを減らすためにいい方法だと思います。

故事的順序

養小狗時：

- 如果是從動物醫院認養的話，不需要接種疫苗
- 要到市公所登記
- 給小狗吃慣的飼料和零食。醫院隔壁的藥局有賣
- 回家之前讓小狗在外面玩耍→昨天下雨，所以今天不行

M：なるほど、やらなきゃいけないことがたくさんだ。

F2：そうね。二人(ふたり)で手分(てわ)けしましょう。1**私(わたし)は犬(いぬ)の登録(とうろく)に行(い)ってくる**から、あなたは犬(いぬ)と一緒(いっしょ)に先(さき)に帰(かえ)ってて。

M：わかった。先生(せんせい)に言(い)われた通(とお)り、公園(こうえん)に連(つ)れて行(い)ってから帰(かえ)るよ。

F2：でも昨日(きのう)大雨(おおあめ)だったから、ぬかるんでてぐちゃぐちゃよ。今日(きょう)はタオル持(も)ってきてないし…。

M：それもそうだな。じゃあ、3**餌(えさ)やおかしをたくさん買(か)っておこう**。あと、好(す)きそうなおもちゃもたくさん買(か)って、家(いえ)で遊(あそ)ばせよう。

質問1　女(おんな)の人(ひと)は今(いま)からどこに行(い)きますか。

質問2　男(おとこ)の人(ひと)は今(いま)からどこに行(い)きますか。

動物醫院裡三個人在說話。

女1：首先，帶小狗回家的時候，有幾項要做的事。最重要的就是小狗的健康管理。從我們醫院認養的小狗都已經有接種疫苗，所以認養人不需要再讓小狗接種疫苗。要做的是到市公所登記飼養的小狗。這個忘記的話，可能會被處罰20萬日圓以下的罰金。然後是帶小狗回家時要注意的事情。小狗到新的地方生活都會感到非常不安。為了不要讓小狗感到不安，請餵小狗吃慣的飼料和零食。在醫院隔壁的藥局就可以買到我們醫院給的飼料和零食。回家之前帶小狗去公園等外面的地方玩耍，讓牠放鬆後再回家也是一個讓小狗減壓的好方法。

男：原來要做的事情這麼多。

女2：對啊。我們兩個人分工合作吧。1**我去登記小狗**，你先跟小狗回家。

男：我知道了。我就照醫生說的，先帶小狗去公園再回家。

女2：可是昨天下大雨，地上都是水跟爛泥巴。今天也沒有帶毛巾來…。

男：說的也是。還是3**去買很多的飼料和零食**。還有買很多牠可能會喜歡的玩具，讓牠在家裡玩吧。

提問1　女性現在要去哪裡？

提問2　男性現在要去哪裡？

1　女性要去市公所登記。

3　男性要帶小狗去公園玩→昨天下雨，所以今天不行→在藥局買飼料和零食。

★熟記單字及表現

□**～にあたって**：在…的時候、值…之際

□**予防接種(よぼうせっしゅ)**：接種疫苗

□**餌(えさ)**：餌食

□**ストレスを減らす**：削減壓力

第2回

語言知識（文字・語彙・文法）・讀解

問題1 從1・2・3・4中選出＿＿最合適的讀音。

1 今天早上冷到手腳都凍僵了。
1 凍僵 2 衰弱 3 煮熟 4 發抖

2 昨天車站附近發生搶案。
1 恐喝 2 教頭 3 豪快 4 強盜

3 老師尊重學生的意見。
1 × 2 偷聽 3 × 4 尊重

4 活用社群網站宣傳商品。
1 活躍 2 活用 3 活動 4 活潑

5 這裡很危險。請馬上逃離這裡。
1 換言之 2 突然
3 急躁 4 馬上

問題2 請從選項1・2・3・4中，選出（ ）的詞語最正確的漢字

6 嬰兒的性別據說懷孕四個月時就能知道了。
1 生別 2 性別 3 姓別 4 正別

7 父親的興趣是天文觀測。
1 看測 2 看則 3 觀測 4 觀則

8 他犯下了重大罪過。
1 犯下了 2 引起了
3 侵犯了 4 違反了

9 這張折價卷有效期限是一年。
1 有功 2 有効 3 友効 4 友功

10 本公司計畫要遷移到大阪。
1 拠点 2 居伝 3 異店 4 移

問題3 從1・2・3・4中選出最適合放入（ ）的選項。

11 這個問題下次考試不會考，就算記得也（ ）意義。
1 再 2 非 3 未 4 無

12 每個禮拜都來很辛苦，請改成（ ）一週一次。
1 乘 2 去掉 3 空 4 每隔

13 代替忙碌的店長，由（ ）店長來指導工讀生。
1 助 2 補 3 準 4 副

14 盡可能用走的來節省交通（ ）。
1 代 2 払 3 費 4 料

15 上門的客人對店家是否會留下（ ）印象，全看店員的態度。
1 好 2 最 3 良 4 高

問題4 從1・2・3・4中選出最適合放入（ ）的選項。

16 獲得獎盃來（ ）得獎。
1 記號 2 紀念
3 紀錄 4 新聞報導

17 知道我的惡作劇的父親，氣到滿臉（ ）。
1 純白 2 漆黑 3 通紅 4 蒼白

18 明明在減肥，但看到零食就（ ）開始吃。
1 真正 2 的確
3 不經意的 4 乾脆

19 雖然是起重大事故，（ ）的是沒有任何人受傷。
1 幸福 2 幸運 3 命運 4 運動

20 丟掉不要的東西後房間就變（ ）了。
1 足夠 2 馬虎
3 明顯的 4 整潔

21 網路的（　）不好。

1　連線　2　連續　3　持續　4　存亡

22 有股難聞的味道，打開門窗（　）吧。

1　通風　2　換氣

3　戶外空氣　4　開朗

問題5　從1・2・3・4中選出最接近____的用法。

23 他保持沉默，低頭看下面。

1　不講話　2　不看

3　不動　4　不問

24 外頭太吵睡不著覺。

1　明亮　2　可怕

3　吵雜　4　很熱

25 如果沒有阻礙的話，還請你過來這裡一趟。

1　反對　2　問題　3　變更　4　指示

26 那個人的指示總是很曖昧。

1　淺顯易懂　2　含混不清

3　令人擔心　4　容易忘記

27 他逐漸提升車子的速度。

1　突然　2　漸漸地

3　非常　4　些許

問題6　從1・2・3・4中選出下列詞彙最合適的用法。

28 滿滿的

1　被雨淋得衣服都滿滿的了。

2　因為肚子很餓所以晚飯吃滿滿。

3　父親滿滿地聽我說話。

4　這週的行程排得滿滿的。

29 不在乎

1　期盼能變成一個沒有戰爭的不在乎世界。

2　愛衣常常遲到，卻總是一臉不在乎的樣子。

3　今天的氣溫是20度，是這個季節的不在乎氣溫。

4　上週的大雨給城鎮帶來不在乎的損害。

30 運用自如

1　把膠帶借給朋友，對方卻全部都運用自如。

2　哥哥對於剛買不久的手機已經運用自如。

3　他在玩樂上把錢運用自如，生活似乎很辛苦。

4　想要一台更運用自如的電腦。

31 粗略地

1　他從昨天開始就粗略地在用功了。

2　突然有急事，就粗略地回去了。

3　這個頁數粗略地閱讀的話大概要1個小時。

4　每天都有練習應該會粗略地及格吧。

32 上任

1　你下個月上任股長。

2　大學畢業後上任學士。

3　我一定要到這間公司上任。

4　新社長發表上任感言。

問題7　從1・2・3・4中選出最適合放入（　）的選項。

33 井上：「明天的派對，要一起參加嗎？」

坂井：「如果可以去（　）是很想去，但明天有重要的會議所以沒辦法去。」

1　的話　2　結果　3　當作　4　然而

34 雖然覺得不能講（　）無法保持沉默，把他的秘密告訴大家了。

1　決心　2　開始　3　包括　4　但是

35 從朋友的表情（　），考試結果應該不理想。

1　彷彿　　2　就必須

3　來看　　4　就不能

36（　）毫無規劃地砍掉了山上的樹木，導致洪水之類的災害增加。

1　因為　2　不但　3　不只　4　在

37 A：「田中先生不在呢？跑出去玩了嗎？」

B：「他之前說家人發生事故了，我想他現在（　）去玩喔。」

1　應該　　2　只能

3　正要　　4　沒心情

38 從我家到公司（　）很遠，實際上沒有多遠。

1　一～就　　2　看起來

3　不一定　　4　聽說

39（　）那個愛睡懶覺的麻里小姐，一定還在睡。

1　錯在　　2　因為

3　都要怪　　4　畢竟是

40 這件人氣毛衣，（　）今天賣半價。

1　根據　2　開始　3　沿著　4　只有

41 明明他完全沒有做事（　）老是在抱怨，真讓人困擾。

1　卻　　2　的是

3　所以　　4　的時候

42 想說要運動而（　），立刻就跌倒受傷了。

1　×　　2　開始跑步

3　跑步　　4　想跑步

43（　）颱風靠近，今天要臨時關店。

1　關於　　2　在

3　對於　　4　伴隨著

44 哥哥以電影（　），工作涉及電視劇、戲劇。

1　為結束　　2　為代表

3　即使　　4　最終

問題8　從1・2・3・4中選出最適合放在★處的選項。

（例題）

樹的＿＿＿　＿＿＿　＿★＿　＿＿＿有。

1　是　2　在　3　上面　4　貓

（作答步驟）

1. 正確句子如下。

樹的　＿＿＿　＿＿＿　＿★＿　＿＿＿有。

3　上面　2　在　4　貓　1　是

2. 將填入＿★＿的選項畫記在答案卡上。

（答案卡）

（例）	①②③●

45 姐姐的個性在意小事，從小發生什麼事＿＿＿　＿＿＿　＿★＿　＿＿＿。

1　抱怨　2　都會　3　對著　4　我

46 雖然是去買了衣服，但因為＿＿＿　＿＿＿　＿★＿　＿＿＿什麼都沒買。

1　太迷惘　　2　要哪件

3　結果　　4　決定

47 原本＿＿＿梅雨結束了，終於可以在戶外運動，

結果＿＿＿　＿★＿　＿＿＿。

1　天氣太熱　　2　不適合

3　外面跑步　　4　以為

48 ＿＿＿無法自由運用自己賺的錢＿＿＿，＿★＿　＿＿＿還比較好。

1　維持　2　的話　3　單身　4　如果

49 ＿＿＿ ＿＿＿看到那片＿★＿ ＿＿＿，內心感動到落淚。

1 無法言喻的　2 爬到山頂
3 時　4 美景

問題9　閱讀以下文章，依據文章整體主旨，從1・2・3・4中選出最適合放進 50 到 54 的選項。

以下是雜誌內的專欄。

為了減少仍可食用卻被廢棄的「食物浪費」，目前正在開催一項名為「食物捐獻活動」的活動。「食物捐獻活動」是一種將家庭中的剩餘食物收集起來，捐贈給需要食物的人和設施的活動。在超市、健身房和市民中心等地暫時的設立收集點，收集消費者和訪客從家裡帶來的食物。還有一項活動叫做「食物銀行」。「食物捐獻活動」只從個人收集食物，50，「食物銀行」也會從企業收集食物。從企業收集的食品是在生產過程中產生的、可食用但不能作為產品出售的食品，或者是在超市等之中未能售出但還在有效期限內，51 安全問題卻被廢棄的食品。

「食物捐獻活動」可收集的食物是未開封、並離有效期限還有一個月以上的食物。收集到的食物會透過「食物銀行」捐贈給需要食物的人。可能有人會覺得在物資 52 豐富的日本國，會有人這麼需要食物嗎？但在日本，據說每七個兒童中就有一個處於貧困。此外，孤兒院和社會福利機構提供的伙食，也會有 53 將經費考量置於營養之上的情況。

在日本，「食物捐獻活動」通常只在一定時期內進行，54 可以隨時隨地進行。通過這樣的活動，我希望能實現每個人都關注食物浪費和貧困問題的社會。

50
1 相對的　2 隨著
3 就算　4 一起

51
1 雖說沒有　2 不只沒有
3 儘管沒有　4 只要沒有

52
1 之類　2 因此　3 連　4 如此

53
1 不會　2 非得
3 非常　4 持續地

54
1 並非　2 一般來說是
3 不是時候　4 一定是

問題10　閱讀下列從(1)到(5)的文章，從1・2・3・4中選出對問題最適合的回答。

(1)

人類在為自己工作時最有活力。這點已經被證實了。

被強行要求的加班是在毀滅自己。

然而，不是被強行要求的加班，不但不會累，還會覺得很開心。因為那是為了自己，所以不會有在加班的感覺。有一段時期我就算加班也不覺得疲憊，那是因為覺得自己跟公司一起在成長。就算只是錯覺，身體也感覺充滿著熱氣、活力十足。

現在成為作家的我，就算寫稿到深夜也不覺得自己在加班。

55 作者所說的「不會累的加班」指的是什麼狀況？

1 截止日期快到時，聽上司的命令加班幫忙同事工作的時候
2 不得以要負責代替休假的同事工作而晚下班的時候
3 不好意思比上司早下班，就算下班時間到也留在公司的時候
4 想要提出自己的企劃案，製作企劃書到很晚的時候

(2)

下面是家裡的信箱裡收到的傳單。

●廢棄物回收通知●

10月4日（四）會到這個地區收運回收。

請在當天上午8點半前，連同此傳單，將廢棄物拿出至從道路就能看見的地方。不論晴雨都會前往回收。

免費回收的物品有冷氣機、冰箱、洗衣機、電視以外的家電用品，以及平底鍋和鍋子等金屬製品。壞掉的也沒關係。

電腦和家具、腳踏車的回收需要收費。收費回收物會到府收運，請至少在前一天聯絡下述號碼。

Y回收　03-1234-5678

56 委託回收廢棄物的時候，下列哪一項是正確的？

1 回收個人電腦的時候，要在10月3號打電話給Y回收。
2 回收吸塵器的時候，要在10月3號打電話給Y回收。
3 回收微波爐的時候，只有微波爐要在10月4號早上8點放在外面。
4 回收電視的時候，要在10月4號早上8點把電視跟這張傳單放在外面。

(3)

人類是不完美的。醫生和研發的新藥也不是萬能的。也有被醫生放棄的患者，向神明祈禱後恢復健康的案例。

但可以短略的想成因為祈禱、所以出現神蹟這樣嗎？

被醫生放棄的患者是絕望的。正因為感到絕望，才會有於向人類無法衡量的外在力量求助這樣樸實且純粹的心；在絕望的心裡注入一道陽光， 產生想活下去的生命力。沉睡在人類內在的自然治癒力因此被激發。

57 根據作者，為什麼有些被醫生放棄的患者會回復健康呢？

1 因為對神或佛的熱心祈禱傳達到了
2 因為絕望讓自然治癒力活性化了
3 因為變得老實聆聽別人說的話
4 因為透過相信神或佛，產生活下去的力量

(4)

下面是公司內部公告。

3月4日
總務部

全體員工

無加班日通知

在迎接下年度之際，由於經費縮減，因此將每週五訂定為無加班日， 請全體同仁在18：30 前下班。此外，為了讓各部門更有效率的工作，請重新檢討以往的工作模式，盡可能準時下班。此外，為了徹底實施無紙化作業，請避免不必要的列印及影印，注意將像是能用電腦分享的文件用電腦閱覽等等的資料數位化。敬請大家配合。

58 這份公文上寫的最主要的目的為何？

1　降低成本

2　減少員工加班時間

3　讓員工使用電腦

4　減少紙張用量

(5)

我們往往會認為物品和事物單獨就具有著價值，但說不定這些東西與其他物品和事物的關係性更為重要。錢也是如此吧，錢不是單獨的就具備著它的價值。如果能夠單獨的具有價值，那麼玩遊戲使用的代幣也有可能會具有與實際金錢同等價值。事實上，錢的價值是用其他國家的貨幣、股票和能源蘊藏量等數不盡的事物關係來決定。

59 哪一件事適合當物品或事情不是單獨的就具備著它的價值的例子？

1　在除了自己沒有其他參賽者的大賽中拿冠軍。

2　在選舉中當選的人成為市長。

3　自己做的料理自己一個人吃。

4　從十個人身上個別收集五百圓，買五千圓的禮物。

問題11　閱讀下列從(1)到(3)的文章，從1・2・3・4中選出對問題最適合的回答。

(1)

我用朋友的故事為例。他花費多年時間翻譯又厚又難的書，然後出版。那段日子，他跟朋友聚會的原則是只去第一個地方，續攤的邀請一律拒絕。因此，雖然被認為有點難相處，但是他已經把翻譯當作是一種生涯的成就。年過的他，將①那樣孤獨的時刻當作人生的意義珍惜著。當我知道這事的時候，②內心十分感動。

善用獨處的時間，享受著只有一個人才能過的生活。如果能做到如此程度，不論是活到40歲、50歲、60歲，都能過著充實的日子。跟他人相處也很愉快，自己一個人時也感到滿足，但是，如果在年輕時沒有在某種程度上習慣獨處，也就是擁有孤獨的技術，很難達到這個境界。

一直以來都是跟朋友一起行動、每天過著安逸生活的人，若突然變成孤獨，應該會感到無比寂寞吧。可能會根本找不到事做，然後變成居酒屋的常客，以說「跟平常一樣」、「照舊，麻煩了」就會端出他喜歡喝的酒和小菜這樣的事為樂，人生的目的變成毫無發展性的樂趣。在熟識的居酒屋跟常客聊天，回家後就睡覺，這樣的人生或許與孤獨無緣，但真的能說「我活得精彩」嗎？

60 ①那樣孤獨的時刻指的是什麼事？

1　跟人喝酒不參加第二攤、第三攤，喝玩第一攤就回家。

2　讓周遭的人認為自己是個有點難以來往的人

3　一個人專注進行高難度的翻譯

4　為了出版厚厚的書而持續翻譯

61 文中寫到②內心十分感動，這是為什麼？

1　因為知道為了出版翻譯的書，就算過了五十歲也必須繼續翻譯

2　因為知道熟人就算上了年紀也能一個人充實地過日子

3　原本以為他是很難約的人，其實是因為他已經找到專注於翻譯這個畢生事業

4　即使年齡增長變四十歲、五十歲、六十歲，也跟年輕時一樣孤獨

62 作者是如何描述孤獨的？

1 孤獨並不是讓人寂寞的事，反而積極地做出孤獨的時間能夠讓人生更充實。

2 任何人只要會享受一個人的時間，就算年紀變大也能養成變孤獨的習慣。

3 習慣孤獨的人跟不習慣的人相比，不習慣孤獨的人的人生比較有發展性。

4 只要跟同伴一起度過時光，就會變得不講話也能互相理解，過著跟孤獨無緣的生活。

(2)

能夠讓人成長的，我覺得終究是工作。工作要忍耐不喜歡的事，也要在與他人協調的同時，表達自己的意見。能夠不斷面對那樣考驗的人，才能夠練就身為一個人的強韌。

不可否認家庭生活和育兒會讓人成長。但是，那無法跟工作上的成長相比。（中間省略）如果能夠鍛鍊出在工作上既使遇到不喜歡的事也能夠面對的膽識，自然也就能擁有即使聽到小孩哭也能不慌不忙的能力。（中間省略）

女性最好也能持續工作的理由，不光只是根據精神論。至少對我而言，很難想像人生要依靠別人賺來的錢生活─能用自己賺的錢，買自己想要的東西，是理所當然的事情。

當然，不是所有人都那麼想。我知道也有很多人認為「因為有我好好的守護這個家，先生才能安心工作。因此先生養我也是應該的」，我絲毫沒有要否定那種想法。但是，我覺得自己的伙食費能夠自己賺，要是不想跟先生在一起時，就能立刻離婚，這樣的經濟狀況中，還是能夠維持婚姻生活，才更能確認夫妻的愛情。

63 根據作者的描述，使人成長最需要的是什麼？

1 在社會上遇到討厭的事也能忍耐並繼續努力

2 透過育兒來了解凡事不會照自己想的發展。

3 在家庭生活中為了家人努力

4 去工作賺錢並且為了家人花錢

64 作者所想的夫妻的愛情是什麼？

1 妻子跟丈夫都有獨立的經濟能力，雙方都能賺取自己需要的金錢。

2 建立在丈夫願意養活自己的前提下才會產生的東西

3 可以在隨時都能離婚的緊張感之中確認的東西

4 妻子保護家庭，丈夫專心工作賺錢

65 下列哪一項跟作者的想法相符？

1 服從與自己相法不合的意見會阻礙成長。

2 透過育兒成長的人，就算工作上遇到討厭的事也忍得下去。

3 在社會中學到的忍耐力，對育兒也有幫助。

4 作為主婦去支持丈夫會使人成長。

(3)

有一間幼稚園，在大家聚集的場合和公佈欄等地方不會用「～ちゃん」和「～君」稱呼孩子，而是用「～さん」稱呼對方。據說那間幼稚園的方針是要尊重每個孩子是一個獨立的個人，希望用相互平等的立場與孩子相處。然後聽說幼稚園的園長也要求孩子用「先生/ 小姐」來稱呼自己。的確，日語根據時機和場合，還有彼此間的親疏關係、人際關係會有不同的稱呼方式，例如「～ちゃん」、「～君」、「～さん」、「～先生」、「～様」、「～氏」等。但是也因為如此，被稱呼的人在不知不覺中配合著被稱呼的方式而影響行為。也就是說，孩子們會因為被用「～ちゃん」、「～君」稱呼，就用「孩子」的行為模式與人相處，周圍的人也會把他們當作「孩子」對待。

我也聽過這樣的事。有一間醫院從某個時期開始用「～さま」稱呼患者。結果，患者中出現蠻橫、使用暴力的人。之後將稱呼改回「～さん」後，那些患者的態度也恢復正常。

雖然使用語言的是我們人類，但從另一個角度來看，我們人類本身也被語言駕馭著。

66 下列哪一項與這座幼稚園的想法相符？

1 不管大人小孩，都希望能對方當作一個人對待
2 想讓小孩的舉止保持得像小孩
3 想讓小孩的舉止也像大人一樣
4 雖說是小孩也不能過分寵愛

67 用「～さま（先生／小姐）」來稱呼病人後，有部分病人的舉止開始變暴力的原因可能是什麼？

1 因為醫院擅自改變稱呼
2 因為醫院對病人實施過度周到的服務
3 因為病人開始懷疑醫院
4 因為病人開始覺得自己變偉大了

68「人類本身也被語言駕馭」是什麼意思？

1 人類少了語言就無法生活
2 言語會對人的性格跟行動造成影響
3 人類根據講話的對象，被迫選擇要使用的言語
4 人類讓言語的使用方式產生變化

問題12　閱讀下列文章A和B，從1・2・3・4中選出對問題最適合的回答。

A

不持有自己的車，只在必要時租借，或是一台車多人共用的人正越來越多。根據調查結果顯示，特別是現在10 到20 幾歲的年輕人，跟以前的年輕人相比，有近半數的人沒想過要買車。

想要有車，不僅要花錢買車，還有花上保險費、油錢、維修費等費用。再加上，都市裡也不太需要開車，反倒開車容易遇上塞車，不方便。但是，不像以前般，為了買自己夢想中的車，努力賺錢的年輕人減少，認為只要賺能維持最低限的生計的錢就好的年輕人增加，這樣的狀況感覺好像社會中的活力正漸漸消失，讓我感到有點寂寞。

B

最近的年輕人，跟以前的人相比似乎比較沒有物欲。以前只要一拿到薪水，就會想買東西，或是想存錢買自己夢想中的車。但聽說現在很多年輕人認為不買車也沒關係。

要有車的話，就要花錢。只要住在都市裡，就算沒有車也不影響生活，因此有人會想把錢花在車子以外的地方，更有效率的運用。的確，物欲是工作的動力。但或許不要只著重在物質上，把錢用在跟家人、朋友相處的時間、興趣和讀書等事情上更能豐富生活。這麼想的話，或許現在的年輕人不買車也可以說是聰明的選擇吧。

69 關於年輕人不想買車，A跟B是如何描述的？

1 A覺得這是件好事，B覺得很可惜。
2 A覺得很可惜，B覺得這樣很合理。
3 A跟B都覺得年輕人失去工作活力。
4 A跟B都覺得為了豐富人生，這是必要的選擇。

70 關於物慾，A跟B是如何描述的？

1 A覺得是不必要的，B覺得為了工作是必要的。

2 A覺得很花錢，B覺得是有效的花錢方式。

3 A跟B都覺得物慾能豐富人生。

4 A跟B都覺得物慾能促進工作的意欲。

問題13　閱讀以下文章，從1・2・3・4中選出對問題最適合的回答。

人往往越是對對方抱有好感，越是想把那個人往自己喜歡的方向引導。剛認識的時候，因為不了解對方，「啊，這個部份跟我好像，哇，這點跟我完全不一樣」，還能像這樣客觀的分析。但隨著彼此的距離拉近， 就會開始把重點放在自己喜歡的地方，忽視自己無法容許的部份，進而產生自己跟對方任何事都很契合的錯覺。但如果某天對方做出超出自己容忍範圍的事。

比方說好友的小丸子跟看起來有點像是不良少年的人出去玩。跟那樣的人在外面玩到那麼晚沒問題嗎？明明以前的小丸子不會做那種事。因為過於擔心，所以把小丸子約出來對她說：

「跟那種人走那麼近，完全不像你！我覺得不要比較好。」

身為朋友，或許那樣的勸說是對的。但是在勸說時，被說「不像你」的小丸子可能會感到不服氣。

「到底你有多了解我？你根本不認識你口中說的不良少年。相處過後就會知道他們都是很有義氣的人。與其跟你正經八百的，跟他們在一起時更能做自己。你不要自己隨便下定論。」

雖然像是青春電影般的展開，總而言之，我想說的是沒有人可以百分之百的了解另一個人。我覺得人連自己都不了解自己了，更別想要了解別人的全部。

「啊，居然有那麼事。看起來很謹慎，沒想到是那麼有膽識的人。」

感到驚訝是人的自由。若無論如何就是擔心親友被捲入未知的危險世界的話，「要小心喲，我會擔心你。」像這樣直率的傳達自己的心情比較好。「不像你」這種話可能會帶給人傲慢的印象。因為到頭來說，「像」或「不像」那個人，別人終究是沒辦法判斷的。

71 根據作者，當人與別人拉近距離後會怎麼樣？

1 清楚地了解別人與自己相似跟不相似的地方。

2 中意的地方增加，變得能容忍任何事。

3 開始覺得自己了解對方的所有事。

4 產生餘裕，變得能客觀地觀察別人。

72 被告誡「不像你」的人，為什麼會覺得意外？

1 因為不想讓別人決定這樣像不像自己

2 因為自己的特色是什麼，自己也不知道

3 因為身邊的人誤解自己而受到打擊

4 因為別人知道自己也不知道的自己

73 根據作者的文章，給別人忠告時必須注意的是什麼？

1 壓抑自己的心情，只靠事實進行判斷並給予忠告

2 把覺得正確的想法，全部清楚地傳達出去

3　在完全理解對方後再給予忠告
4　對方也有自己沒見過的一面，這點要銘記在心

問題14　右頁是來自市公所的健康檢查通知。從1・2・3・4中選出一個對問題最適合的答案。

健康檢查通知

市府對加入全民健康保險的民眾提供一年一次的定期健康檢查。為了預防糖尿病等文明病，民眾應接受健康檢查。

對象	個人負擔金額	檢查項目
40歲～74歲加入全民健康保險的民眾	600日圓	身高、體重、視力、聽力、尿液檢查、心電圖、血液檢查、血壓、X 光檢查 ※可自費1000 日圓接受胃癌檢查

就診方式

- 要預約（請直接跟欲就診的醫療機構申請）。
- 檢查當天需攜帶健保卡。
- 檢查時間約90 分鐘。
- 檢查結果約在3 週至4 週內由檢查的醫療機構通知保險者。
- 接受胃癌檢查的民眾在檢查的前一天晚上9 點之後請禁止飲食。

就診地點

- 檢查日期和時間依各醫療機構規定有所不同。請直接向欲就診的醫療機構詢問。（可至市府的網頁確認健保特約醫療機構）。
- 平日也可以到各鄉鎮健康中心接受檢查。

青木町（9：00～11：00）黑木町（12：00～14：30）綠町（14：00～16：00）

※上述時間為櫃檯服務時間。

※會事先寄送病歷表等相關文件，請在欲就診3 週前透過電話連絡各鄉鎮健康中心。

※黑木町不提供胃癌檢查。

- 市府健康中心在星期六、日提供健康檢查服務。

※請於4 週前透過電話或網站上的申請網頁向市府健康中心預約。

※依預約狀況，不一定能指定健檢的日期。

健檢時間：＜星期六＞早上9 點到12 點（11 點前報到）
＜星期日＞下午1 點到4 點（3 點前報到）

每月的健診日期不同。5 月和6 月的健診日期如下。

5 月	第2、第4 週的星期六	第1、第3 週的星期日
6 月	第1、第2 週的星期六	第3、第4 週的星期日

74 吉田先生想在平日下午接受健康檢查跟胃癌檢查。要預約哪裡？

1　青木町健康中心　2　黑木町健康中心
3　綠町健康中心　4　市民健康中心

75 想在6月的禮拜六下午接受健康檢查的平尾先生該怎麼做才好？

1　在4月之內就寄電子郵件跟綠町的健康中心做申請。
2　在都市的官方網站首頁確認醫院，然後直接連絡醫院。
3　在5月之內就打電話給市民健康中心做申請。
4　在4月底從官網首頁跟市民健康中心做申請。

第2回　文字・語彙　文法　讀解　聽解　試題中譯

聽解

問題1　在問題1中，請先聽問題。並在聽完對話後，從試題冊上1～4的選項中，選出一個最適當的答案。

例題

在醫院的櫃檯處，女性和男性在說話。男性在這之後首先要做什麼？

女：午安。

男：不好意思，沒有預約也可以看診嗎？

女：可以。但是現在候診的病人很多，可能要等1個小時左右…。

男：1個小時啊…。沒關係，我可以等，麻煩你了。

女：好的，我知道了。請問是第一次來嗎？初診的話，要請您先製作掛號證。

男：我有帶掛號證。

女：那樣的話，請您填寫完這個病歷表後，連同健保卡一起給我。之後請您量體溫。

男：我知道了。謝謝。

男性在這之後首先要做什麼？

1　預約

2　辦理掛號證

3　填寫資料

4　測量體溫

第1題

電話裡媽媽和兒子正在說話。兒子在這之後首先要做什麼？

女：喂，我是媽媽。

男：幹嘛？怎麼了？

女：之前不是有說下禮拜伯父和伯母要來這裡玩？那個，計劃變了，他們說今天晚上就要來。

男：咦？太臨時了吧…。那他們今天晚上會住在我們家嗎？ 如果要在我們家過夜的話，家裡不打掃不行。

女：不會。他們說今天會住飯店，然後明天來我們家玩。雖然有點麻煩，但你今天從大學回家的途中，可以買一些好吃的點心回來嗎？

男：好，我知道了。

女：他們明天好像要住我們家，你先把兩人份的客用棉被和枕頭拿出來。

男：什麼？我可不知道客人用的棉被這些東西放在哪裡。

女：怎麼這樣，那就算了。啊，還有，好像快下雨了，你先把曬在外面的衣服收進屋內。

男：好啦好啦。

女：媽媽5點左右回家，總之就麻煩你囉。

兒子在這之後首先要做什麼？

1　打掃家裡

2　買零食

3　拿出給客人睡的棉被跟枕頭

4　把洗好的衣服收進來

第2題

女性和男性在討論搬家時要如何處理床。男性在這之後首先要做什麼？

女：金山，你都還沒有打包搬家的東西。

男：我現在正在努力整理。

女：很辛苦吧。對了，你這個床要怎麼處理？

男：我要把它當作大型垃圾丟掉。我問了搬家公司，他們說搬運一張床要加1萬日圓。那樣的話我還不如買一張新的床。

女：明明就還可以用，這樣好可惜。還是

賣給回收公司，你覺得呢？

男：前幾天我打電話問過回收公司了。結果他們說床太大了，他們不接受回收。

女：如果不用錢的話應該會有人想要吧？你看這個網站。把不要的東西拍照後上傳到這個網站，想要的人就會傳訊息給你。

男：真的耶，居然有那麼方便的網站，我都不知道。

女：我幫你拍這張床，然後上傳到網站。金山你就繼續整理，如何？

男：好，謝謝。

男性在這之後首先要做什麼？

1 打包好搬家的行李
2 把床當作大型垃圾丟掉
3 打電話給回收公司
4 把床的照片上傳到網站上

第3題

餐廳裡店長和女店員在對話。店長在這之後首先要做什麼？

男：啊，關口。不好意思，你現在方便說話嗎？

女：可以。怎麼了？

男：明天有團體的客人預約，但我們的人手不夠。如果方便的話，你明天可以上班嗎？7點開始。

女：不好意思，我明天大學有課，來不及上7點的班。8點的話我可以。

男：這樣啊。那就沒辦法了。你知道明天誰可以來嗎？我已經寫信問大家了，可是沒有人回覆…。

女：木村呢？木村明天只有早上有課。

男：木村明天下午要去旅行，不會待在這邊的樣子…。

女：可以請其他店的人來支援嗎？

男：這個嘛。也是可以問看看有沒有人有空，但是現在是尾牙旺季，每家店都很忙，不好意思開口。

女：說不定有人可以來幫忙，問就問問看吧，怎麼樣？我8點也會來。

男：嗯，那麼我就問看看。你在忙我還打擾你，不好意思。

店長在這之後首先要做什麼？

1 寄電子郵件給大家
2 拜託木村
3 拜託其他店鋪的店員
4 連絡客人

第4題

公司裡男性正在跟新進員工說明公司的事。新進員工明天早上到公司後首先做什麼？

男：這裡是明天開始安田先生你要工作的部門。早上到公司後先記錄上班時間。首先打開各自的電腦，輸入ID和密碼登入後，上班時間就會自動被記錄。明天早上我會告訴安田先生你登入的方法、ID和密碼，所以明天早上先不用記錄沒關係。之後，我們部門在早上開始工作前有安排擦拭桌子和窗戶的打掃時間。在那之後全體員工會參加早會，確認今天的工作內容和行程等事項。那時候會請安田先生自己跟部門的同事自我介紹。那麼，明天就麻煩你了。

新進員工明天早上到公司後首先要做什麼？

1　記錄上班時間
2　打掃桌子跟窗戶
3　確認工作內容
4　做自我介紹

第5題

會議室裡男性和女性正在準備明天的會議。女性在這之後要做什麼？

男：明天的會議準備到哪裡了？

女：剛排好所有的桌子跟椅子。接著要確認電腦是不是能確實運作。

男：你說的電腦是指哪一個電腦？其實剛剛高橋有聯絡說明天的會議他會用自己的電腦，所以我們不用準備。所以你不用檢查電腦了。

女：這樣啊。但還是要準備連接電腦和螢幕的轉接線對吧。

男：嗯。那個高橋應該也會帶來，保險起見這裡還是先準備著。啊，轉接線都在影印室的架子上。

女：我知道了。那我去影印室拿資料的時候順便拿來。

男：資料印了幾份？

女：加上額外準備的，總共100份。

男：那麼重，女性拿很辛苦吧。還是我去影印室把所有東西都拿來，你先把所有的瓶裝飲料排好在桌上。

女：謝謝，幫了我大忙。

女性在這之後要做什麼？

1　確認電腦是否能運作
2　事先放好連接電腦跟螢幕的線
3　影印一百份文件
4　在桌上排 好飲料

問題2　在問題2中，首先聽取問題。之後閱讀題目紙上的選項。會有時間閱讀選項。聽完內容後，在題目紙上的1～4之中，選出最適合的答案。

例題

電視節目裡女主持人和男演員在對話。男演員說戲劇表演哪裡最辛苦？

女：富田先生，這次的舞台劇《六個人的故事》廣受好評，網路上也掀起熱烈討論。

男：謝謝。這次是我第一次的舞台劇，能夠有那麼多人觀賞，真的很開心。但我因為經驗不足，吃了不少苦頭。

女：動作也很多，很耗體力吧。

男：是的。也有很多要背的台詞，很辛苦。

女：看得出來，但是您表達得很自然。

男：謝謝。我把所有空閒的時間都投入在練習上。不過，就算能一字不漏的說出所有台詞，如果不能展現出角色的個性，就稱不上是戲劇表演，這點最辛苦。

男演員說戲劇表演哪裡最辛苦？

1　需要消耗大量體力的地方
2　需要背很多台詞的地方
3　需要練習很多次的地方
4　要演出角色個性的地方

第1題

夫妻正在說話。先生為什麼下午才要去公司？

女：喂，你要睡到什麼時候？已經8點了，再不起來上班要遲到了。

男：啊，我今天下午才要去公司。

女：咦？為什麼？感冒嗎？

男：不是，我很健康。不過喉嚨有點痛。
女：那是因為你昨天酒喝太多了吧。
男：我也不想啊。那是因為要歡送離職的人。原本今天要出差，結果客人有事取消了。所以我就問主管上午可不可以請假，結果主管說好。真幸運。
女：是嗎。我還擔心你最近是不是工作太累了，偶爾休息也還好吧。
男：感覺好特別啊。
女：啊—，真羨慕。啊，已經這麼晚了，那我就先出門囉。

先生為什麼下午才要去公司？
1　因為感冒了
2　因為昨天喝太多酒
3　因為不去出差也沒關係了
4　因為最近工作太累了

第2題
醫院裡醫生正在說明檢查的相關事項。患者在檢查前可以做什麼事？
男：那個，檢查的時候有幾個注意事項。首先是檢查的前一天，晚餐要在晚上8點前結束。之後只能喝東西。酒和煙也一樣，晚上8點之後禁止。然後檢查當天不要吃早餐，也不能喝飲料。此外，本院進行檢查時會使用幾種藥物。這些藥物在檢查後可能會引起想睡、頭痛或感到疲倦等狀況，所以檢查當天不要開車、騎車或騎腳踏車。希望您可以理解。

患者在檢查前可以做什麼事？
1　檢查前一天的晚上八點吃晚飯
2　檢查前一天的晚上八點以後喝水
3　檢查當天喝咖啡
4　檢查當天吸菸

第3題
女：辛苦了。國外出差還順利嗎？
男：啊～總之就是很累、很累。
女：發生什麼事了嗎？像是被客人說了什麼的。
男：因為跟對方公司已經合作很久了，所以我去一點也不緊張。結果太鬆懈，反而忘了帶應該要帶的資料。
女：那可就糟糕了。還好嗎？
男：我慌張到冒冷汗，但對方說之後再給沒關係，所以沒有釀成大禍。比起那個飛機比較有問題。
女：該不會飛機停飛吧？
男：確實出發延遲了30分鐘，但那也不是什麼大問題。總之就是坐在我旁邊的人的打呼聲很吵，讓我很受不了。整整8小時的飛行時間我一直被打呼聲吵到沒辦法睡。就這樣直接來公司，已經快撐不下去了。

男性說國外出差什麼事最辛苦？
1　感到緊張
2　忘記帶資料
3　飛機延遲起飛
4　在飛機上睡不著

第4題
男：不管在什麼時代，父母都希望能「培養出好的孩子」，努力跟孩子相處。為了孩子的成長，父母應該要注意什麼事呢。
女：是的。我看到最近很多父母，在孩子還小的時候就讓他們去學英文、鋼琴、游泳或運動，有感而發。當然，在孩子還小的時候讓他們去學不同的才藝不一定是一件壞事。但是讓孩子學太多東西，結果壓縮到親子間的溝通時間，實在很可惜。

男：也有人覺得應該趁孩子還小一起到國外旅遊之類的啦，讓孩子有過特別的經驗。您覺得呢？

女：家人一起到國外旅遊對孩子來說絕對會是一個很棒的經驗。但也不可能每天都能為孩子創造出特別的經驗吧。

男：確實如此。

女：所以在每天的生活裡花時間和孩子好好對話，或是陪小孩玩才是最重要的。

男：原來如此。也就是說比起只有一次的特別經驗，每天的溝通又更為重要。

教授說為了孩子的成長應該要做什麼？

1 讓小孩去學各種才藝

2 空出時間慢慢享受親子時光

3 全家一起去國外旅行

4 每天準備特別的體驗

第5題

大學裡女學生和老師正在說話。老師說女學生的發表哪裡不好？

女：老師，我的研究發表哪裡有問題嗎？老師看起來好像不是很滿意…。

男：沒有沒有。除了表情外內容可以說是完美。

女：真的嗎？

男：最棒的一點就是你可以很明確的說明為什麼有必要研究這個題目。學生發表最常發生的問題就是沒辦法清楚的說明研究的意義，然後發表又很冗長。松田的發表一開始先敘述研究的目的和必要性，接著說明具體內容這點非常好。

女：謝謝。其實我有請學長姐陪我練習。

男：原來如此，實際發表前不斷在朋友或鏡子前練習的話，腦袋自然就會記住內容，人也會有自信。松田發表的內容很好，如果能再放鬆一點不要緊張的話，一定能表現的比現在更好。

女：好。我會努力的。

老師說女學生的發表哪裡不好？

1 沒有清楚說明研究的意義

2 冗長地一直講

3 發表前沒有事先練習

4 太過緊張讓表情僵硬

第6題

女性和男性正在說話。男性為什麼遲到？

女：你居然遲到了1小時！

男：對不起對不起。

女：因為路上很塞嗎？可是今天開始連假三天，會塞車不是早就知道的事嗎？

男：我也是這麼想，所以比平常還要早30分鐘出門。昨天下的雪還沒有融化，我以為路上的車都會開得比平常慢，應該會花不少時間，結果沒有。

女：是喔，真是意外。

男：原本以為這麼一來還會比約定的時間早到，心裡就放心了，結果前面那台卡車突然失去控制，撞上路邊的樹。超大聲，嚇了我一跳。

女：好恐怖。沒事吧？

男：我趕緊踩煞車，還好沒事…。司機自己也還能走路，好像沒有人受傷。打電話報警之後，警察問了一些事故的狀況。要做的事很多呢。

女：哎呀呀，被捲入了麻煩事呢。

男性為什麼遲到？

1　因為三連休時的高速公路塞車
2　因為還有積雪殘留，車子無法加速
3　因為被捲入交通事故
4　因為引起交通事故

問題3

問題3並沒有印在題目紙上。這個題型是針對整體內容為何來作答的問題。在說話前不會先問問題。首先聽取內容。然後聽完問題和選項後，在1～4之中，選出一個最適合的答案。

例題
日語學校的老師正在說話。
女：大家想吃咖哩的時候，會去餐廳吃還是自己煮呢？咖哩的作法非常簡單。將自己跟家人喜歡吃的蔬菜，像是馬鈴薯、紅蘿蔔、洋蔥等切成容易入口的大小後，跟咖哩塊一起熬煮就完成了。剛做好熱騰騰的咖哩當然也好吃，但其實放在冰箱裡冷藏一晚的咖哩更加美味。因為冷卻時食材會更入味。自己煮的時候，請務必試看看這個作法。

老師最想說的是什麼？
1　咖哩的作法
2　咖哩的美味享用方式
3　煮咖哩需要的蔬菜
4　好吃的咖哩餐廳

第1題
新聞裡專家正在說話。專家正在談論年輕人的什麼事？
男：現在的年輕人裡沒有車的「無車族」越來越多。根據某調查顯示，回答「沒有車」和「沒有打算買車」的年輕人高達54%。這是因為租車和車子共享的服務隨處可見，降低了買車的必要性。除此之外，年輕人錢不夠也是原因之一。調查結果也顯示越來越多的年輕人將大部份的收入存起來，選擇不花錢。為了打造年輕人能自由使用金錢的社會，我們需要思考現在的社會模式。

專家正在談論年輕人的什麼事？
1　調查結果
2　金錢的使用方式
3　存錢的方式
4　面臨的問題

第2題
男性正在打電話給蛋糕店。
男：我是昨天跟你們訂水果蛋糕的山本。
女：山本先生，謝謝您的購買。
男：跟你們訂水果蛋糕的時候，因為我的小孩對奇異果過敏，有請你們不要加奇異果。而且，拿蛋糕的時候也有再一次確認沒有加奇異果。結果蛋糕切開後，裡面還是有奇異果…。
女：居然有這種事…。真的是十分抱歉。
男：這樣讓我們很困擾耶。你們的蛋糕真的很好吃，我跟小孩都很喜歡吃，也訂了好幾次。拜託你們的事如果做不到的話，我就不想再跟你們訂蛋糕了。
女：您說的是。真的非常抱歉。我現在馬上退錢給您。
男：不用，沒關係。常常跟你們買，小孩也沒有吃到蛋糕，所以沒有造成什麼問題。可是你們以後還是要注意。
女：是的。謝謝您特地連絡我們。我們會

特別注意，以後不會再發生這樣的事。

男性在抱怨什麼？

1　蛋糕的味道

2　蛋糕的訂購方式

3　訂購的內容有誤

4　店員的態度

第3題

電視裡女性正在介紹某商品。

女：這個商品是由一間在大阪的小公司所製作的，光是開發就花了3年的時間。但是聽說剛開始販售時銷售很不好，公司幾乎快倒了。即使如此，只有公司的老闆深信這個商品一定會熱賣，繼續生產下去。因為是小公司，沒有什麼資金，所以也辦法刊登廣告或是CM等宣傳。但是，在某個電視節目裡一位當紅的演員向大家介紹愛用這個商品後，突然開始廣受年輕人的喜愛。現在不僅是年輕人，也深受不同年齡層的歡迎。

女性正在說商品的什麼事？

1　公司的歷史

2　老闆的個性

3　商品熱賣的契機

4　商品的宣傳方式

第4題

廣播裡女性正在說話。

女：寒冷的季節到來。大家會不會擔心天氣一冷手就開始乾燥呢？粗糙的手容易因為乾燥造成裂傷，大家一定希望能夠找到解決的方法。我們調查了一般人都用什麼方式預防手乾燥。不出所料「擦護手霜」這個答案獲得壓倒性的多數。其他也有人選擇擦橄欖油或是擦化妝水。家庭主婦當中也有人在洗碗時戴橡膠手套預防乾燥。家庭主婦要常常碰水，真的很辛苦。

女性正在說什麼？

1　手變乾燥的理由

2　因為乾燥造成手受傷

3　預防手變乾燥的方法

4　家庭主婦的辛苦

第5題

公司裡男性正在說話。男性正在說什麼？

男：我在這10年間看了很多希望到弊公司上班的學生。最近發生有學生的頭腦很好，但進公司後因為工作不順利落淚。明明會說多國語言也是一流大學畢業的，不知道怎麼會這樣。但是，這些跟能不能把工作做好沒有什麼太大關係。就算外語能力不佳或是不太會讀書也沒關係。我們公司在找的是能聆聽他人說話，並且能夠自己思考的人。如果你對自己的能力沒有自信的話，不用擔心，一點都不需要在意那種事情。大家一起在這間公司成長吧。

男性正在說什麼？

1　最近學生的狀況

2　頭腦好的學生的特質

3　希望雇用的學生能具備的條件

4　對自己能力感到自信的方法

問題4

問題4並沒有印在題目紙上。首先聽取語句。然後聽完對語句的回答後，在1～3之中，選出最適合的答案。

例題

女：你還在啊？我以為你早走了。

男：1　對啊，比想的還要花時間。

　　2　對啊，比想的還要早完成。

　　3　對啊，先回家比較好。

第1題

男：你知道納豆越拌越好吃嗎？

女：1　真的嗎，不需要攪拌吧。

　　2　真的嗎，下次試試看。

　　3　真的嗎，我想要一直持續下去。

第2題

男：沒有交通工具實在去不了那裡。

女：1　是喔，真可惜。

　　2　那真是可憐。

　　3　可以去真是太好了。

第3題

女：就差那麼一點點，真可惜。

男：1　就算只差一點點也不行嗎。

　　2　我不覺得好吃。

　　3　只差2分就及格了…。

第4　題

男：你在笑什麼？

女：1　因為今天之內一定要交出報告。

　　2　其實昨天男朋友跟我求婚了。

　　3　我昨晚完全睡不著。

第5題

女：他實在太失禮了，我不抱怨不行。

男：1　他那麼過份，抱怨也是應該的。

　　2　應該清楚的跟對方抱怨。

　　3　不要說是抱怨了，你什麼都沒做嗎？

第6題

男：童裝在2樓。

女：1　謝謝。

　　2　那真是恐怖。

　　3　那麼，我要買。

第7題

男：明天不是說好了要去野餐嗎？

女：1　要帶什麼去野餐？

　　2　明天8 點出發。

　　3　颱風要來了，也沒辦法啊。

第8題

女：可以的話，這些也可以全部拿去嗎？

男：1　不，在怎麼說那樣也會令我很困擾。

　　2　不，在怎麼說也應該不會那樣。

　　3　不，在怎麼說也不行那樣

第9題

男：我不喜歡跟他一起工作。

女：1　因為他很愛擺架子，讓人感覺不舒服呢。

　　2　要不要直接跟他道歉？

　　3　真羨慕你可以跟他一起工作。

第10題

男：聽說你跟男朋友分手了？

女：1　個性不太合。

　　2　總覺得提不起勁。

　　3　不可以灰心喲。

第11題

女：勉強趕在截止日前交出去了呢。

男：1　到底是什麼意思啊？

　　2　嗯，我還在擔心呢。

　　3　如果你堅持的話…。

第12題

男：好久不見，一切都還好嗎。

女：1　嗯，託您的福。

　　2　請您不用費心。

　　3　不客氣。

問題5　在問題5中，聽的內容會比較長。這個問題並沒有練習題。

可以在題目紙上作筆記。

第1題

幼兒園裡，男老師和園長正在說話。

男：園長，關於秋天遠足的地點，我調查了4個在候補名單內的地方。

女：謝謝，調查結果如何？

男：如果大家要從幼兒園一起出發的話，近一點的地方比較好對吧。這樣的話，可以去搭公車10分鐘就可以到的海風水旅館，或是搭公車30分鐘就可以到的未來科學館。

女：確實，如果去大空動物園的話，搭電車要快1個小時的時間呢。青葉公園呢？搭電車大概20分鐘吧。

男：可是從最近的車站到青葉公園的公車已經停駛了。走路大概要15分鐘。大人的話還好，如果還要帶小孩的話，可能有點辛苦。

女：也是。費用呢？

男：海風水族館的話大人1500日圓、小孩500日圓；未來科學館大人500日圓、小孩不用錢。大空動物園大人800日圓、小孩300日圓；青葉公園進去不用錢。

女：盡量避免去大人和小孩一個人就要超過1000日圓的地方。我們不能造成參加者的負擔。

男：我知道了。

女：那就去最近的地方吧。

秋天要去哪裡遠足？

1　海風水族館

2　未來科學館

3　大空動物園

4　青葉公園

第2題

學校裡學生們在說話。

女1：下禮拜是老師60歲的生日，大家要不要一起慶祝？

女2：好耶。60歲的話就是「還曆」，是特別的生日呢。

女1：對對。而且老師平時那麼照顧我們。要不要送老師花束？

男：既然是特別的生日，與其送花不如送老師每天都能用到的東西，像是錢包之類。

女1：那個會不會超出預算啊。一個人頂多只能出1000日圓。

女2：那送筆呢？工作的時候每天都會用到吧？

男：啊，的確。好像有店家提供買筆就免費刻名字的服務。我來查看看。

女1：那個不錯耶。收到刻著自己名字的筆一定很開心。

男：我知道了！我們也送老師花束，感覺很華麗。

女1：啊，我想到一個好主意。不要送花，改買蛋糕，大家一起吃跟慶祝，如何？

男：那是你自己想吃吧？

女2：但老師應該會比較喜歡這個吧。

女1：那，就那麼辦。

三個人要買什麼生日禮物？

1　錢包和蛋糕
2　筆和蛋糕
3　花束和錢包
4　花束和筆

第3題

首先聽取內容。然後聽完兩個問題後，分別在題目紙上的1～4之中，選出最適合的答案。

動物醫院裡三個人在說話。

女1：首先，帶小狗回家的時候，有幾項要做的事。最重要的就是小狗的健康管理。從我們醫院認養的小狗都已經有接種疫苗，所以認養人不需要再讓小狗接種疫苗。要做的是到市公所登記飼養的小狗。這個忘記的話，可能會被處罰20萬日圓以下的罰金。然後是帶小狗回家時要注意的事情。小狗到新的地方生活都會感到非常不安。為了不要讓小狗感到不安，請餵小狗吃慣的飼料和零食。在醫院隔壁的藥局就可以買到我們醫院給的飼料和零食。回家之前帶小狗去公園等外面的地方玩耍，讓牠放鬆後再回家也是一個讓小狗減壓的好方法。

男：原來要做的事情這麼多。

女2：對啊。我們兩個人分工合作吧。我去登記小狗，你先跟小狗回家。

男：我知道了。我就照醫生說的，先帶小狗去公園再回家。

女2：可是昨天下大雨，地上都是水跟爛泥巴。今天也沒有帶毛巾來…。

男：說的也是。還是去買很多的飼料和零食。還有買很多牠可能會喜歡的玩具，讓牠在家裡玩吧。

問題1 女性現在要去哪裡？

問題2 男性現在要去哪裡？

第1題

1　市公所
2　自家
3　藥局
4　公園

第2題

1　市公所
2　自家
3　藥妝店
4　公園

第3回　解答・解説

解答・解説

合格模試　解答用紙

N2 言語知識（文字・語彙・文法）・読解

第3回

受験番号 Examinee Registration Number		名前 Name	

〈ちゅうい　Notes〉

1. **くろいえんぴつ（HB、No.2）でかいてください。**
   Use a black medium soft (HB or No.2) pencil.
   （ペンやボールペンではかかないでください。）
   (Do not use any kind of pen.)
2. **かきなおすときは、けしゴムできれいにけしてください。**
   Erase any unintended marks completely.
3. **きたなくしたり、おったりしないでください。**
   Do not soil or bend this sheet.
4. **マークれい** Marking Examples

よいれい Correct Example	わるいれい Incorrect Examples
●	

問題1

1	①	②	③	●
2	●	②	③	④
3	①	②	●	④
4	①	②	●	④
5	①	●	③	④

問題2

6	①	②	●	④
7	①	●	③	④
8	①	●	③	④
9	①	②	③	●
10	●	②	③	④

問題3

11	①	②	③	●
12	①	②	③	●
13	●	②	③	④
14	①	●	③	④
15	●	②	③	④

問題4

16	●	②	③	④
17	①	②	●	④
18	①	②	③	●
19	①	●	③	④
20	●	②	③	④
21	●	②	③	④
22	①	②	③	●

問題5

23	①	●	③	④
24	●	②	③	④
25	①	●	③	④
26	①	●	③	④
27	①	②	③	●

問題6

28	①	②	③	●
29	①	②	●	④
30	①	●	③	④
31	①	●	③	④
32	●	②	③	④

問題7

33	●	②	③	④
34	①	②	●	④
35	①	②	③	●
36	①	②	●	④
37	①	●	③	④
38	①	②	●	④
39	●	②	③	④
40	①	②	●	④
41	①	●	③	④
42	①	②	●	④
43	①	●	③	④
44	①	●	③	④

問題8

45	●	②	③	④
46	①	●	③	④
47	①	●	③	④
48	①	②	●	④
49	●	②	③	④

問題9

50	①	②	●	④
51	①	●	③	④
52	①	●	③	④
53	①	②	③	●
54	●	②	③	④

問題10

55	①	②	③	●
56	①	②	●	④
57	①	●	③	④
58	①	②	③	●
59	●	②	③	④

問題11

60	①	②	●	④
61	●	②	③	④
62	①	●	③	④
63	●	②	③	④
64	①	②	③	●
65	①	②	●	④
66	①	●	③	④
67	●	②	③	④
68	①	②	③	●

問題12

69	①	②	③	●
70	①	②	③	●

問題13

71	①	②	③	●
72	●	②	③	④
73	①	●	③	④

問題14

74	①	●	③	④
75	①	●	③	④

合格模試　解答用紙

N2 聴解

第3回

受験番号 Examinee Registration Number		名前 Name	

〈ちゅうい　Notes〉

1. **くろいえんぴつ（HB、No.2）でかいてください。**
   Use a black medium soft (HB or No.2) pencil.
   （ペンやボールペンではかかないでください。）
   (Do not use any kind of pen.)
2. **かきなおすときは、けしゴムできれいにけしてください。**
   Erase any unintended marks completely.
3. **きたなくしたり、おったりしないでください。**
   Do not soil or bend this sheet.
4. **マークれい** Marking Examples

よいれい Correct Example	わるいれい Incorrect Examples
●	⊗ ✓ ○ ◎ ⊜ ⦶ ●

問題1

例	①	②	●	④
1	①	●	③	④
2	①	②	③	●
3	●	②	③	④
4	①	●	③	④
5	①	●	③	④

問題2

例	①	②	③	●
1	①	②	●	④
2	●	②	③	④
3	①	②	③	●
4	①	②	●	④
5	①	●	③	④
6	①	②	●	④

問題3

例	①	●	③	④
1	①	●	③	④
2	①	②	●	④
3	①	②	●	④
4	●	②	③	④
5	●	②	③	④

問題4

例	●	②	③
1	①	●	③
2	●	②	③
3	①	●	③
4	①	②	●
5	①	●	③
6	●	②	③
7	①	②	●
8	●	②	③
9	①	●	③
10	①	●	③
11	①	②	●
12	●	②	③

問題5

1		①	●	③	④
2		●	②	③	④
3	(1)	①	●	③	④
	(2)	①	②	●	④

第3回　得分表和分析

文字・語彙・文法		配分	答對題數	分數
	問題1	1分×5題	／5	／5
	問題2	1分×5題	／5	／5
	問題3	1分×5題	／5	／5
	問題4	1分×7題	／7	／7
	問題5	1分×5題	／5	／5
	問題6	1分×5題	／5	／5
	問題7	1分×12題	／12	／12
	問題8	1分×5題	／5	／5
	問題9	1分×5題	／5	／5
	合計	54分		a　／54

計算看看如何換算成60分。　a [　　] 分÷54×60＝ A [　　] 分

閱讀		配分	答對題數	分數
	問題10	3分×5題	／5	／15
	問題11	3分×9題	／9	／27
	問題12	3分×2題	／2	／6
	問題13	3分×3題	／3	／9
	問題14	3分×2題	／2	／6
	合計	63分		b　／63

b [　　] 分÷63×60＝ B [　　] 分

聽力		配分	答對題數	分數
	問題1	2分×5題	／5	／10
	問題2	2分×6題	／6	／12
	問題3	2分×5題	／5	／10
	問題4	1分×12題	／12	／12
	問題5	3分×4題	／4	／12
	合計			c　／56

c [　　] 分÷57×60＝ C [　　] 分

A B C 這三個項目中，若有任一項低於48分，
請在閱讀解說及對策後，再挑戰一次。（48分為本書的及格標準）

※此得分表的各項配分，是由ASK 出版編輯部依據題目難度所設定的配分。

語言知識（文字・語彙・文法）・讀解

♦ 文字・語彙・文法

問題1

1 4 しつど

湿　シツ／しめ-る・しめ-す

湿度（しつど）：濕度

1 温度（おんど）：溫度
2 濃度（のうど）：濃度
3 角度（かくど）：角度

2 1 ほす

干　カン

干（ほ）す：曬、晾曬

2 蒸（む）す：蒸
3 押（お）す：按；推
4 越（こ）す：越過；超過

3 3 しゅちょう

主　シュ・ス／ぬし・おも

張　チョウ／は-る

主張（しゅちょう）：主張

4 3 おぎなう

補　ホ／おぎな-う

補（おぎな）う：補充

1 敬（うやま）う：尊敬
2 ともなう：伴隨
4 整（ととの）う：齊整、齊備

5 2 ごういん

強　キョウ・ゴウ／つよ-い・つよ-まる・し-いる

引　イン／ひ-く・ひ-ける

強引（ごういん）：強行、強制

問題2

6 3 感心

感　カン

感心（かんしん）：佩服、欽佩

7 2 否定

否　ヒ・いな

否定（ひてい）：否定

8 2 生地

生地（きじ）：質地、材料

3 記事（きじ）：新聞報導

9 4 覚めて

覚　カク・おぼ-える・さ-ます・さ-める

覚（さ）める：醒

1 冷（さ）める：變冷、變涼

10 1 課税

課　カ

税　ゼイ

課税（かぜい）：徵稅

問題3

11 4 真

真夜中：深夜

12 4 ぞい

川沿い：河邊

13 1 再

再開発：再度開發

14 2 家

写真家：攝影師

※加上「家」後就會變成職業的名稱。例如「作家（作家）」、「小説家（小說家）」、「漫画家（漫畫家）」等。

15 1 非

非常識：沒有常識

問題4

16 1 いっさい

いっさい＝まったく（完全）

17 3 ふざけて

ふざける：玩鬧

1 あきらめる：放棄
2 おこたる：疏漏、疏忽大意
4 つまずく：絆倒；挫折

18 4 現代

現代：現代
文化：文化

19 2 ばったり

ばったり会う：突然相遇

20 1 続々と

続々と：源源不斷

2 着々と：穩定順利
3 転々と：輾轉不停
4 別々に：各自分開

21 1 わりと

わりと：意外；比較

2 わざと：故意
3 思わず：不禁、不由得
4 きっと：一定、肯定

22 4 任意

任意：任意、隨意

1 同意：同意
2 熱意：熱情
3 誠意：誠意

問題5

23 2 危険だ

物騒：好像會發生不好的事那般危險的狀態

24 1 一度にみんな

いっせいに＝一度にみんな（大家一起）

25 2 用意

支度＝用意、準備（準備）

26 2 あちこち

ほうぼう＝あちこち（到處）

27 4 広がれば

普及する＝広く使われるようになる（普及、被廣泛使用）

問題6

28 4 …礼儀やマナーを知らない。 不懂禮儀或禮貌。

礼儀：禮儀、禮節

1 …必ず挨拶をしよう。一定要打招呼。
挨拶：寒暄、打招呼
3 …今度お礼をしよう。下次跟對方道謝。
お礼：謝意、感謝

29 3 学校の前に、なだらかな坂道がある。 學校前面有平緩的坡道。

なだらか：平緩

2 …彼はおだやかな人なので、友達が多い。
他的個性溫和，所以有很多朋友。
おだやか：溫和

30 2 会社は何年働いても給料が変わらない。もううんざりだ。 不管在公司工作幾年，薪水都不會變。我已經厭倦了。

うんざり：厭倦、厭煩

31 2 ひらがなを漢字に変換します。 把平假名變換成漢字。

変換＝改變

1 旅行の予定を変更します。改變旅行的計劃。
変更：變更、改變
4 購入金額を変更します。改變購買的金額。
変更：變更、改變

32 1 転んでケガをしたので、病院で手当てしてもらった。 因為跌倒受傷了，所以在醫院接受治療。

手当て：包紮、治療

2 彼女が手作りのケーキを作ってくれた。
她親手做了一個蛋糕給我。
手作り：手工製作
3 パソコンでなく手書きで手紙を書いた。
不是用電腦，而是親手寫了一封信。
手書き：手寫
4 私の父は毎日庭の手入れをしている。我的父親每天都會整理庭園。
手入れ：修整

問題7

33 1 きり

[動詞のた形] きり～ない＝做了某動作之後，就再也沒有發生後續的事情。

34 3 しかねます

[動詞ます形]かねる＝（從說話者的立場、心情）無法做～

35 4 どころか

AどころかB＝不但沒有A，反而B

36 3 以上

～以上＝～だから当然（既然）

37 2 ものの

～ものの＝～けれども（雖然～但是～）

38 3 あったからにほかならない

～からにほかならない＝絕對是～

39 1 ところだった

～ところだった：差點。實際上沒有發生，但差點就發生不好的事。

40 3 がち

病気がち＝病気になることが多い(經常生病)

くもりがち＝くもりの日が多い（經常陰天）

41 2 しないわけにいかない

〜ないわけにはいかない＝〜なければならない（必須）

42 3 遊んでいる場合じゃ

〜ている場合じゃない：〜不是〜的時候

43 2 はおろか

AはおろかBも／さえ＝Aはもちろんのこと、Bも（別說A，就連B）

44 2 あえて

あえて＝難しいとわかった上で、わざわざ（明明知道有難度還是去做）

問題8

45 1

こんなに探し回っても 4見つからない 2なら 1あきらめる 3ほかはない ようだ。

這樣到處找還是4找不到2的話，好像1放棄3以外沒辦法了。

〜ほかはない＝〜しかない（只能〜）

46 2

山田さんが作ったこの資料、130分 3で 2作った 4にしては よくできている。

山田1 30分鐘3來2做的這個資料4以花費的時間來說，算是做得不錯。

〜にしては＝〜から予想される結果と違って（出乎預期）

47 2

ビザが出るまで 11週間くらい 4かと思ったが 2それどころか 32週間 もかかった。

1一週左右我4以為就會收到簽證，2結果竟然等了3二週。

それどころか：用來強調「跟預期的有落差」。

48 3

仕事は、日曜・祝日 2は 1もちろん 3土曜日 4も 休みです。

工作除了2是1理所當然的假日的週日跟國定假日外，3週六4也休息。

Aはもちろん（Bも）：不用說A，B也

49 1

…資料を作成 3しているとき 2一文の文字数を 1意識するのと 4しないのとでは 読みやすさがぜんぜんちがいます。

在製作資料3時，2文章的字數1有注意和4沒有注意時，閱讀的舒適性會差很多。

問題9

50 3 得るようになりました 取得

因為「大學數量的增加」造成「取得大學文憑的人」也增加，因此3是正確的。

51 2 こともなく

[動詞の辞書形] こと（も）なく＝〜ないで（不〜而〜）

52 2 といわれても仕方がありません

就算被說是〜也沒辦法

這篇文章的前半部分提到「自己讓競爭變得激烈，反而沒有被錄取」。這個意思是自作自受，所以意思相反的3和4是錯誤的答案。1的「〜だけのことはある（不虧是〜）」表示佩服或同意。

53 4 ですから

[接續詞]的問題要仔細閱讀前後文。

因為「人気がないゆえに学生が集まらない企業がある（有企業因為不受歡迎，所以沒有學生報名）」，所以有「まず考えなければならない（首先必須要思考）」這個結果。所以這裡「ですから（因此）」是正確的答案。

54 1 かならずしも

かならずしも～ない＝かならず～というわけではない（未必）

◆ 読解

問題10

（1）55 4

人間は一定時間、沈黙していることができなければならない。それと同時に、喋りたくない時でも、あたりの空気を重くしないために、適当な会話を続ける必要のある時もある。沈黙を守れない人で、きちんとした思想のある人物は見たことがない。**それと同時に、会食の席などでは、相手を立てながら、会話を続ける技術もなくて一人前とは言いがたい。**

意思是必須同時具有兩種能力。

人類一定要能夠保持沉默一段時間。同時，有時候就算不想講話，為了不要讓氣氛沉重，也必須適當的讓對話繼續下去。我從沒看過無法保持沉默，卻又充滿見解的人。**同時，在聚會等場合如果不能一邊討好對方一邊讓對話繼續下去，就不能說具有獨當一面的能力。**

★熟記單字及表現

□人間：人類　　□喋る：說話
□あたり：周圍　　□守る：保守、遵守
□思想：思想　　□人物：人物
□～がたい：難以…

（2）56 3

健康第一というのは、健康なときにはわからない。健康はふつうのときには当たり前のことだからだ。体をこわしてやっと、健康第一なんだとつくづく思う。だから健康とは、空気みたいなものだといえる。あって当たり前で、ふつうは意識もされない。だから健康の中には、いろんなものが隠されている。**ふだんは見えない体の秘密が、健康を害したときにはじめていろいろ見えてくる。**病気は体ののぞき穴だ。

平常看不見的身體秘密→平時不會注意的身體秘密

健康的時候不會知道健康第一這個道理，因為沒事的時候會認為健康是理所當然的事。生病的時候才會終於了解到健康最重要，所以健康可以說是像空氣般存在。擁有的時候覺得理所當然，平時也不會特別注意。因此健康之中其實隱藏著各種未知。**平常看不見的身體秘密，在生病時才會一一現形。從生病可以窺視身體的狀況。**

熟記單字及表現

□意識する：意識　　□隠す：隱藏

□のぞく：窺視、窺探

(3) 57 2

（若い世代に）自分の思いをまっすぐにぶつければ、必ずや共通項を見出すことができるだろう。

若い世代とつきあうからといって、意識したり、かまえたりすると、それはそのまま伝わってしまうから、自然体で対するに限る。

とても理解できない、ついていけないと思ったら、想像力をたくましくすること。自分がこのくらいの年代のときはどうだっただろうか、自分の若い頃、年上の人をどう見ていただろうかと考えてみる。

そこから答えが出てくるかもしれない。

如果能直率的（向年輕人）表達自己的想法，一定能找出彼此間的共同點。

就算是要跟年輕世代相處，如果因此表現得太過刻意的話，對方也會感受的到，所以用最自然的態度面對就好。

如果覺得無論怎麼樣都無法理解的話，就發揮想像力。去回想自己在這個年紀時又是什麼樣子，自己在年輕的時候是如何看待比自己年長的人。

答案可能就呼之欲出。

「～限る」的意思是「最好的就是～」。「自然体」也就是說用原本的自己去面對最好。

熟記單字及表現

□共通項：共通項目、相同之處

□年代：年代、年齡段

□年上：指比自己年齡更大的人

(4) 58 4

いつもピアノレッスンにご参加頂き、御礼申し上げます。おかげさまで、当教室は、5月で10周年を迎えることとなりました。これもひとえにご参加くださる皆様のおかげであると心より感謝しております。

さて、10月から消費税の増税が決定いたしました。今までレッスン料金を値上げせずにやってまいりましたが、今回の増税に伴いまして、ついに料金の見直しをせざるを得なくなりました。そのため、下記の通り料金の改定を実施させていただくこととなりましたのでお知らせいたします。

皆様にご迷惑をおかけするのは心苦しい限りでございますが、ご理解くださいますよう、よろしくお願い申し上げます。

承蒙各位一直以來對鋼琴課程的支持，在此表達誠摯的謝意。托各位的福，本教室在 5 月即將迎接 10 週年。這完全是因為各位的參加才能有今天，在此表達衷心的感謝。

政府確定於 10 月開始增加消費稅。本教室從提供課程至今從未調漲過費用，但這次伴隨著增稅，費用上不得不做出相應的調整。在此通知收費方式調整如下。

造成各位的困擾在此致上深深的歉意。衷心期盼各位的理解與支持。

商業書信裡經常以問候語作為開頭與結尾。把注意力放在「さて（開啟新的話題時使用）」之後的內容。

★熟記單字及表現

□感謝する：感謝
□さて：轉移話題時常用的慣用表現。
□消費税：消費稅
□決定する：決定
□料金：費用
□～にともない：和～一起，配合～。
□ついに：終於
□～限り：極度、極限

第3回 文字・語彙 文法 讀解 聽解 試題中譯

(5) 59 1

現代社会は物理学がないと何もできません。たとえば時計にしても、昔は機械仕掛けの世界でしたが、ちょっと時計が趣味の人は簡単な修理くらいはできた。ある程度手で触れることができたのですね。しかし、科学技術は細分化の果てに、普通の人には触れられない「何か」に変貌を遂げました。時計でいうと、今はクオーツ時計や電波時計があります。でも、そういった最先端技術を駆使した時計の中身について、ふつうの人はほとんど何もイメージできないし、触ることもできません。

現代社會如果沒有物理學就什麼也做不成。比方說像是時鐘，以往是機械的世界，只要對時鐘有點興趣的人就可以自己動手做簡單的修理。某種程度上可以用手去感受。但是，因為科學技術的進步，已經改變樣貌成普通人無法觸摸的「某種東西」。以時鐘為例，現在有石英鐘和無線電時鐘。但是，經由這樣尖端技術所設計的時鐘，一般人幾乎無法想像也觸摸不到它的內部構造。

故事的順序

以前的時鐘：可以用手觸摸和修理

↓

現在的時鐘：使用尖端技術，無法想像，也觸摸不到

★ 熟記單字及表現

□修理：修理
□ある程度：某種程度
□触れる：觸碰、觸摸
□～化：如同那樣、變成那樣的東西。
□中身：內容物、裡面的東西
□イメージする：想像

問題11

(1) 60 3　61 1　62 2

「おひとりさま」の数が急増している。「おひとりさま」とは、本来「一人」をていねいにいう言葉で、飲食店などの一人客を指すが、最近では独身の男女という意味から、一人で食事や旅行、趣味を楽しむなど一人の時間を謳歌している人たちのことまで幅広く意味するようになった。かくいう私もずっとおひとりさまで、60**以前はレストランに一人で行くと、周りのカップルや家族に囲まれて肩身が狭い思いをすることがあったが、仲間が増え**、大変①心強く思っている。

60 這裡的「仲間（同伴）」是指和筆者一樣，一個人在外用餐的人。

おひとりさまが増えた背景には、61 **独身女性の増加だけでなく、働く女性が増えたことも大きい理由にあげられる**。経済的に自立した女性が、結婚後も自分で稼いだお金で自分だけの時間を楽しむことが増えたのだ。私の姉が②**良い例**で、子供の手が離れたことを良いことに、一人で登山や海外旅行に行くなど、充実した毎日を送っている。

また、おひとりさま増加に伴い、それに対応した商品やサービスも広がりを見せている。ひとり用の炊飯器や電気ポットなどが店頭に並ぶようになった。旅行会社のひとり旅プランや、焼き肉屋のひとり焼き肉用カウンター席の設置など、一人客をターゲットにしたサービスも充実してきている。62 **おひとりさま道まっしぐらの私にとっては、これからどんなサービスが増えていくか、楽しみである。**

61 「独身ではない（已經結婚的）」女性也可以享受一個人的時光。

62 期待更多為一個人提供的服務。

「一位貴賓」的人數急速增加。「一位貴賓」本來是「一個人」的禮貌性說法，用在餐廳等地方，意思是一位客人。但最近延伸成泛指從單身男女到一個人用餐、旅行、享樂等歌頌一個人的時間。這麼說來，一直以來我也是一個人。60 **以前一個人到餐廳用餐時，因為周圍都是情侶和一家人，也曾經覺得不自在，但現在因為一個人的同伴增加，①內心感到安心許多**。

一個人的人數增加 61 **不僅是因為單身女性變多，有工作的女性變多也是主因之一。**越來越多經濟獨立的女性在結婚後也持續用自己賺的錢享受一個人的時間。我的姊姊就是一個②**好的例子**。孩子長大後，一個人登山和出國旅行等，每天過著充實的生活。

此外，伴隨著一個人的人數增加，到處可見反應這種現象的商品和服務。現在可以看到商店裡陳列著一人份的電鍋和熱水瓶等商品。也有很多以一個人為客群的服務，像是旅行社提供的一人行程、燒烤店裡一人座的吧檯席等。62 **對於一直以來以一個人姿態生活的我而言，相當期待今後會出現怎麼樣的服務**。

★熟記單字及表現

□本来：本來、原來
□指す：指代
□増加：增加
□経済的：經濟上
□広がり＝広がること（擴展）

(2) **63** 1　**64** 4　**65** 3

私がものごころついた頃は、もう日本は日本でなくなりはじめていた。着物を着ている人もいるにはいたが、洋服が主流になっていた。畳の間はまだあったけれど、人々は椅子の暮らしの方が楽だと思いはじめていた。人々あるいは日本全体が、欧米のものをよしとして、それを追っていた。

身近に欧米のものが溢れだし、日本のものはだんだんと後方に押しやられてゆく。そんな中で、われわれは育った。人のせいにするわけではないが、そこでどうやって日本の美にふれられようか。日本の心にふれて、日本人になれようか。われわれは日本よりも欧米文化を身近に感じ、それを素直に吸収していったのであって、①**その結果がこれなのだ**。

でも何かがきっかけで、日本のものにふれることがある。あるいは、何かを機に日本のものを、ということになるのかもしれない。それだけ日本のものが特別なものになっているということなのだが、私もまた大学卒業を機に、一念発起してお茶を始めた。(中略)

そのはずなのだが、いつか、こうした感覚が懐かしいものに思えてきたのはどうしたことか。**65 知らないはずなのに、新しいと思っていたはずなのに、知っているような気がする。**自分の奥底の何かが振れた、そんな感じ。**64 私は、やっぱり、日本人なのだ。**そして②**その感覚**が快いから、こうしてお茶も続いているのだろう。

從我懂事以來，日本就已經開始不像日本了。雖然還是有人穿和服，但是西式服裝變成主流，雖然還是有榻榻米，但是人們開始覺得坐在椅子上比較舒服。人們、或者是說日本整體，都認為歐美的東西比較好，崇尚著西方文化。

身邊開始充斥著歐美的事物，日本文化漸漸被遺忘在後方，我們就在那樣的環境中成長。我並不是要指責任何人，但是這樣要如何接觸日本之美？如何接觸日本之心，成為日本人？對我們而言，比起日本，歐美文化更是隨處可見，而我們也乖乖的吸收了這些文化，所以①**導致這樣的結果**。

但是在某個契機下接觸到日本文化。或者是藉由某個機會去接觸日本文化。日本文化變成是一個特別的東西，而我則是在大學畢業之際，下定決心要開始品茶。（中間省略）

或許本來就該那樣，不知道為什麼這種感覺很熟悉。**65 對自己來說應該是未知的新事物，但又覺得不陌生**。在自己的內心深處裡有著一股悸動。**64 我，果然是日本人**。因為②**那種感覺**讓我覺得心情愉悅，所以才會這樣繼續著品茶吧。

63　和服→西式服裝、榻榻米→椅子，生活產生這樣的變化，接觸日本文化的機會變得更少。

64　選擇可以替代前文「我，果然是日本人」的選項4。

65　第1、第2段落描述接觸日本事物的機會變少，但在第4段落表示「雖然應該是那樣」、「很懷念」、「好像不陌生」。

★熟記單字及表現

□欧米：歐美
□吸収する：吸收
□感覚：感覺
□振れる：振動
□ふれる：觸碰、接觸
□～を機に：以…為契機
□奥底：深處

(3) 66 2　67 1　68 4

日本には科学館・博物館・プラネタリウム・天文台など科学に関わる展示や講演会などを行いつつ、訪問者が実験や観測に参加できるような施設が多く存在する（欧米に比べても遜色ないどころか、その数は上回っている）。そこには当然学芸員がいて、66**展示物の解説をしたり、それに関する質問に答えたりしてくれる**。学芸員がいわば①**科学ソムリエ**の役割を果たしているのである。私が教えた大学院生が学芸員として就職し、時折その苦労話を聞くが**並大抵な仕事ではない**ことがよくわかる。

第一は、毎月のように出し物の中身を変え、新しいトピックに敏感に反応しないとすぐに飽きられてしまうから、先を読んで展示物を工夫することが絶えず求められる点だろう。予算の関係もあって年度当初に展示計画を組んでいるのだが、日本人のノーベル賞受賞のような想定していなかった事態が生じると急遽それに変え**ねばならない**。

それに伴って、どんな分野についても専門家並みの知識を身に付ける必要があるのも**苦労すること**らしい。学芸員それぞれは一つの分野の専門家ではあるけれど、それでカバーできる範囲は狭く、数少ない人数でどんどん専門分化する科学の全領域をカバーし**なければならない**。そのためインターネットで知識を得ただけであっても、②**いかにもその専門家であるかのように振る舞うことになる**。

66　「解説員可以說是扮演著科學專家的腳色」，這裡描述的解說員的工作內容是提示。

67　選項2「自尊心很高」、選項3「蒙混」、選項4「只要有網路就可以～」，不選擇這些對解說員有負面形容的選項。

68　重覆表示這是一個辛苦的工作。

在日本有科學館、博物館、天象館、天文館等跟科學相關的展示和演講，也有許多可以讓參觀者參加實驗跟觀測的施設（跟歐美相比一點也不遜色，就連數量也高於歐美）。在那些施設裡當然有解說員 **66** **為民眾解釋展示的作品和回答相關問**題。解說員可以說是扮演著①**科學專家**的腳色。在我指導的研究生裡就有學生擔任解說員，有時會聽他說工作上的辛苦，因此我十分清楚**這不是個普通的工作。**

首先是每個月要更換展示的物品。如果不能敏銳的反應流行，推出新的主題，參觀者很快就會看膩了。因此要事先做功課，不斷的在展示物上下功夫。也有因為預算的關係，雖然事先已經規劃好該年度的展示計劃，但因為發生意料之外的事，像是有日本人獲得諾貝爾獎，**不得不**立刻更換成得獎主題。

為了符合工作需要，必須學習各領域的專業知識這點似乎也**很辛苦**。雖然各領域都有專業的解說員，但能夠負責的範圍狹窄，因此**必須**由少數人去分擔越來越細分化的所有科學領域。因此，就算只有從網路上吸收過知識，②**但也要表現的像是該領域的專家**。

熟記單字及表現

- □～に関（かか）わる：關於…
- □～つつ：一邊…一邊…
- □いわば：換言之、可以說…
- □絶（た）えず：不斷、無休無止
- □生（しょう）じる：發生
- □範囲（はんい）：範圍
- □受賞（じゅしょう）：獲獎
- □解説（かいせつ）：解說、講解
- □工夫（くふう）する：想方設法
- □事態（じたい）：事態、情勢
- □分野（ぶんや）：領域
- □振（ふ）る舞（ま）う：動作、行動

問題12

69 4　**70** 4

A

最近（さいきん）は子供（こども）にスマートフォンを渡（わた）して、自由（じゆう）に使（つか）わせる親（おや）が増（ふ）えているという。いわゆる「スマホ育児（いくじ）」というやつだ。私（わたし）が子（こ）育（そだ）てをしていた時代（じだい）には、そんな物（もの）などなかったので、静（しず）かにしてほしい場所（ばしょ）で子供（こども）が泣（な）き出（だ）したり、動（うご）き回（まわ）ったりしたときは、必死（ひっし）になだめたものだ。そんな状態（じょうたい）では子供（こども）がかわいいだなんてとても思（おも）えなかった。だから親（おや）が疲（つか）れ果（は）て、子供（こども）にイライラしてしまう前（まえ）に、便利（べんり）なものに頼（たよ）ってもいいと思（おも）う。**70** **確（たし）かに、長時間（ちょうじかん）の利用（りよう）は視力（しりょく）を低下（ていか）させる、発達（はったつ）を妨（さまた）げるなど懸念（けねん）もある。**それらをしっかり理解（りかい）したうえで、便利（べんり）なものを取（と）り入（い）れながら、心（こころ）に余裕（よゆう）を持（も）って子供（こども）と向（む）かい合（あ）えるなら、スマホ育児（いくじ）は決（けっ）して悪（わる）いものではないと思（おも）う。

70　A和B都有提到對孩子發展有不好的影響。

最近有越來越多的父母把手機交給小孩讓他們自由使用。也就是所謂的「手機育兒」。在我那個年代，因為沒有那樣的東西，如果孩子在應該保持安靜的場所哭泣、或是到處走動，我們只能拚命的安撫。在那樣的狀態下完全不覺得小孩可愛。因此我覺得在父母開始筋疲力盡、孩子變得坐立不安前，仰賴那些能讓彼此都輕鬆的東西也無妨。的確，**70 長時間使用有視力變差、妨礙發展等疑慮**。如果能在確實理解會帶來的影響下善用那些東西，然後用平靜的心與孩子相處，這麼一來手機育兒也決不是一件壞事。

B

この前、食事に行ったとき、若い夫婦が3歳くらいの子供にスマホを持たせ、自分たちはゆっくりと食事をとっていた。確かに子供がいると、親は満足に食事すらできない。しかし、子供の社会性やコミュニケーション能力を育てるためには、積極的なコミュニケーションをとるべきであり、それこそが親の責任というものだろう。そもそも脳が未発達の**70 幼少期にスマホを使わせすぎれば、子供に悪影響を及ぼす**ことは様々な専門家が指摘している事実である。長い人生において、子育てする時間は短い。子供の将来を思えば、ほんのわずかな時間、親が楽しみたいからという理由で、簡単にスマホを与えてはならないと思う。

前陣子外出用餐時，看到一對年輕夫妻讓 3 歲左右的小孩自己玩手機，夫妻兩人則是悠閒的用餐。確實有小孩的話，父母很難好好的吃一頓飯。但是，為了讓小孩能夠順利進入社會，並擁有溝通能力，父母應該要積極的與小孩互動，那正是父母的責任吧。事實上各專家都有指出，在腦部發育尚未完全的 **70 幼兒期就讓小孩使用手機的話會帶來不好的影響**。我想，在漫長的人生裡，育兒的時間短暫，父母如果能想到孩子的未來、珍惜與孩子相處的短暫時光，就不會因為想自己輕鬆，輕易的把手機拿給孩子。

★ **熟記單字及表現**

- □いわゆる：所謂的、通常說的
- □頼る：依靠、藉助
- □発達：發育、發展
- □取り入れる：引進、採取
- □満足：滿足
- □及ぼす：波及
- □人生：人生
- □ほんのわずか：一點點
- □必死に：拚命地
- □低下する：低下
- □妨げる：妨礙
- □余裕：餘裕、從容
- □コミュニケーション：交流、溝通
- □事実：事實
- □～において：在…、於…

問題13

71 4　72 1　73 2

若い時には視野に入らないのに、人生の後半に差し掛かった辺りで徐々に姿を現す壁がある。例えば、親の老化。この問題の大変さを多くの人が味わうことになるのだが、実際に直面するまではなかなかぴんとこないものだ。

思春期くらいの頃、親のやることなすことにいちいちイラッときた。一緒にテレビを観ている時に笑うタイミングが気に入らない。「おへそ出てるよ」「へー、そう」という会話に大喜びしている両親の姿を見ると、心がドライアイスのように冷たくなった。あーやだ、どうしてうちの親はこんなにダサいんだろう。そのくせこっちの生活にあれこれ口を出してくる。当時の自分にとって、71**親とは永遠にダサくて元気で邪魔な存在**だった。

だが、71**その永遠に**、①小さな亀裂が入る日が来る。大学生の時だった。私は実家から遠い大学に入ってすっかり羽を伸ばしていた。親のダサさも口出しもここまでは届かない。そんな或る日、一年ぶりに実家に帰って彼らの顔を見た瞬間に、あれ？　と思った。なんか、老けてる？　でも、そりゃそうか、とすぐに思い直す。もう歳だもんな。でも、相変わらずうるさいし、ぴんぴんしてるから、まあいいや。

本当の恐怖を味わったのは、それから二十数年後だった。或る夕方、居間に二人でいた時のこと。母親が私に云った。

「今は昼かい？　夜かい？」

②**ぞっとした**。夕方だよ、と投げつけるように答えてしまった。彼女は呆けていたわけではない。ただ持病の手術で入院していて、家に戻ったばかりだったのだ。そんな場合は昼夜の区別が曖昧になることがある、と後から聞かされたのだが、その時はひたすらこわかった。母が壊れてしまった、と思った。

親に対する意識は激変した。ダサくてもうるさくても、とにかく元気でさえいてくれればいい。だが、母は少しずつ確実に弱っていった。彼女の持病は糖尿病だった。徐々に目が見えなくなり、腎臓の機能が落ちて透析も始まった。

故事的順序

- 年輕時認為父母是既俗氣又充滿活力的負擔
- 感受到父母的衰老，發現父母不是永遠都充滿活力
- 「我」逃避面對母親的衰老。父親照顧著母親

71　前面的「その永遠（那個永遠）」是指父母的健康。

72　「ぞっとする（不寒而慄）」是指因為寒冷和害怕，剎那間身體顫抖。筆者因為看到母親連簡單的事情也不會，驚覺母親變老而感到害怕。

73　只要了解文章的脈絡就能回答問題。

でも、「今は昼かい？　夜かい？」の後、真のこわさに直面することはなかった。私は彼女の老いから目を背けていた。それができたのは、全ての面倒を父が看ていたからだ。病院への付き添い、介護、家事、その他を、彼は一人でこなしていた。妻を守ると同時に子供である私をも守ろうとしていたのだろう。

有些障壁年輕時看不見，到了人生的後半戰才開始慢慢出現，像是父母親逐漸老化。很多人都會面臨到這個問題，但沒有實際遇到不會了解箇中滋味。

青春期的我對於父母親的一舉一動都看不順眼。一起看電視時，也不喜歡他們的笑點。「肚臍跑出來了」「是喔」，看到喜歡這樣對話的父母，心裡如同乾冰般瞬間冷掉。啊，真討厭，為什麼我的父母這麼俗氣，而且還老是對我說這說那的。對於當時的我而言，**71 父母永遠都是既俗氣又充滿活力的礙事鬼**。

但是，**71 有一天「永遠」會①產生龜裂**。事情發生在我還在讀大學的時候。我進入了遠離老家的大學，過著自由自在的生活。看不見父母的俗氣，也聽不見父母的嘮叨。就這樣在某天，相隔一年回到老家看到他們的臉的瞬間，咦？怎麼覺得父母好像老了。但是又馬上覺得那是理所當然的事，畢竟上了年紀了。但是還是一樣嘮叨不停、中氣十足，我也就沒有把這件事放在心上。

真正讓人感到害怕的是在那之後又過了二十幾年。某天傍晚客廳只有我們兩人時，母親對我這麼說。

「現在是白天還是晚上？」

母親的話讓我感到②**不寒而慄**。我粗暴地回她現在是傍晚。她沒有痴呆。她只是因為接受了慢性病的手術，剛出院回到家。之後我才知道原來剛出院的人有時會無法分辨白天和夜晚，但當時的我只覺得很害怕，以為母親壞掉了。

我瞬間改變了對父母的想法。就算他們很土很吵，只要他們能健康的活著就好。然而母親的身體卻一天比一天衰弱。她的慢性病是糖尿病。慢慢的眼睛變得看不見，因為腎臟機能下降，也開始洗腎。

但是，在「現在是白天還是晚上？」之後，我並沒有面臨到真正的恐怖。我逃避面對母親的衰老，因為有父親肩負所有照顧母親的責任。陪伴就醫、看顧、家事，其他事情都是他一人包辦。在守護妻子的同時，他也守護著身為孩子的我。

★熟記單字及表現

- □（お）へそ：肚臍
- □そのくせ：儘管；而且
- □口を出す：插嘴
- □永遠に：永遠
- □瞬間：瞬間
- □さえ：只要…就行
- □機能：功能、機能
- □大喜び：歡欣雀躍、非常歡喜
- □あれこれ：處處、種種
- □～にとって：對於…來說
- □羽を伸ばす：自由自在、無拘無束
- □とにかく：總之
- □確実に：確實
- □こなす：包辦、做完

問題14

74 2　**75** 2

ひまわり市 公共施設利用予約について

市民のみなさんが、テニスやバスケットボール等のスポーツをしたり、茶道や合唱等の趣味を楽しんだり、会議などを開くときに、市内の公共施設がご利用いただけます。
利用できる施設は、集会施設、公園施設、スポーツ施設、市民ホールです。

● **利用方法について**
初めて利用される方は、事前に地域課の窓口で利用者登録が必要となります。
※　利用者登録に必要なもの
✓　住所・氏名・生年月日がわかる**身分証明書**（運転免許証・パスポート・健康保険証等）をお持ちください。
✓　学生の方は、身分証明書（運転免許証・パスポート・健康保険証等）とあわせて**学生証**が必要です。
✓　利用者登録料**1,500円**
利用者登録後、利用者登録カードを発行いたします。利用者登録カードは、施設予約、利用の際に必要になります。

● **施設の予約について**
インターネットまたは地域課の窓口で予約が可能です。
インターネット予約をご利用の際は、ひまわり市のホームページにアクセスし、利用者登録カードに書かれた利用者IDとパスワードを入力してください。市内各所の施設予約や予約の確認および空き状況を確認することができます。

● **使用料の支払いについて**
使用料は、利用する前までに地域課または各施設の窓口でお支払いください。
使用料は、施設によって異なります。地域課または各施設にお問い合わせください。

● **キャンセルについて**
利用2日前まではインターネットからのキャンセルが可能です。利用前日、利用当日のキャンセルは、ご利用予定の施設で手続きを行います。**必ず各施設へ電話連絡をお願いします。**利用2日前までにキャンセルの手続きをされた方には、事前にお支払いいただいた使用料を返金いたします。インターネットまたは地域課の窓口で返金手続きを行います。当日および前日に自己都合で利用を取り消す場合は、キャンセル料として使用料をいただきますのでご注意ください。

ひまわり市役所　　地域課
電話：0678-12-9876

74　辦理使用者登錄需攜帶身份證明文件和1500日圓。學生則需要另外出示學生證。

75　注意「取消方式」。使用當天取消的話，文章有寫「請務必用電話連絡」。

向日葵市公共設施預約使用說明

各位市民可以使用市府的公共設施參與網球、籃球等運動，培養茶道、合唱等興趣，或是舉辦會議。開放民眾使用的設施有社區中心、公園、運動中心、市民會館。

- **使用方式**

  第一次使用的民眾必須事先到地域課的窗口辦理使用者登錄。

  ※辦理使用者登錄時需要攜帶的文件

  - ✓ 請攜帶記載住址、姓名、出生年月日的**身份證明文件**（駕照、護照、健保卡等）。
  - ✓ 學生需出示身份證明文件（駕照、護照、健保卡等）以及**學生證**。
  - ✓ 使用者登錄規費**1500日圓**。

  辦理使用者登錄後會製作使用者登錄卡。預約和使用設施時需出示使用者登錄卡。

- **預約方式**

  可以利用網路或到地域課的窗口預約。

  利用網路預約時，請至向日葵市的網頁輸入使用者登錄卡上的使用者ID和密碼。也可以從網站上預約、確認預約，以及查詢可預約的時間。

- **費用付款方式**

  使用前請到地域課或各設施的窗口付費。

  依設施規定費用有所不同。請向地域課或各設施詢問。

- **取消方式**

  使用二天前可以從網路取消預約。使用前一天或當天取消者，請到預約使用的設施辦理取消手續。**請務必用電話連絡各設施**。使用二天前辦理取消，全額退還事先收取的費用。請在網路上或地域課辦理退費手續。使用當天或前一天因個人因素取消，預付的費用作為取消費不會退還，請特別注意。

向日葵市公所　地域課

電話：0678-12-9876

★ **熟記單字及表現**

□施設（しせつ）：設施
□利用者登録（りようしゃとうろく）：用戶登記
□運転免許証（うんてんめんきょしょう）：駕駛證、駕照
□在学証明書（ざいがくしょうめいしょ）：在學證明
□アクセス：登錄、連接
□自己都合（じこつごう）：個人原因
□集会（しゅうかい）：集會
□身分証明書（みぶんしょうめいしょ）：身分證明
□健康保険証（けんこうほけんしょう）：醫保卡
□可能（かのう）：可能
□返金（へんきん）する：退款

聽解

問題1

例　3

N2_3_03

病院の受付で、女の人と男の人が話しています。男の人はこのあとまず、何をしますか。

F：こんにちは。

M：すみません、予約はしていないんですが、いいですか。

F：大丈夫ですが、現在かなり混んでおりまして、1時間くらいお待ちいただくことになるかもしれないのですが…。

M：1時間か…。大丈夫です、お願いします。

F：はい、承知しました。こちらは初めてですか。初めての方は、まず診察券を作成していただくことになります。

M：診察券なら、持っています。

F：それでは、こちらの書類に症状などをご記入のうえ、保険証と一緒に出してください。そのあと体温を測ってください。

M：わかりました。ありがとうございます。

男の人はこのあとまず何をしますか。

醫院的櫃檯處女性和男性正在說話。男性在這之後首先要做什麼？

女：午安。
男：不好意思，沒有預約也可以看診嗎？
女：可以。但是現在候診的病人很多，可能要等 1 個小時左右…。
男：1 個小時啊…。沒關係，我可以等，麻煩你了。
女：好的，我知道了。請問是第一次來嗎？初診的話，要請您先製作掛號證。
男：我有帶掛號證。
女：那樣的話，請您填寫完這個病歷表後，連同健保卡一起給我。之後請您量體溫。
男：我知道了。謝謝。

男性在這之後首先要做什麼？

1番　2

N2_3_04

女の人と男の人が天気予報を見ながら話しています。女の人はこのあとまず何をしますか。

F：今回の台風、かなり強いんだね。50年に一度の超大型台風だって。

M：明日の明け方に上陸するから、電車は終日運休になりそうだね。

F：明日は出勤できないんじゃない？

M：様子を見て、1 **無理そうだったら上司に連絡する**よ。そういえば、洗濯物は中に取り込んだ？　もうかなり風が強くなってるけど。

F：あ、いけない！　完全に忘れてた。

M：しようがないな。手伝うよ。あ、それと台風が来る前に食料を買い込んだほうがいいかも。この前台風が来たあと、どの店も閉まってて困ってたでしょう。

F：そうだね。三日分あればなんとかなると思う。4 **おかずの作り置き**もあるし。

M：早く買いに行かないとお店閉まっちゃうかも。3 **スーパーに行って来る**から、悪いんだけど、2 **洗濯物は任せてもいい**？

F：うん。わかった。気をつけて。

女の人はこのあとまず何をしますか。

女性和男性一邊看天氣預報一邊說話。女性在這之後首先要做什麼？

女：這次的颱風很強呢。聽說是 50 年一次的超強颱風。
男：明天清晨的時候登陸，所以電車應該會整天停駛。
女：明天不就不能上班？
男：看狀況，1 **如果沒辦法的話就跟主管連絡**。對了，衣服都收進來了嗎？現在風勢已經頗大了。
女：啊，糟了！完全忘了。
男：真是的，我也來幫忙。啊，還有颱風來臨前多買一些儲備糧食比較好。之前颱風來之後，所有店家都關門，傷了很大腦筋吧。
女：也是。有三天份的食物應該就夠了。我們也有 4 **事先做好的小菜**。
男：不趕緊去買的話店家都要關門了。3 **我去超市**，雖然不好意思但是 2 **衣服可以麻煩你嗎**？
女：嗯。我知道了。路上小心。

女性在這之後首先要做什麼？

1　明天看狀況。

2　○

3　由男性出門。

4　「作り置き（事先做好）」是指事先將菜做好並保存起來。現在沒有要做菜。

★ 熟記單字及表現

□明(あ)け方(がた)：黎明
□出勤(しゅっきん)：出勤、上班
□任(まか)せる：委託、交給

2番　4

🔊 N2_3_05

大学(だいがく)で、男(おとこ)の学生(がくせい)と女(おんな)の学生(がくせい)が話(はな)しています。女(おんな)の学生(がくせい)はこのあとまず、何(なに)をしますか。

M：松川(まつかわ)さん、卒業論文(そつぎょうろんぶん)の研究(けんきゅう)どう？　進(すす)んでる？　もう、論文書(ろんぶんか)いてるの？

F：それが、全然進(ぜんぜんすす)んでなくて…。論文(ろんぶん)は、初(はじ)めのほうは書(か)いたんだけど。それより今(いま)、大学生対象(だいがくせいたいしょう)のアンケート調査(ちょうさ)をしているんだけど、人数(にんずう)が少(すく)ないからか、傾向(けいこう)が出(で)なくて…。

M：そっかあ。今(いま)から追加(ついか)でアンケート調査(ちょうさ)したら？

F：それも考(かんが)えたんだけど、もうやってくれそうな知(し)り合(あ)いがいないんだ。時間(じかん)もあまりないし。

M：うーん、ゼミの先生(せんせい)には相談(そうだん)した？

F：うん。でも、先生(せんせい)にもやっぱり調査人数(ちょうさにんずう)を増(ふ)やしたほうがいいって言(い)われたよ。

M：そっか…。あ、**3僕(ぼく)のサークルの後輩(こうはい)で、やってくれそうな人(ひと)がいないか、探(さが)してみようか？**

F：え、いいの？

M：うん、後輩(こうはい)、たくさんいるし、時間(じかん)もあるから、やってくれると思(おも)うよ。今(いま)、連絡(れんらく)して、今日中(きょうじゅう)にまた松川(まつかわ)さんに連絡(れんらく)するよ。**4すぐ調査(ちょうさ)できるように準備(じゅんび)しておいて。**

F：ありがとう。助(たす)かるよ。

女(おんな)の人(ひと)はこのあとまず、何(なに)をしますか。

3 男學生要找能夠接受調查的人。

4 女性要先做好讓拜託男性的學弟妹協助調查的準備。

大學裡男學生和女學生在說話。女學生在這之後首先要做什麼？

男：松川，你的畢業論文的研究的進度如何？有在進行嗎？論文已經開始寫了嗎？

女：那個嘛，完全沒有進度…。論文雖然已經寫好開頭，但是比起那個，我現在正在做給大學生的問卷調查。因為人數太少，沒有辦法看出傾向。

男：這樣啊。現在追加調查份數的話呢？

女：我也是有想過，但是已經沒有可以幫忙做問卷的朋友。而且沒什麼時間。

男：嗯。你跟研討會的教授討論過了嗎？

女：有。但是教授也說還是增加調查人數比較好。

男：這樣啊。啊，**3 還是我來找看看有沒有社團的學弟妹可以幫忙**？

女：可以嗎？

男：嗯。我有很多學弟妹，他們也有時間，應該可以幫忙。我現在跟他們連絡，今天之內回覆松川你。**4 你先準備好隨時可以進行調查**。

女：謝謝。幫我大忙了。

女學生在這之後首先要做什麼？

★ 熟記單字及表現

□論文（ろんぶん）：論文　　　　□研究（けんきゅう）：研究
□傾向（けいこう）：傾向

3番　1

🔊 N2_3_06

会社（かいしゃ）で、女（おんな）の人（ひと）と男（おとこ）の人（ひと）が話（はな）しています。男（おとこ）の人（ひと）はこのあとまず何（なに）をしますか。

F：大山（おおやま）さん、今朝（けさ）お願（ねが）いした資料（しりょう）、もうコピーしました？

M：さっきコピーしようと思（おも）ったらコピー機（き）が壊（こわ）れちゃって…。業者（ぎょうしゃ）さんに修理（しゅうり）に来（き）てもらおうと思（おも）って、今（いま）、電話（でんわ）するところです。

F：それが、資料（しりょう）に差（さ）し替（か）えなければいけない箇所（かしょ）が見（み）つかって作（つく）り直（なお）すことになったんです。50部（ぶ）もコピーする前（まえ）に止（と）めなきゃって…。

M：え、そうですか。危（あぶ）なかった…。いいタイミングに壊（こわ）れましたね。

F：本当（ほんとう）ですね。あ、コピー機（き）の修理（しゅうり）ってけっこう時間（じかん）かかるんですよ。業者（ぎょうしゃ）さんもすぐに来（こ）られるとは限（かぎ）らないので、**1すぐに連絡（れんらく）したほうがいい**ですよ。

1 ○

2 影印機壞了，所以不能影印。

文字・語彙

文法

讀解

聽解

試題中譯

M：そうですね。そうします。

F：あ、あと、すみません、資料の作り直し、一人だと来週の会議に間に合わないので、手伝っていただけませんか。

M：いいですよ。**3・4午後一で打ち合わせが入っていていろいろ準備しないといけないんで、そのあと**でもいいですか。

F：大丈夫です。ありがとうございます。

男の人はこのあとまず何をしますか。

公司裡女性和男性正在說話。男性在這之後首先要做什麼？

女：大山，今天早上麻煩你的資料影印了嗎？
男：剛剛原本想影印，結果影印機壞了…。現在正要打電話請廠商來修理。
女：我發現要修改的地方，所以要重新做資料。趕緊在你影印 50 份之前跟你說…。
男：真的嗎。好險…。這影印機壞得真是時候。
女：對啊。啊，修理影印機要花時間。廠商也不一定會馬上來，你還是 **1 立刻跟廠商連絡比較好**。
男：也是。我馬上連絡。
女：啊，還有，不好意思，我一個人重新做資料的話，會趕不及在下週的會議前完成。可以請你幫忙嗎？
男：可以啊。**3・4 我午休過後有一個會議，有一些東西要先準備**，在那之後也可以嗎？
女：可以的。謝謝。

男性在這之後首先要做什麼？

3・4 打電話給廠商→為會議做準備→開會→幫忙

★熟記單字及表現

□業者：相關行業的工作人員
□箇所：地方、部分
□打ち合わせ：商量、磋商

4番　2

N2_3_07

学校で、男の学生と女の学生が話しています。女の人はこのあとすぐ何をしますか。

M：体調、悪そうだね。大丈夫？

F：うーん。熱っぽくて。1 **朝、薬を飲んだ**ら、ちょっとましになったんだけど。

M：そうなんだ。無理しないで、今日はもう帰って寝たら？　病院にはもう行ったの？

F：ううん、まだ。この授業のあと、行こうと思ってるんだけど…。

M：行ったほうがいいよ。富士病院って知ってる？　うちの大学の学生だと、安くみてくれるよ。

F：そうなの？　知らなかった。じゃあ、その病院に行こうかな。

M：あ、でもあの病院、予約しないといけないんだった。当日予約するんだけど、朝一番でしないと、遅くまで待つことになるんだよね。

F：そっかあ、今日たくさん待つのはちょっとやだなぁ。こうしている間にも、頭が痛くなってきたし。3・4 **病院は明日の朝、予約していくことにする**よ。

M：わかった。2 **今日はもう無理しないで。先生には伝えておくから。寝たほうがいいよ。**

F：ありがとう。じゃあ、今日はもう行くね。

女の学生はこのあとすぐ何をしますか。

學校裡男學生和女學生正在說話。女性在這之後首先要做什麼？
男：你看起來很不舒服。還好沒？
女：嗯，好像發燒了。1 **早上吃了藥**，有比較好。
男：這樣啊。不要勉強了。今天就先回家睡覺吧。你去過醫院了嗎？
女：沒有，還沒。我打算上完這堂課後再去…。
男：去看醫生比較好。你知道富士醫院嗎？我們大學的學生有折扣。
女：真的嗎？我不知道。那我去那家醫院看好了。
男：啊，可是那間醫院一定要先預約。當天預約也可以，可是要一大早就預約，不然會等到很晚。
女：這樣啊，可是我今天不想等到太晚。等的時候說不定又會頭痛。3・4 **醫院我就明天早上預約後再去**。
男：我知道了。2 **你今天不要勉強了，我幫你跟老師說，你還是睡一下比較好**。
女：謝謝。那我今天先回家了。
女學生在這之後首先要做什麼？

1　已經有吃藥。

3・4　今天不去醫院。明天預約後再去。

2　○

★熟記單字及表現

□**体調**（たいちょう）：身體狀況

□**熱っぽい**（ねつ）：有點發燒

□**当日**（とうじつ）：當天

□**朝一番**（あさいちばん）：早上起來做的第一件事。等同「朝イチ」。

5番　2

🔊 N2_3_08

介護施設（かいごしせつ）で、施設（しせつ）のスタッフと女（おんな）の人（ひと）が話（はな）しています。女（おんな）の人（ひと）は
このあと何（なに）をしますか。

M：今日（きょう）は当施設（とうしせつ）にボランティアに来（き）ていただきありがとうござい
ます。かんたんに一日（いちにち）の流（なが）れを説明（せつめい）しますね。

F：はい。

M：今日（きょう）は中村（なかむら）さんという80代（だい）の女性（じょせい）のサポートをしていただき
ます。1まず、自己紹介（じこしょうかい）して、しばらくおしゃべりしていてくだ
さい。中村（なかむら）さんは歌（うた）がお好（す）きなので、一緒（いっしょ）に歌（うた）うのもいいと
思（おも）いますよ。

F：正直（しょうじき）、歌（うた）は自信（じしん）がないのですが…。動画（どうが）サイトで曲（きょく）を一緒（いっしょ）に
聞（き）いてもいいですか。

M：ええ。2説明（せつめい）のあとで、ここのWi-fiのパスワードを教（おし）えます
ね。

F：お願（ねが）いします。

M：食事（しょくじ）はお手伝（てつだ）いが必要（ひつよう）なので、まずお昼（ひる）ご飯（はん）を食（た）べさせてあ
げて、それからご自分（じぶん）の分（ぶん）を召（め）し上（あ）がってください。食堂（しょくどう）に
用意（ようい）しておきます。

F：はい。

M：午後（ごご）はイベントがあるので、一緒（いっしょ）に参加（さんか）していただいて終（お）わ
りです。あ、最後（さいご）にレポートの記入（きにゅう）もありますね。だから4
サポートの合間（あいま）に気（き）づいたことをメモしておくといい
かもしれません。

F：わかりました。一日（いちにち）、よろしくお願（ねが）いいたします。

女（おんな）の人（ひと）はこのあと何（なに）をしますか。

1・2　說明→Wi-fi（網路）的設定→向中村女士打招呼和自我介紹

3　不用準備午餐。

4　在協助的空檔做筆記。

在安養中心裡員工和女性正在說話。女性在這之後首先要做什麼？

男：謝謝您今天到本單位擔任義工。我簡單的說明一天的流程。
女：好。
男：今天請您協助一名 80 幾歲的女士，她的名字叫中村。**1 首先請您先自我介紹，然後跟她聊聊天**。中村女士喜歡唱歌，所以您也可以跟她一起唱歌。
女：老實說我對唱歌沒有自信…。一起用視頻網站聽歌也可以嗎？
男：可以的。**2 說明結束之後，我再跟您說 Wi-fi 的密碼**。
女：麻煩了。
男：用餐的部份需要您的幫忙，請您先協助她吃中餐，然後再自行用餐。餐廳會準備餐點。
女：好。
男：下午有活動，請您一起參加，然後今天就結束了。啊，最後還要寫報告。**4 您可以在協助的空檔，記錄注意到的事情**。
女：我知道了。今天一天就麻煩您了。

女性在這之後首先要做什麼？

 熟記單字及表現

□**介護**（かいご）：護理、看護　　□**施設**（しせつ）：設施
□**流れ**（なが）：流程　　　　　　□**パスワード**：密碼
□**サポート**：支持、支援

問題2

例　4

🔊 N2_3_10

テレビ番組（ばんぐみ）で、女（おんな）の司会者（しかいしゃ）と男（おとこ）の俳優（はいゆう）が話しています。男（おとこ）の俳優（はいゆう）は、芝居（しばい）のどんなところが一番大変（いちばんたいへん）だと言（い）っていますか。

F：富田（とみた）さん、今回（こんかい）の舞台劇（ぶたいげき）『六人（ろくにん）の物語（ものがたり）』は、すごく評判（ひょうばん）がよくて、ネット上（じょう）でも話題（わだい）になっていますね。

M：ありがとうございます。今回（こんかい）は僕（ぼく）の初舞台（はつぶたい）で、たくさんの方々（かたがた）に観（み）ていただいて本当（ほんとう）にうれしいです。でも、まだまだ経験不足（けいけんぶそく）のところもあって、いろいろ苦労（くろう）しました。

F：動（うご）きも多（おお）いし、かなり体力（たいりょく）を使（つか）うでしょうね。

M：ええ。セリフもたくさんおぼえなきゃいけないから、つらかったです。

F：そうですよね。でもすごく自然（しぜん）に話（はな）していらっしゃいました。

文字・語彙

文

法

讀

解

聽

解

試題中譯

M：ありがとうございます。空いている時間は全部練習に使ったんですよ。でも、間違えないでセリフを話せたとしても、キャラクターの性格を出せないとお芝居とは言えないので、そこが一番大変でしたね。

男の俳優は、芝居のどんなところが一番大変だと言っていますか。

電視節目裡女主持人和男演員正在說話。男演員說戲劇表演哪裡最辛苦？

女：富田先生，這次的舞台劇《六個人的故事》廣受好評，網路上也掀起熱烈討論。
男：謝謝。這次是我第一次的舞台劇，能夠有那麼多人觀賞，真的很開心。但我因為經驗不足，吃了不少苦頭。
女：動作也很多，很消耗體力吧。
男：是的。也有很多台詞要背，很辛苦。
女：看得出來，但是您表達得很自然。
男：謝謝。我把所有空閒的時間都投入在練習上。不過，就算能一字不漏的說出所有台詞，如果不能展現出角色的個性，就稱不上是戲劇表演，這點最辛苦。

男演員說戲劇表演哪裡最辛苦？

1番　3

N2_3_11

デパートのアナウンスを聞いています。赤ちゃんと一緒に使えるトイレは何階にありますか。

F：（ピンポンパンポーン）本日は、東京デパートをご利用いただき、まことにありがとうございます。館内のご案内をいたします。当館は、地下2階から4階までの6フロアございます。駐車場は地下2階、地下1階は食品売り場、1階から3階は衣料品やアクセサリー、スポーツ用品などを扱っております。4階はレストランフロアです。お手洗いは各フロアにございますが、**小さなお子様とご利用いただけるお手洗いは地上の偶数階のみ**となっております。ご了承ください。

赤ちゃんと一緒に使えるトイレは何階にありますか。

地上4層樓的建築物，因此偶數樓層是2樓和4樓。

百貨公司裡正在廣播。可跟嬰兒一起使用的親子廁所在幾樓？

女：（百貨公司的廣播音效）感謝您今天光臨東京百貨。現在向您介紹館內設施。本館共有 6 層樓，從地下 2 樓到 4 樓。停車場在地下 2 樓；地下 1 樓是食品區；1 樓到 3 樓設有服飾和運動用品專櫃。4 樓是餐廳。各樓層都有洗手間。**可跟年幼小孩一起使用的親子廁所只有設在偶數的地上樓層**。請您理解。

可跟嬰兒一起使用的親子廁所在幾樓？

★ 熟記單字及表現

□アナウンス：廣播
□フロア：樓層
□扱う：經營、販賣
□偶数：偶數　⇔奇数（奇數）

2番　1

N2_3_12

工場で男の人と女の人が話しています。男の人は仕事の何が変わったと言っていますか。

M：新井さん、少しいい？　今やっている仕事のことでちょっと話が。

F：はい、何でしょうか。

M：今、車の部品の生産をしてるけど、来週から変更があるんだ。**納品の日程が前倒しになって、1 週早く仕上げないといけなくなっちゃってね。**

F：そうですか。早くなるっていうことは数なども変更があるんですか。

M：残念だけど、それは変更なしなんだよね。だから、みんなには少し急いで作業をしてもらいたくて。

F：そうすると、作業する人を増やしていただきたいんですが。

M：そうだね…。他の部署も忙しそうだけど、ちょっと聞いてみるかなあ。たいへんな分、ボーナスを出してくれるよう社長に相談してみるよ。とりあえずそういうことだから、いっしょに頑張ろう。

男の人は仕事の何が変わったと言っていますか。

「前倒し（提前）」是指比預定的還要早。內容是在說加快生產進度。數量、人數、薪水方面不變。

工廠裡男性和女性正在說話。男性說工作上哪裡改變了？

男：新井，現在方便說話嗎？我想要跟你說工作的事。
女：可以，怎麼了？
男：現在在生產的車子的零件從下週開始有變更。**交貨的時間提前，所以要提早一週完成。**
女：這樣啊。提前的話，數量等方面也有變動嗎？
男：很遺憾的數量不會改變。所以我想請大家稍微趕一下。
女：這樣的話我希望可以增加人手。
男：這個嘛…。其他部門好像也很忙，但我會問看看。我會跟老闆討論看看用獎金獎勵大家的辛勞。總之就是這樣，大家一起努力吧。

男性說工作上哪裡改變了？

熟記單字及表現

□部品（ぶひん）：零件 □生産（せいさん）：生產
□変更（へんこう）：變更 □納品（のうひん）：交貨
□日程（にってい）：日程 □仕上げる（しあげる）：完成
□作業（さぎょう）：工作、勞動

3番　4

N2_3_13

日本語学校（にほんごがっこう）で女（おんな）の人（ひと）と男（おとこ）の人（ひと）が話（はな）しています。男（おとこ）の人（ひと）は日本語学校（にほんごがっこう）のイベントで何（なに）が一番（いちばん）よかったと言（い）っていますか。男（おとこ）の人（ひと）です。

F：ダンさん。3月（がつ）でもう卒業（そつぎょう）だけど、学校生活（がっこうせいかつ）、どうだった？

M：そうだな。去年（きょねん）の夏（なつ）に行（い）った大阪旅行（おおさかりょこう）はとってもよかったね。

F：ああ、あれは私（わたし）も一番楽（いちばんたの）しかった。大阪（おおさか）は東京（とうきょう）とは町（まち）も人（ひと）も全然違（ぜんぜんちが）っててほんとに驚（おどろ）いたよ。じゃあ旅行（りょこう）が一番（いちばん）よかった？

M：一番（いちばん）かと聞（き）かれるとどうかな…。ほかにも、工場見学（こうじょうけんがく）とか、文化祭（ぶんかさい）とかあったでしょ？　工場（こうじょう）は普段見（ふだんみ）られないものが見（み）られて貴重（きちょう）な体験（たいけん）だったし、文化祭（ぶんかさい）もみんなでお店（みせ）を出（だ）したのは忘（わす）れられない思（おも）い出（で）だよ。でも、意外（いがい）って言（い）われるかもしれないけど、**秋（あき）に介護施設（かいごしせつ）のボランティアに行（い）ったでしょ？僕（ぼく）の中（なか）では何（なん）と言（い）ってもあれかな。**

F：え、そう？　私（わたし）はあんまりおもしろくなかったけど。

M：僕（ぼく）の国（くに）ってああいう施設（しせつ）があんまりなくてね、ショックだったのと、国（くに）の両親（りょうしん）がもう年（とし）だからいろいろ考（かんが）えさせられたよ。

男（おとこ）の人（ひと）は日本語学校（にほんごがっこう）のイベントで何（なに）が一番（いちばん）よかったと言（い）っていますか。

「何（なん）と言（い）っても（不管怎麼說）」是在強調第一。→養老中心最棒。

日語學校裡女性和男性正在說話。男性說日語學校的活動裡，哪一個活動辦得最好？是在問男性的意見。

女：小段，3 月就要畢業了，你覺得學校生活如何？
男：對啊。去年夏天的大阪旅行超棒的。
女：我也覺得那裡最好玩。大阪和東京的街道跟人完全不一樣，真的是大開眼界了。所以你覺得旅行是活動裡辦得最好的嗎？
男：如果你問最好的話…。其他也有參觀工廠啦、文化祭啦對吧？去工廠可以看見平常看不到的東西，是很珍貴的體驗；文化祭也是大家一起擺攤，是很難以忘懷的回憶。不過，可能你會覺得很意外，**秋天我們不是有去養老中心當義工嗎？我的話覺得那次的活動最好**。
女：真的嗎？我不覺得有趣。
男：我的國家那樣的機構很少，所以內心衝擊很大，再加上我的父母也已經年邁了，這也讓我開始思考一些事。

男性說日語學校的活動裡，哪一個活動辦得最好？

★熟記單字及表現

□貴重な：貴重的、寶貴的
□体験：體驗、經驗
□思い出：回憶

4番　3

🔊 N2_3_14

学校で男の学生と女の学生が話しています。女の学生はこのあと、どこへ行きますか。

M：おはよう。今日提出のレポートは何ページくらいになった？

F：グラフや写真を入れたら6ページにもなっちゃった。ほら、これ…あれ？

M：どうしたの？　まさか忘れちゃった？

F：あれ？　おかしいな。さっき図書館でプリントアウトしたのに。

M：それからどうしたの？

F：そのあとは…コンビニにコーヒーを買いに行ったんだけど、その時はちゃんと手に持ってたはずだし…。**それでコーヒーこぼしちゃったから、トイレに行って…**うーん、おぼえてない。

M：もう一回図書館に行ってプリントアウトしてきたら？

從女學生在這之前去的地方，加上「怕把報告弄溼，所以放在鏡子前面」等資訊，想起來報告遺忘在廁所的鏡子前面。

F：でも、もうすぐ授業が始まっちゃう。

M：先生の研究室に行って、理由を言えば許してくれるんじゃない？

F：授業のはじめにレポートを回収して、それ以降はどんな理由があっても受け取らないって先生言ってたでしょ？　いつも期限を守るようにって厳しく言ってるんだから無理に決まってる。

M：ずっと手に持ってたんなら、どこかに置いたときわかるんじゃない？

F：あ、そうだ！　**濡れるといけないからと思って、鏡の前に置いたん**だった。急いで取ってくる。

女の学生はこのあとどこへ行きますか。

學校裡男學生和女學生正在說話。女學生在這之後要去哪裡？

男：早。今天要交的報告你大概寫了幾頁？
女：放上圖表和照片之後有６頁。你看這個，咦？
男：怎麼了？你該不會忘了帶了吧？
女：咦？好奇怪。我剛剛明明在圖書館列印了。
男：在那之後你做了什麼？
女：在那之後…我去超商買了咖啡，但我那個時候手上應該還拿著報告…。**然後我打翻了咖啡，所以去了廁所**…之後我就不記得了。
男：你再去圖書館列印一次呢？
女：可是課快要開始了。
男：你去老師的研究室跟老師說明理由，老師應該會通融吧？
女：老師不是有說上課一開始就要收報告，之後不論什麼理由都不接受補交嗎？老師每次都很嚴格的說要遵守期限，這方法一定行不通。
男：如果你一直拿在手上，應該知道放在哪裡吧？
女：啊，對了！**我怕把報告弄溼，所以放在鏡子前面**。我現在趕緊去拿。

女學生在這之後要去哪裡？

★熟記單字及表現

□プリントアウト：打印
□期限を守る：遵守期限

5番　2

N2_3_15

駅のアナウンスを聞いています。明日の朝、電車は何時から乗ることができますか。

F：いつも東駅をご利用いただき、まことにありがとうございます。明日の朝の計画運休についてご案内します。明日の朝、台風の接近が予想されております。それにともない、6時の始発から、すべての線で運休となります。9時から雨が弱まった場合は運転を再開しますが、その場合も南駅まではまいりませんのでご注意ください。手前の駅までの折り返し運転となります。すべての線の運転再開は12時を見込んでおります。なお、15時からは再び雨風が強くなるという予報が出ており、再度運休のおそれもございます。あらかじめご了承ください。

明日の朝、電車は何時から乗ることができますか。

車站正在播放廣播，明天早上幾點開始可以搭電車？

女：感謝您使用東站。現在向您說明明天早上會停駛的列車。颱風預計在明天早上會逐漸接近。隨著颱風的接近，明天從 6 點的首班車開始，所有路線都將停駛。如果 9 點開始雨勢減弱，列車會重新啟動；但行駛的列車不會到達南站，請各位多加注意。列車只會在下一站之間來回行駛。所有路線的列車預計在 12 點重新啟動。此外，有預報下午 3 點開始雨勢會再度增強，因此有可能會再次停駛。在此事前通知大家，請各位諒解。

明天早上幾點開始可以搭電車？

熟記單字及表現

- □接近：接近
- □始発：始發、首發
- □再開する：再開、恢復
- □手前：前、跟前
- □見込む：這裡是指「～予測している（預計會～）」
- □～のおそれがある＝（不好的事）有可能發生
- □あらかじめ：事先、預先

「計画運休（停駛計劃）」是指計劃性的停駛電車或停飛飛機等。

故事的順序

- 東站到南站的電車從早上開始全部停駛
- 如果9點雨勢減弱，電車會來回行駛到中間的車站
- 東站到南站的電車大概是12點左右復駛
- 下午3點左右有可能會再次停駛

6番　3

N2_3_16

会社の面接で、男の人が話しています。男の人は、自分の良くないところはどこだと言っていますか。

F：えー、それでは、次に自分の性格について話してください。

M：はい。私は、小さい頃から決断力がない、なかなか自分の意見を決められない人だと言われてきました。決めるまで時間がかかり、周りの人が先に意見を出すと、ついそれに従ってしまいます。ただ、自分で何も考えていないかといえばそうではなく、考えをまとめるまで時間がかかるだけなのです。私の中では、**短所は決断力のなさというよりは、考え抜くことを諦めてしまう性格だと思っています**。ただ、自分の考えにこだわらないことは仕事上での変化に柔軟に合わせられ、同時に長所にもなるのではないかと思っています。以上です。

男の人は、自分の良くないところはどこだと言っていますか。

在公司的面試裡男性正在說話。男性說自己有什麼缺點？

女：嗯，接著請你說說自己的個性。

男：好的。我從小就被說優柔寡斷，沒辦法一下決定自己的意見。常要花很久的時間才能做決定，只要旁邊的人先提出意見，就會跟著走。但是我不是沒有在思考，我只是需要時間整理思緒。我的**缺點與其說是優柔寡斷，不如說是無法深思熟慮**。但是，不堅持己見可以很有彈性的配合工作上的變化，這同時也是我的優點。報告完畢。

男性說自己有什麼缺點？

「考え抜く（深入思考）」是指徹底考慮到最後。

★熟記單字及表現

□面接：面試
□性格：性格
□従う：順從、遵從
□同時に：同時

問題3

例　2

N2_3_18

日本語学校で先生が話しています。

F：皆さん、カレーが食べたくなったら、レストランで食べますか、自分で作りますか。作り方はとても簡単です。じゃがいも、にんじん、玉ねぎなど、自分や家族の好きな野菜を食べやすい大きさに切って、ルウと一緒に煮込んだらすぐできあがります。できあがったばかりの熱々のカレーももちろんおいしいのですが、実は、冷蔵庫で一晩冷やしてからのほうがもっとおいしくなりますよ。それは、冷めるときに味が食材の奥まで入っていくからです。自分で作ったときは、ぜひ試してみてください。

先生が一番言いたいことは何ですか。

1　カレーを作る方法

2　カレーをおいしく食べる方法

3　カレーを作るときに必要な野菜

4　カレーのおいしいレストラン

日語學校的老師正在說話。

女：大家想吃咖哩的時候，會去餐廳吃還是自己煮呢？咖哩的作法非常簡單。將自己跟家人喜歡吃的蔬菜，像是馬鈴薯、紅蘿蔔、洋蔥等切成容易入口的大小後，跟咖哩塊一起熬煮就完成了。剛做好熱騰騰的咖哩當然也好吃，但其實放在冰箱裡冷藏一晚的咖哩更加美味。因為冷卻時食材會更入味。自己煮的時候，請務必試看看這個作法。

老師想說什麼？

1　咖哩的作法

2　咖哩的美味享用方式

3　煮咖哩需要的蔬菜

4　好吃的咖哩餐廳

1番　2

N2_3_19

学校で先生が話しています。

M：お子さんの成績が落ちた時についてですが、お母さま、お父さまが**一生懸命励ますより、そっと見守ってあげるのが効果的**だと私は考えています。叱ったほうがいいんじゃないか、声をかけて励ましたり、一緒に勉強してあげるのがいいんじゃないかとお考えになる方もたくさんいらっしゃるかと思います。しかし、うちの学校の生徒のように、普段から真面目に取り組んでいる子供にいろいろと言うのは子供たちのプレッシャーになりかねません。実際にそれが原因で、受験や成長に悪い影響を与えてしまったケースも少なくないのです。

先生が伝えたいことは何ですか。

1　子供を一生懸命励ますべきだ

2　子供をそっと見守るべきだ

3　子供を叱るべきだ

4　子供と一緒に勉強するべきだ

學校裡老師正在說話。

男：孩子成績下滑時，我認為父母**與其拚命的鼓勵孩子，靜靜的守護更有用**。想必有很多父母認為應該要斥責孩子，或是說話鼓勵、陪伴孩子一起讀書。但是，像是我們學校的孩子，平常就很認真讀書，對這樣的孩子說太多有的沒的，可能會造成孩子們的壓力。事實上不少孩子就是因為這個原因影響到考試和成長。

老師想說什麼？

1　應該盡全力鼓勵孩子

2　應該靜靜的守護孩子

3　應該斥責孩子

4　應該跟孩子一起讀書

1鼓勵、3斥責、4一起讀書會造成孩子們的壓力。靜靜的守護比較好。

熟記單字及表現

□励ます：鼓勵

□見守る：關懷、照料

□効果的：有效果的

□取り組む：致力、埋頭苦幹

□～かねない：有可能會～（※不使用在好的事情上）

2番　3

N2_3_20

女の人と男の人が話しています。

F：もうすぐ、お父さんの誕生日でしょ。プレゼント、悩んでたみたいだけど、結局何にした？

M：あぁ、それなんだけど、手紙だけでいいかなって。

F：えぇ、あんなにいろいろ考えてたのに？

M：うん。はじめは高価なものを何か一つって考えてたんだけど、思ったよりお金がなくてさ…。

F：まあ気持ちが一番っていうのはその通りだと思うけど…。

M：手紙だけだとやっぱ物足りないかな。社会人になって初めての誕生日だし、**何か少しでもいいものをあげたほうがいいとは思うんだけどさ**。

雖然男性說沒有錢，所以送卡片就好，但其實覺得應該要送好一點的東西。

F：いいものじゃなくても、例えば食事をごちそうして、いろいろ話す時間を作るとか、そういうのでもいいんじゃない？　学生のとき、お父さんにしてこなかったことをしてあげるとか。

M：え、そう？　うーん、もう少し考えてみるよ。

男の人は、親へのプレゼントについてどう思っていますか。

1　手紙だけあげればいい

2　気持ちだけでいい

3　高いものをあげるのがいい

4　してこなかったことをしてあげるのがいい

女性和男性正在說話。

女：父親的生日快到了，你好像很煩惱要送什麼禮物，結果你決定要送什麼？

男：啊，對啊，我在想送卡片就好了吧。

女：你想了那麼久，結果只送卡片？

男：嗯。原本想送一個高價的東西，結果自己比想像中的還沒錢…。

女：是啦，心意最重要是沒錯…。

男：只有卡片果然好像不太夠吧。這是我出社會後父親的第一個生日，**我是覺得應該要送什麼好一點的東西比較好**。

女：不用送什麼好東西，也可以請父親吃飯、找時間陪父親說話啦，這些也不錯吧？可以為父親做一些你學生時代沒有做的事啦。

男：真的嗎？好，我再想想看。

男性對於父親的禮物有什麼想法？

1　送卡片就好

2　心意到就好

3　送高價的東西比較好

4　為父親做過去沒有做的事

熟記單字及表現

□高価(こうか)な：高價的、價格高的
□物足(ものた)りない：感覺不夠、不滿足

3番　3

N2_3_21

大学(だいがく)の授業(じゅぎょう)で先生(せんせい)が話(はな)しています。

M：はい、では、今日(きょう)の授業(じゅぎょう)はこれで終(お)わりです。来週(らいしゅう)ですが、今日出(きょうだ)した課題(かだい)、忘(わす)れずにやってきてください。課題(かだい)の調査(ちょうさ)対象(たいしょう)ですが、見(み)つからなかった場合(ばあい)は、みなさんのサークル仲間(なかま)やアルバイト仲間(なかま)など、仲(なか)が良(よ)い友達(ともだち)にお願(ねが)いしてみてください。もし、それでも集(あつ)まらないようでしたら、私(わたし)に相談(そうだん)してください。私(わたし)の知(し)り合(あ)いの学生(がくせい)を紹介(しょうかい)します。調査(ちょうさ)をしていないのに、したように嘘(うそ)を書(か)くのは絶対(ぜったい)にやめてください。わかった時点(じてん)で単位(たんい)はあげられません。では、大変(たいへん)だと思(おも)いますが、頑張(がんば)ってくださいね。

先生(せんせい)は何(なに)について話(はな)していますか。

1　先生(せんせい)の知(し)り合(あ)いの学生(がくせい)
2　調査(ちょうさ)対象(たいしょう)にお願(ねが)いする内容(ないよう)
3　調査(ちょうさ)対象(たいしょう)の探(さが)し方(かた)
4　嘘(うそ)をつかないことの大切(たいせつ)さ

大學課堂裡老師正在說話。
男：好的，那麼今天的課就到這裡為止。不要忘記在下禮拜上課前先做好今天出的作業。如果找不到可以詢問的調查對象，可以問看看社團的同學或是打工的同事等交情不錯的朋友。如果那樣還是找不到人的話，請來找我討論。我來介紹你認識的學生。絕對禁止明明沒有進行調查卻假裝有做過，被發現的話絕對不會給你學分。雖然很辛苦，但請加油。
老師在說什麼？
1　老師認識的學生
2　向調查對象詢問的內容
3　如何尋找調查對象
4　誠實的重要性

故事的順序

- 必須在下週前完成作業的調查
- 調查對象可找朋友
- 找不到調查對象的話請老師介紹
- 說謊的話無法取得學分

熟記單字及表現

□課題(かだい)：課題
□単位(たんい)：學分

4番　1

🔊 N2_3_22

男の人と女の人が話しています。

M：あの映画、面白かったでしょ。

F：ああ、あれね。この前見に行ったけど、とっても良かった。**1 何といっても音と映像がすばらしくて**。私、映画を見にいくといつも眠くなっちゃうんだけど、あの映画は全然。内容が面白かったのも大きかったかな。

M：あと、あの俳優さん。綺麗だし、演技も上手だったでしょ。あの俳優さんが出てる映画ってどれもヒットしてるんだ。

F：確かにそうだね。あの俳優さんが出てる作品って、監督も同じじゃない？　監督もすごいんだろうね。

M：そうかもね。僕は **1 音とか映像とかっていう技術的な部分**じゃなくて、**3 やっぱ俳優さんが大事**。個人的には、一昨年彼女が主演で出てた映画が一番好きだな。監督は別の人だったけど。

F：私は俳優さんの演技も大切だけど、**1 新しい技術を活かした映画**がいいなあ。私はこの前見た映画が今まで見た中で一番よかったよ。

女の人は、映画についてどう思っていますか。

1　音や映像が大切

2　内容の面白さが重要

3　出演している俳優の演技が大切

4　映画を作っている監督が重要

女性喜歡音效和畫面（＝技術性的部份）出色的電影。

男性認為演出的演員很重要。

男性和女性正在說話。

男：那個電影很好看吧。

女：啊，那個啊。前陣子去看了，很好看。**1 怎麼說音效跟畫面都很棒**。我每次去看電影都會想睡，但那部電影完全不會。內容有趣也是重要。

男：還有那個演員。又漂亮又會演。那個演員演出的電影每部都很受歡迎。

女：確實如此。那個演員演出的作品的導演也都是同一個人吧？導演也很厲害。

男：可能吧。我看的不是 **1 音效啦畫面啦這種技術性的部分**，**3 果然重要的是演員**。我個人最喜歡她前年演出的電影，不過那部電影的導演是另一個人。

女：雖然演員的演技也很重要，但我喜歡 **1 活用新技術的電影**。我覺得前陣子去看的電影是至今看過的電影中最棒的。

女性對電影有什麼想法？

1　音效和畫面很重要

2　內容有趣很重要

3　演員的演技很重要

4　製作電影的導演很重要

★熟記單字及表現

□演技（えんぎ）：演技

□作品（さくひん）：作品

□活かす（いかす）：活用、有效利用

5番　1

N2_3_23

ラジオで女（おんな）の人（ひと）が話（はな）しています。

F：こんにちは。「お悩（なや）み相談（そうだん）コーナー」の時間（じかん）です。今日（きょう）は25歳（さい）の男性（だんせい）からのお悩（なや）みです。「僕（ぼく）は今（いま）、転職活動（てんしょくかつどう）をしているのですが、面接（めんせつ）のときに緊張（きんちょう）してしまい、上手（うま）く話（はな）せません。どうしたらいいでしょうか」ということです。実（じつ）は私（わたし）も毎回（まいかい）ラジオでは緊張（きんちょう）してるんですよ。**自信（じしん）を持（も）って話（はな）すっていうのが一番大切（いちばんたいせつ）**だと思（おも）います。いつも本番前（ほんばんまえ）に大（おお）きく息（いき）を吸（す）って吐（は）いたり、温（あたた）かいものを飲（の）んでリラックスしたり。仲（なか）のいい友達（ともだち）に電話（でんわ）することもあります。そうすることで、気持（きも）ちも落（お）ち着（つ）いて、面接（めんせつ）も少（すこ）しはリラックスして受（う）けられるんじゃないでしょうか。それに、友達（ともだち）に「大丈夫（だいじょうぶ）」って言（い）われると、自信（じしん）もつきますしね。

女（おんな）の人（ひと）は男（おとこ）の人（ひと）の悩（なや）みについてどう答（こた）えていますか。

1　自信（じしん）を持（も）って話（はな）すといい

2　大（おお）きく息（いき）を吸（す）って吐（は）くといい

3　温（あたた）かいものを飲（の）むといい

4　友達（ともだち）に電話（でんわ）するといい

故事的順序

為了能夠有自信的說話，放鬆很重要。因此女性做的事是：

・大口呼吸

・喝溫的東西

・打電話給好友

廣播裡女性正在說話。

女：午安。現在是「為聽眾解惑」的時間。今天的煩惱是來自一位 25 歲的男性。他說：「我現在在找新的工作，但是面試時都很緊張，表達的不好。我該怎麼辦才好。」其實我也是每次廣播時都很緊張。我覺得**說話有自信最重要**。我常常在正式開錄前大口呼吸、喝溫的東西讓自己放鬆。有時候也會打電話給好朋友。藉由這些方式穩定自己的心情，面試的時候應該也會比較不緊張。而且，聽到朋友說「你沒問題的」，也會更有自信。

女性怎麼回覆男性的煩惱？

1　說話有自信最好
2　大口呼吸最好
3　喝溫的東西最好
4　打電話給朋友最好

★熟記單字及表現

□転職（てんしょく）：換工作、改行
□本番（ほんばん）：正式

問題4

例　1

🔊 N2_3_25

F：あれ、まだいたの？　とっくに帰ったかと思った。

M：1　うん、思ったより時間がかかって。

2　うん、予定より早く終わって。

3　うん、帰ったほうがいいと思って。

女：你還在啊？我以為你早走了。

男：1　對啊，比我想的還要花時間。

2　對啊，比我想的還要早完成。

3　對啊，還是先回家好了。

1番　2

🔊 N2_3_26

F：どうも、すっかりご無沙汰してしまいまして。

M：1　そうしていただければ幸いです。

2　こちらこそご無沙汰しております。

3　いえいえ、光栄です。

女：你好，好久不見了。

男：1　如果您能那麼做就太好了。

2　對啊，好久不見。

3　不會不會，我很榮幸。

ご無沙汰してます：與好久不見的人見面時常用的禮貌的問候語。

2番　1

🔊 N2_3_27

F：このプロジェクト、せっかくここまでやってきたんですけどね…。

M：1　途中で終わるなんて、残念ですね。

2　無事に終わってよかったですね。

3　がんばったかいがありましたね。

女：這個專案好不容易做到現在…。

男：1　中間就結束好可惜。

2　順利的結束太好了。

3　努力是值得的。

せっかく～のに：付出了努力也花了時間，卻沒有達到預期的結果、效果

3番　2

🔊 N2_3_28

F：このテーブルを捨てるの、手伝ってくれるとうれしいんだけど。

M：1　ちょうどほしかったんだ。

2　もちろん、やるよ。

3　そうなるといいね。

女：你可以幫我丟掉這個桌子嗎？

男：1　剛好我也想要。

2　當然可以，我來幫忙。

3　如果是那樣就太好了。

熟記單字及表現

□～てくれるとうれしい：請人幫忙時的說話方法

4番　3

🔊 N2_3_29

F：お飲み物はいつお持ちしましょうか。
M：1　あとでお持ちします。
　　2　コーヒーお願いします。
　　3　食後にお願いできますか。

女：飲料要什麼時候幫您送上來？
男：1　我等一下送上來。
　　2　我要咖啡。
　　3　可以飯後嗎。

這是在餐廳裡的對話。女性是店員，正在詢問客人飲料要跟餐點一起送，還是飯後再送。

5番　2

🔊 N2_3_30

M：やるやるとは聞いてたけど、まさかほんとにねえ…
F：1　うん、ほんとによく伝わったよね。
　　2　うん、やるとは思わなかったよね。
　　3　うん、やめておいてよかったよね。

女：一直聽他說要做，想不到是真的…
男：1　對啊，真的有傳達到了。
　　2　對啊，沒想到真的要做。
　　3　對啊，沒有做太好了。

★熟記單字及表現

□まさか＝絶対～ないだろう（絕對不會～）

這裡的「まさか本当に（想不到真的）」後面省略了「やるとは思わなかった（沒想到會做）」。

6番　1

🔊 N2_3_31

M：ねえ、今日は大雪だっていうのに仕事に行かなきゃいけないの？
F：1　うん、行かないわけにはいかないんだ。
　　2　うん、雪が降らないかぎり仕事に行くよ。
　　3　うん、休むといったら休むよ。

女：今天聽說會下大雪，你一定要去上班嗎？
男：1　對啊，不去不行。
　　2　對啊，只要沒有下雪就要去上班。
　　3　對啊，說休息就休息。

～わけにはいかない＝～しなければならない（不能不～）

7番　3

🔊 N2_3_32

F：この前のテスト、目標の点数まであとわずかでした。
M：1　目標以上でよかったですね。
　　2　全然足りませんでしたか…。
　　3　もうちょっとでしたね。

女：上次的考試差一點就達到目標分數。
男：1　高於目標分數太好了。
　　2　完全不夠…。
　　3　就差那麼一點。

★熟記單字及表現

□わずか＝少し（一點點）

8番　1　N2_3_33

M：（咳）あー、昨日から鼻水と咳が出てしょうがない。
F：1　風邪ひいたっぽいね。
　　2　あきらめるしかないね。
　　3　しょうがは風邪に効くっていうからね。

女：（咳嗽）　啊～昨天開始一直流鼻水和咳嗽。
男：1　可能是感冒了。
　　2　只好放棄了。
　　3　因為薑可以治療感冒。

～てしょうがない:（感情或身體上的感覺）非常～

熟記單字及表現

□しょうが：姜、生薑

9番　2　N2_3_34

F：田中さん、いつも朝ご飯抜きなんですか。
M：1　ええ、毎朝食べますよ。
　　2　食べる時間がなくて…。
　　3　パンとサラダが多いですね。

女：田中、你都不吃早餐嗎？
男：1　對啊，每天早上都會吃喲。
　　2　因為沒有時間吃…。
　　3　比較常吃麵包和沙拉。

熟記單字及表現

□朝ご飯抜き＝朝ご飯を食べない（不吃早餐）

10番　2　N2_3_35

M：旅行するとしたら、どこへ行きたいですか。
F：1　温泉へ行きましたよ。
　　2　海外ならどこでもいいです。
　　3　大阪がおすすめですよ。

女：如果要去旅行的話，你想去哪裡？
男：1　我們泡過溫泉了。
　　2　只要是出國哪裡都可以。
　　3　我推薦大阪。

旅行するとしたら＝旅行するなら（如果要去旅行的話）

11番　3　N2_3_36

F：去年に比べて、今年は雨の日が多いそうですよ。
M：1　今年も多いんですか。
　　2　去年ほど雨は降らないんですか。
　　3　去年が少なかったようですね。

女：聽說跟去年相比，今年會比較常下雨。
男：1　今年也會常下雨嗎？
　　2　雨不會下得跟去年一樣多嗎？
　　3　去年好像比較少下雨。

～に比べて＝～より（比起～）

12番　1

N2_3_37

F：このお店、味はともかく安くていいですね。

M：1　これでおいしかったら最高ですね。

2　安くておいしい、いい店ですね。

3　高いお店は、味もいいですね。

女：姑且不談味道，這間店的價格便宜，很不錯。

男：1　如果又好吃的話就無懈可擊了。

2　又便宜又好吃，真是一間好店。

3　價格高昂的店味道也好。

～はともかく＝～は別にして（另當別論）

第3回　文字・語彙　文法　讀解　聽解　試題中譯

問題5

1番　2

🔈 N2_3_39

二人の女の人が話しています。

F1：ねえ、今何か習い事してる？

F2：ううん。特には。なんで？

F1：フラダンス興味ない？　体験レッスンがあるんだけど、一緒に行かないかなと思って。

F2：えー。私、運動神経ゼロ。

F1：私も運動得意じゃないけど、そういう人いっぱいいるって。

F2：そうなんだ。じゃあ、やってみてもいいかな。

F1：行こうよ。このサイト見て。体験レッスンは1回1時間。で、今週空いてるのが、**水曜日の11時からと2時からと、あと、土曜日の1時から**も空いてる。

F2：水曜日の午前中はバイトで、土曜日は終日予定あり。

F1：あ、日曜日の9時も空いてるけど。

F2：うーん、朝早いね。ちょっと見せて。それなら、やっぱりここがいいかな。バイト終わってから急げばギリギリ間に合いそう。

F1：ほんと？　じゃあ、そうする？　教室の場所、URL送っておくね。

F2：うん、ありがとう。もし遅れたら待たなくていいから。

F1：あ、ごめん、木曜日の2時っていうのもあった。

F2：いい、大丈夫。もう、これで決めちゃおう。

二人はいつ体験レッスンに行くことにしましたか？

1　水曜日の11時

2　水曜日の2時

3　木曜日の2時

4　日曜日の9時

體驗課程：

1週三早上11：00～

2週三下午2：00～

3週六下午1：00～

4週日早上9：00～

女性週三早上和週六整天要打工，因此13不行。4早上太早，所以選擇2。

二個女性正在說話。
女 1：問你喔，妳現在有在學什麼嗎？
女 2：沒有特別在學什麼。為什麼這麼問？
女 1：妳對草裙舞有興趣嗎？我有看到體驗課程，不知道你要不要一起去？
女 2：是喔，可是我完全沒有運動細胞。
女 1：我也不擅長運動，聽說很多這樣的人也去學。
女 2：這樣啊，那可以試看看。
女 1：一起去啦。你看這個網站。體驗課程 1 次 1 小時。**然後這禮拜週三早上 11 點和下午 2 點，還有週六的下午 1 點還可以報名**。
女 2：我週三早上要打工，週六整天也有排班。
女 1：啊，週日早上 9 點也有名額。
女 2：嗯…。好早喔。給我看一下。那麼還是這個時段比較好。打完工趕一下應該來得及。
女 1：真的嗎？那就這樣囉？教室的位置，我傳 URL 給你。
女 2：好，謝謝。如果我遲到了，你不用等我。
女 1：啊，不好意思，週四的下午 2 點也有體驗課程。
女 2：沒關係，就這麼決定。
二個人什麼時候要去參加體驗課程？
1　週三的早上 11 點
2　週三的下午 2 點
3　週四的下午 2 點
4　週日的早上 9 點

熟記單字及表現

□運動神経（うんどうしんけい）：運動神經　　□終日（しゅうじつ）：一整天

2番　1

N2_3_40

会社で三人が話しています。

M1：来週の鈴木建設でのプレゼンで使う資料どうなってる？

M2：はい。だいたい完成していますが、売り上げデータはこれからいちばん新しいものにします。

F：あと、商品のロゴですが、鈴木建設からデザイン修正の要望があったので、制作部のほうに回しました。

M1：売り上げデータは、いつ出る？　前回ミスがあったから数字のダブルチェックは必ずしてね。

M2：はい。データは今日の午後には出るはずです。

M1：ロゴのほうは？

F：それが、担当の森本さんが体調悪くて休んでいて、明日も出社できるかわからないと…。

為了發表會，公司正在準備1銷售數據和2產品商標的設計。

1商品商標的設計：已經請製作部修改。負責人請假→就算趕得及，也不放入資料裡。會再製作追加的資料。

2銷售數據：今天下午會出來→馬上檢查。

M1：修正したものを鈴木建設に確認とらないといけないでしょ？間に合う？

F：明日中に修正してもらえればなんとか。鈴木建設に一日で見てもらうとして、ぎりぎりです。

M1：うーん、じゃあ、データはがんばってもらうとして、デザインのほうは時間かかりそうだから、とりあえず修正前のものを入れておくことにしよう。そこだけ追加資料を配布すればいいから。

F：わかりました。一応、明日の朝、制作部に確認してみて、間に合いそうだったら入れ替えますか？

M1：ううん。修正が多いとミスにつながるから、そのままにしておこう。

プレゼンのために、まず何をしますか？

1　売り上げデータの数字をチェックする。

2　ロゴのデザインを修正する。

3　ロゴのデザインを鈴木建設に確認する。

4　追加資料を作成する。

公司裡三個人在說話。
男 1：下禮拜要在鈴木建設的發表會上使用的資料準備的如何？
男 2：是，大部份都完成了。現在要準備最新的銷售數據。
女：還有，鈴木建設想要修改產品商標的設計，我請製作部處理了。
男 1：銷售數據什麼時候出來？上次有出錯，所以一定要再檢查一次。
男 2：是。數據今天下午應該會出來。
男 1：商標呢？
女：負責的森本身體不舒服，今天請假。也不確定他明天會不會來上班…。
男 1：修改後的東西還要跟鈴木建設確認對吧？這樣來得及嗎？
女：明天之內能夠修改好的話應該可以。然後再請鈴木建設一天內完成確認，這樣勉強趕得及。
男 1：嗯…。這樣的話就算數據做好，設計也還需要時間完成。現在先放修改前的東西好了。之後只要發放追加的資料就好。
女：我知道了。明天早上我跟製作部確認看看，如果來得及的話要更換資料嗎？
男 1：不要，多改容易多錯，就先這樣。
為了發表會首先要做什麼？
1　檢查銷售數據。
2　修改商標設計。
3　跟鈴木建設確認商標設計。
4　製作追加的資料。

熟記單字及表現

□プレゼン（テーション）：發表、演說
□資料：資料
□完成する：完成
□売り上げ：營業額
□データ：數據、資料
□ロゴ：商標、標誌
□デザイン：設計
□修正：修正、修改
□要望：要求、希望
□ダブルチェック：雙重檢查
□体調：身體狀況
□配布する：分發

3番　質問1　2　　質問2　3

N2_3_41

パソコン売り場で、男の人と女の人が説明を聞いています。

F1：大きさや重さはいろいろありますので、どこで使いたいのかを考えてからお決めになるのがいいと思います。まず、こちらの15インチのもの。軽くはありませんが、家の中だけでお使いになるなら画面が大きいほうがいいですよね。家のパソコンとは別に、外出先で使いたいという場合は、こちらの12インチのものがおすすめです。なんと800gを切っていて、持ち運びも苦になりません。ただし画面が小さいです。家でも外でも同じパソコンを使いたいという人にはこちらの13インチのものがぴったりです。重さは1kgを少し越えますが、この大きさなら作業もしやすいです。また、動画を見たりインターネットを使う程度なら、この10インチのもので十分だと思います。重さは約650gです。資料の作成などは難しいのですが、軽いし、バッテリーも長持ちしますしね。

M：仕事で持ち歩くから、できるだけ軽いほうがいいな。

F2：私も同じ。でも、画面が小さいと書類を作るとき困るな。ただでさえ目が悪くなってるし。

M：書類は大きいパソコンで作ればいいんじゃない？　小さいパソコンでは資料を見せるだけにしたら。

1. 15吋：無法隨身攜帶

2. 13吋：1點多公斤重，適合想要在家和在外使用的人

3. 12吋：比800g還要輕

4. 10吋：約650g，不能用來製作資料

女性：想要在家和在外都能使用。所以答案是2

男性：盡可能越輕越好，但也要能修改資料，所以答案是3

F2：そうか。でも、いちいちデータを移すのも面倒だな。どこでも同じパソコンが使えるほうがいいかな。1kgはちょっと重いけど、しかたないね。

M：女性にはそうかもね。僕はいつも荷物が多いから少しでも軽いほうがいいな。外出先で資料をちょっと修正するとか、インターネットで調べものができればいいんだ。

F2：確かに、資料を直したりするなら、こっちのほうがいいね。なんて言っても軽いしね。

質問1　女の人はどのパソコンを買いますか。

質問2　男の人はどのパソコンを買いますか。

在電腦的賣場裡男性和女性正在聽說明。

女 1：電腦有很多種不同的尺寸和重量，先想要用在哪裡再決定要買哪一個會比較好。首先是這個 15 吋的電腦。雖然不輕，但如果只有在家使用的話，選擇畫面大的比較好。有別於在家使用的電話，如果是想要在外使用的話，我推薦這個 12 吋的電腦。重量不到 800g，就算帶著走也不會感到負擔。但是畫面比較小。如果是想在家和外出都使用同一台電腦的話，13 吋的最適合。雖然重量有 1 點多公斤，但是這個大小工作起來也比較容易。此外，如果只是想看影片、上網的話，這個 10 吋的就夠用了。重量約 650g。用來製作資料比較困難，但重量輕，電力也持久。

男：我因為工作要隨身攜帶，盡可能越輕越好。

女 2：我也是。但是畫面太小的話，製作資料時不好用。何況眼睛本來就越來越不好了。

男：用大的電腦製作資料不就好了？小的電腦只用來看資料。

女 2：是喔。可是資料要一個一個轉移也很麻煩。如果可以用同一台電腦的話比較好。1kg 雖然有點重，但也沒辦法。

男：女性的話可能那樣比較好。我的話每次東西都很多，所以還是輕一點的比較好。只要能在外面稍微修改資料啦上網查東西就好。

女 2：也是。如果只是修改資料的話，這個比較好。畢竟還是比較輕。

提問 1　女性要買哪一台電腦？

提問 2　男性要買哪一台電腦？

熟記單字及表現

□苦になる：犯愁、苦惱於～
□程度：程度
□移す：移、移動
□作業：操作、工作
□ただでさえ：本來就～
□修正する：修正、修改

第3回

語言知識（文字・語彙・文法）・讀解

問題1　請從1・2・3・4中，選出_的詞語最恰當的讀法。

1 東京的夏天濕度非常高。
1　溫度　2　濃度　3　角度　4　濕度
2 洗好T恤曬乾。
1　曬乾　2　蒸　3　按　4　越過
3 主張自己的想法很重要。
1　×　2　×　3　主張　4　×
4 點滴有補充水分跟營養的作用。
1　尊敬　2　伴隨　3　補充　4　齊整
5 父親強迫姐姐跟自己的部下結婚。
1　教員　2　強迫　3　×　4　×

問題2　請從選項1・2・3・4中，選出（　）的詞語最正確的漢字。

6 這孩子的畫出色到連專家都佩服。
1　×　2　×　3　佩服　4　×
7 他否定了我的提議。
1　否決　2　否定　3　×　4　不定
8 這個包包使用高級質地。
1　×　2　質地
3　新聞報導　4　×
9 冷到醒來了。
1　變冷　2　×　3　×　4　醒來
10 這是徵稅前的金額。
1　徵稅　2　×　3　×　4　×

問題3　請從1・2・3・4中選出最適合放入（　）的選項。

11 （　）半夜的庭院傳出聲響，是什麼啊。
1　深　2　心　3　本　4　大
12 我每天早上都（　）著河川慢跑。
1　附帶　2　伴　3　側　4　沿
13 大約半數的居民都反對車站前的（　）開發。
1　再　2　公　3　最　4　道
14 那個攝影（　）在全世界很受歡迎。
1　者　2　師　3　職　4　師
15 在電影院大聲講話是很（　）常識的。
1　沒有　2　無　3　不　4　未

問題4　請從1・2・3・4中選出最適合放入（　）的選項。

16 我（　）不認識他。
1　完全　2　悄悄地
3　挺　4　稍微
17 他上課時都不用功，總是跟朋友在（　）。
1　放棄　2　疏漏　3　玩鬧　4　絆倒
18 日本的（　）文化裡其中一個具代表性的是動畫、漫畫。
1　現在　2　最近
3　不久前　4　現代
19 在車站（　）遇到大學朋友。
1　緊緊地　2　突然
3　舒適地　4　筋疲力竭
20 客人（　）地進來，店員沒時間休息。
1　源源不斷　2　穩定順利
3　輾轉不停　4　各自分開
21 這次的考試（　）很難。
1　意外地　2　故意
3　不禁　4　一定

22 並不是一定得去，是（　）的。

1 同意　2 熱情　3 誠意　4 任意

問題5　從1・2・3・4中選出最接近＿＿的用法。

23 這條路很暗人也很少，令人不安。

1 討厭　2 很危險

3 困擾　4 很安靜

24 清晨來臨，鳥就一起飛走了。

1 一次全部　2 各自

3 很多　4 熱鬧地

25 我覺得差不多該來準備出門了。

1 樣子　2 預備　3 順序　4 維修

26 因為孩子們遲遲不回家，各地都找遍了。

1 驚慌失措　2 到處

3 種種　4 各自

27 據說如果自動駕駛車普及的話，交通事故就會減少。

1 禁止　2 廣為人知

3 被允許　4 擴展開來

問題6　從1・2・3・4中選出下列詞彙最合適的用法。

28 禮

1 遇到人一定要打禮儀。

2 弟弟的禮儀總是很差。

3 因為收到了他的禮物，下次跟他禮儀吧。

4 她雖然工作能幹，卻不懂禮儀跟規矩。

29 平坦

1 這份工作很平坦，馬上就能完成。

2 他的個性平坦，所以有很多朋友。

3 學校前面有平坦的坡道。

4 可以稍微再講平坦一點嗎？

30 厭倦

1 被老師厭倦的授課感動了。

2 不管在公司工作幾年，薪水都不會變。我已經厭倦了。

3 吃藥身體也遲遲好不起來。厭倦了感冒。

4 他是借東西不還的厭倦了的個性。

31 變換

1 變換旅行的計畫。

2 把平假名變換成漢字。

3 到了下午天氣就變換了。

4 變換購買的金額。

32 治療

1 因為跌倒受傷了，所以到醫院接受治療。

2 她治療做了一個蛋糕給我。

3 不用電腦，而是治療寫了一封信。

4 我的父親每天都會治療庭園。

問題7　從1・2・3・4中選出最適合放入（　）的選項。

33 弟拿走我的書（　）就沒還了。

1 之後　2 老是　3 最後　4 時

34 非常抱歉，面試的結果（　）在電話中回答您，請確認近日會寄過去的電子郵件。

1 不好　2 很困難

3 無法　4 沒有辦法

35 吃了藥之後（　）治好，狀況反而惡化了。

1 然而　2 話說

3 提到　4 不但沒有

36（　）是經營者，身為公司代表就該對業績惡化負起責任。

1 就看　2 一方面

3 既然　4 以後

37 雖然買了演唱會門票，（　）工作繁忙不曉得能不能去。

1　感到　2　但是　3　即使　4　就算

38 他之所以戒菸成功，（　）是因為有家人的協助。

1　不只　　2　也不能否定
3　絕對　　4　僅僅是

39 A：「昨晚的派對好像玩到很晚呢？」
B：「嗯。跟朋友聊得起勁，（　）就搭不上末班車了。」

1　差點　　2　本來
3　那時候　　4　就是

40 她最近身體不太好，（　）跟學校請假。

1　全是　2　有點　3　經常　4　很像

41 日本的生活非常花錢，為了賺錢（　）去打工。

1　才不會　　2　必須
3　才會　　4　不能夠

42 A：「週末要去玩嗎？」
B：「下週要考試，（　）」

1　去玩也不要緊　　2　去玩也無所謂
3　不是玩的時候　　4　必須出去玩

43 因為昨天的地震，（　）供電，連供水都停止了。

1　先不說　　2　別說
3　正是　　4　只有

44 A：「為了學日文我想要買參考書，這個跟這個哪一本比較好啊。」
B：「我猶豫的時候會（　）選擇比較難的喔。我覺得那樣對自己有幫助。」

1　難得　　2　刻意
3　即使如此　　4　意外地

問題8　從1・2・3・4中選出最適合放在＿★＿處的選項。

（例題）

樹的＿＿＿ ＿＿＿ ＿★＿ ＿＿＿有。

1　是　2　在　3　上面　4　貓

（作答步驟）

1. 正確句子如下。

樹的 ＿＿＿ ＿＿＿ ＿★＿ ＿＿＿有。

3　上面　2　在　4　貓　1　是

2. 將填入＿★＿的選項畫記在答案卡上。

（答案卡）

（例）	①②③●

45 這樣到處找還是＿＿＿ ＿＿＿ 好像 ＿★＿ ＿＿＿。

1　放棄　　2　的話
3　以外沒辦法了　　4　找不到

46 山田＿＿＿ ＿＿＿ ＿★＿ 這個資料，＿以花費的時間＿＿＿算是做得不錯。

1　30分鐘　　2　做的
3　來　　4　以～而言

47 ＿＿＿ 我 ＿＿＿ 就會收到簽證，＿★＿ 等了 ＿＿＿。

1　以為　　2　結果竟然
3　二週　　4　一週左右

48 工作除了 ＿＿＿ ＿＿＿ 假日的週日跟國定假日外，＿★＿ ＿＿＿休息。

1　理所當然的　　2　是
3　週六　　4　也

49 製作發表會用的資料＿＿＿＿，＿＿＿＿＿★＿＿＿＿＿注意＿，閱讀的舒適性會差很多。

1 有注意和　　2 文章的字數
3 時　　4 沒有～時

問題9　閱讀以下文章，依據文章整體內容，從1・2・3・4中選出最適合放進 50 到 54 的選項。

大學畢業生工作難找本身並不是一個會令人驚訝的情況，因為大學畢業生的數量比過去大大增加了。隨著大學數量的增加，過去不會上大學的人現在也 50 大學文憑。

如果大學數量的增加是基於業界的希望，找不到工作的學生可以抱怨現狀是違背了當初的承諾。然而實際上，大學是擅自增加自己的學生數量，將他們送入社會。學生在進入大學時也會輕率地假設他們大學畢業就能在好公司找到工作。叫他們接受所有的學生，公司也會陷入困境吧。

此外，選擇就業場所的學生的判斷力極差。他們 51 仔細思考他們想做的事情， 51 湧向受歡迎的公司和行業。他們如此的自己胡亂地拉高了競爭率，沒有被錄用 52 他們自己的錯 52 。另一方面，也有些公司和行業需要優秀的人力資源，但由於不受歡迎而無法吸引學生。

53 ，首先要考慮的是，光是受歡迎並不意味著它是一家好公司。許多人認為一家公司之所以會受歡迎，是因為它是一家好公司，但事實 54 是如此。

（出自：外山滋比古『何謂思考』國際集英社）

（注1）闇雲（やみくも）に：胡亂、輕率，不思考後果

（注2）ゆえに：=ので，所以

50

1 不需要獲得　　2 正要獲得
3 能夠獲得　　4 沒有想要獲得

51

1 不只有～，還～　　2 沒有～，而～
3 雖然有～，但～　　4 有～過，卻～

52

1 不愧是～
2 就算被說是～也沒辦法
3 就不算是～
4 不能說～

53

1 還是說　　2 雖說
3 馬上　　4 因此

54

1 未必　　2 怎麼樣也
3 跟所想的　　4 早就是

問題10　閱讀下列從(1)到(5)的文章，從1・2・3・4中選出對問題最適合的回答。

(1)

人類一定要能夠保持沉默一段時間。同時，有時候就算不想講話，為了不要讓氣氛沉重，也必須適當的讓對話繼續下去。我從沒看過無法保持沉默，卻又充滿見解的人。同時，在聚會等場合如果不能一邊討好對方一邊讓對話繼續下去，就不能說具有獨當一面的能力。

55 作者認為什麼樣的人是獨當一面？

1 在保持一段沉默之後，還可以開口討好對方的人
2 充滿見解，又能持續保持沉默的人
3 為了不要讓周遭的氣氛變沉重，能持續討好對方的人
4 不只要有能持續對話的技術，還能保持沉默一段時間的人

(2)

健康的時候不會知道健康第一這個道理，因為沒事的時候會認為健康是理所當然的事。生病的時候才會終於了解到健康最重要，所以健康可以說是像空氣般存在。擁有的時候覺得理所當然，平時也不會特別注意。因此健康之中其實隱藏著各種未知。平常看不見的身體秘密，在生病時才會一一現形。從生病可以窺視身體的狀況。

56「從生病可以窺視身體的狀況」是什麼意思？

1 生病了會知道自己的身體哪裡健康。
2 生病了就會注意到健康就像空氣。
3 生病了就會看得到平常不會去注意的身體秘密。
4 生病了就會理解人類的身體構造。

(3)

如果能直率的（向年輕人）表達自己的想法，一定能找出彼此間的共同點。

就算是要跟年輕世代相處，如果因此表現得太過刻意的話，對方也會感受的到，所以用最自然的態度面對就好。

如果覺得無論怎麼樣都無法理解的話，就發揮想像力。去回想自己在這個年紀時又是什麼樣子，自己在年輕的時候是如何看待比自己年長的人。

答案可能就呼之欲出。

57 作者認為要怎麼才能跟年輕世代交流？

1 就算覺得跟不上，只要持續交流一定能找到共通點。
2 不要想太多，用自然的自己去面對年輕人就好。
3 豐富想像力，說些年輕人喜歡的話題就好。
4 想起自己年輕的時候，自己當時怎麼面對大人的照做就行了。

(4)

承蒙各位一直以來對鋼琴課程的支持，在此表達誠摯的謝意。托各位的福，本教室在5月即將迎接10週年。這完全是因為各位的參加才能有今天，在此表達衷心的感謝。

政府確定於10月開始增加消費稅。本教室從提供課程至今從未調漲過費用，但這次伴隨著增稅，費用上不得不做出相應的調整。在此通知收費方式調整如下。

造成各位的困擾在此致上深深的歉意。衷心期盼各位的理解與支持。

58 寫這份通知書最主要的目的為何？

1 10週年紀念的導覽
2 感謝對方參加課程
3 報告消費稅增加
4 通知費用變更

(5)

現代社會如果沒有物理學就什麼也做不成。比方說像是時鐘，以往是機械的世界，只要對時鐘有點興趣的人就可以自己動手做簡單的修理。某種程度上可以用手去感受。但是，因為科學技術的進步，已經改變樣貌成普通人無法觸摸的「某種東西」。以時鐘為例，現在有石英鐘和無線電時鐘。但是，經由這樣尖端技術所設計的時鐘，一般人幾乎無法想像也觸摸不到它的內部構造。

59 這裡說的「某種東西」指的是什麼？

1 構造過於複雜而無法理解的東西

2 壞掉就再也無法修好的東西

3 纖細到用手碰就會壞掉的東西

4 因為最新技術而變得不用修理的東西

問題11　閱讀下列從(1)到(3)的文章，從1・2・3・4中選出對問題最適合的回答。

(1)

「一位貴賓」的人數急速增加。「一位貴賓」本來是「一個人」的禮貌性說法，用在餐廳等地方，意思是一位客人。但最近延伸成泛指從單身男女到一個人用餐、旅行、享樂等歌頌一個人的時間。這麼說來，一直以來我也是一個人。以前一個人到餐廳用餐時，因為周圍都是情侶和一家人，也曾經覺得不自在，但現在因為一個人的同伴增加，①內心感到安心許多。

一個人的人數增加不僅是因為單身女性變多，有工作的女性變多也是主因之一。越來越多經濟獨立的女性在結婚後也持續用自己賺的錢享受一個人的時間。我的姊姊就是一個②好的例子。孩子長大後，一個人登山和出國旅行等，每天過著充實的生活。

此外，伴隨著一個人的人數增加，到處可見反應這種現象的商品和服務。現在可以看到商店裡陳列著一人份的電鍋和熱水瓶等商品。也有很多以一個人為客群的服務，像是旅行社提供的一人行程、燒烤店裡一人座的吧檯席等。對於一直以來以一個人姿態生活的我而言，相當期待今後會出現怎麼樣的服務。

60 作者為什麼①內心感到安心許多？

1 對單身的人比較禮貌的稱呼終於傳開來了。

2 周圍的情侶或家庭變得很少到餐廳吃飯了。

3 以前沒有人會單獨在外面用餐，最近這樣的人變多了。

4 以前的飲食店不能一個人進去，現在可以一個人自由進出了。

61 這裡說的②好的例子，指的是什麼事的好例子？

1 即使結婚後也能自己賺錢及享受自己的時間的女性

2 一直不結婚享受一個人生活的女性

3 即使結婚也不生孩子，雙方都經濟獨立的夫妻

4 結婚後，孩子長大後過著充實生活的夫妻

62 關於單身人士，下列哪一項跟作者想法相符？

1 對應單身人士的商品跟服務還不夠豐富。

2 社會對單身人士產生的變化令人感興趣。

3 希望自己這種單身人士變得更多。

4 單身人士這個詞的意思今後也會持續改變吧。

(2)

從我懂事以來，日本就已經開始不像日本了。雖然還是有人穿和服， 但是西式服裝變成主流，雖然還是有榻榻米，但是人們開始覺得坐在椅子上比較舒服。人們、或者是說日本整體，都認為歐美的東西比較好，崇尚著西方文化。

身邊開始充斥著歐美的事物，日本文化漸漸被遺忘在後方，我們就在那樣的環境中成長。我並不是要指責任何人，但是這樣要如何接觸日本之美？如何接觸日本之心，成為日本人？對我們而言，比起日本，歐美文化更是隨處可見，而我們也乖乖的吸收了這些文化，所以①導致這樣的結果。

但是在某個契機下接觸到日本文化。或者是藉由某個機會去接觸日本文化。日本文化變成是一個特別的東西，而我則是在大學畢業之際，下定決心要開始品茶。（中間省略）

或許本來就該那樣，不知道為什麼這種感覺很熟悉。對自己來說應該是未知的新事物，但又覺得不陌生。在自己的內心深處裡有著一股悸動。我，果然是日本人。因為②那種感覺讓我覺得心情愉悅，所以才會這樣繼續著品茶吧。

63 ①導致這樣的結果指的是什麼事？

1 不斷接受歐美文化的結果，就是減少接觸日本文化的機會。
2 歐美文化充斥著身邊的結果，就是變得更能接觸到日本之美。
3 日本文化被推到一旁的結果，就是老實的吸收日本文化。
4 全日本覺得歐美文化很棒的結果，就是變得把錯怪到別人身上。

64 ②那種感覺指的是什麼感覺？

1 追隨歐美的感覺
2 開始新事物的感覺
3 想起以前也做過的事的感覺
4 重新認知自己是日本人的感覺

65 作者在這篇文章裡最想表達的是什麼？

1 把歐美文化當生活重心是不正常的，應該盡可能排開歐美文化，並積極導入日本文化比較好。
2 被歐美文化包圍的生活已變成理所當然，所以應該特地製造機會來教導日本人關於品茶之類文化。
3 即使接觸日本文化的機會減少，只要還有接觸的機會就隨時都能拿回身為日本人的心。
4 既然日本文化已經變特別了，日本就應該更老實吸收歐美文化，然後讓文化發展下去才行。

(3)

在日本有科學館、博物館、天象館、天文館等跟科學相關的展示和演講，也有許多可以讓參觀者參加實驗跟觀測的施設（跟歐美相比一點也不遜色，就連數量也高於歐美）。在那些施設裡當然有解說員為民眾解釋展示的作品和回答相關問題。解說員可以說是扮演著①科學專家的腳色。在我指導的研究生裡就有學生擔任解說員，有時會聽他說工作上的辛苦，因此我十分清楚這不是個普通的工作。

首先是每個月要更換展示的物品。如果不能敏銳的反應流行，推出新的主題，參觀者很快就會看膩了。因此要事先做功課，不斷的在展示物上下功夫。也有因為預算的關係，雖然事先已經規劃好該年度的展示計劃， 但因為發生意料之外的事，像是有日本人獲得諾貝爾獎，不得不立刻更換成得獎主題。

為了符合工作需要，必須學習各領域的專業知識這點似乎也很辛苦。雖然各領域都有專業的解說員，但能夠負責的範圍狹窄，因此必須由少數人去分擔越來越細分化的所有科學領域。因此，就算只有從網路上吸收過知識，②但也要表現的像是該領域的專家。

66 ①科學專家指的是什麼樣的人？

1 對科學方面的新話題很敏銳的人
2 可以把科學說明得淺顯易懂的人
3 可以將科學所有領域不斷分化成各項專業的人
4 以科學研究拿到諾貝爾獎的人

67 文中寫到②但也要表現的像是該領域的專家，這是為什麼？

1 因為參觀者認為展策人就是專家，所以不能不知道科學知識。
2 因為展策人的自尊心很強，即使沒有那些知識也不想說不知道。
3 表現得像專家，就算沒什麼知識也能順利蒙混過去。
4 只要有網路，馬上就能學到專家程度的知識。

68 作者針對學藝員是如何描述的？

1 關於日本科學的展覽比歐美的要更多、更棒，他們應該要更有自信。
2 就算沒有科學知識，只要會用網路查詢，任何人都能從事這份工作。
3 因為需要一直想新的企劃，所以適合有很多點子的人。
4 不只要策劃展覽，還必須知道科學界各種領域的豐富知識的辛苦工作。

問題12　閱讀下列文章A和B，從1・2・3・4中選出對問題最適合的回答。

A

最近有越來越多的父母把手機交給小孩讓他們自由使用。也就是所謂的「手機育兒」。在我那個年代，因為沒有那樣的東西，如果孩子在應該保持安靜的場所哭泣、或是到處走動，我們只能拚命的安撫。在那樣的狀態下完全不覺得小孩可愛。因此我覺得在父母開始筋疲力盡、孩子變得坐立不安前，仰賴那些能讓彼此都輕鬆的東西也無妨。的確，長時間使用有視力變差、妨礙發展等疑慮。如果能在確實理解會帶來的影響下善用那些東西，然後用平靜的心與孩子相處，這麼一來手機育兒也決不是一件壞事。

B

前陣子外出用餐時，看到一對年輕夫妻讓3歲左右的小孩自己玩手機，夫妻兩人則是悠閒的用餐。確實有小孩的話，父母很難好好的吃一頓飯。但是，為了讓小孩能夠順利進入社會，並擁有溝通能力，父母應該要積極的與小孩互動，那正是父母的責任吧。事實上各專家都有指出，在腦部發育尚未完全的幼兒期就讓小孩使用手機的話會帶來不好的影響。我想，在漫長的人生裡，育兒的時間短暫，父母如果能想到孩子的未來、珍惜與孩子相處的短暫時光，就不會因為想自己輕鬆，輕易的把手機拿給孩子。

69 A跟B是如何描述自己的育兒經驗？

1 A跟B都沒有說自己的經驗。
2 A跟B都沒有用便利的道具而是積極跟孩子交流。
3 A說自己有時沒有多餘的心力，B說自己時常在跟孩子交流。
4 A說有時候會對孩子感到煩躁，B沒有說自己的經驗。

70 A跟B的描述的共通點是什麼？

1 育兒很辛苦所以父母有時輕鬆點也沒關係。

2 現在的父母可以用智慧型手機幫助育兒，很令人羨慕。

3 父母應該時常面對孩子並積極地交流。

4 智慧型手機可能會對孩子的成長帶來不良影響，謹慎使用比較好。

問題13　閱讀以下文章，從1・2・3・4中選出對問題最適合的回答。

有些障壁年輕時看不見，到了人生的後半戰才開始慢慢出現，像是父母親逐漸老化。很多人都會面臨到這個問題，但沒有實際遇到不會了解箇中滋味。

青春期的我對於父母親的一舉一動都看不順眼。一起看電視時，也不喜歡他們的笑點。「肚臍跑出來了」「是喔」，看到喜歡這樣對話的父母，心裡如同乾冰般瞬間冷掉。啊，真討厭，為什麼我的父母這麼俗氣， 而且還老是對我說這說那的。對於當時的我而言，父母永遠都是既俗氣又充滿活力的礙事鬼。

但是，有一天「永遠」會①產生龜裂。事情發生在我還在讀大學的時候。我進入了遠離老家的大學，過著自由自在的生活。看不見父母的俗氣，也聽不見父母的嘮叨。就這樣在某天，相隔一年回到老家看到他們的臉的瞬間，咦？怎麼覺得父母好像老了。但是又馬上覺得那是理所當然的事，畢竟上了年紀了。但是還是一樣嘮叨不停、中氣十足，我也就沒有把這件事放在心上。

真正讓人感到害怕的是在那之後又過了二十幾年。某天傍晚客廳只有我們兩人時，母親對我這麼說。

「現在是白天還是晚上？」

母親的話讓我感到②不寒而慄。我粗暴地回她現在是傍晚。她沒有痴呆。她只是因為接受了慢性病的手術，剛出院回到家。之後我才知道原來剛出院的人有時會無法分辨白天和夜晚，但當時的我只覺得很害怕，以為母親壞掉了。

我瞬間改變了對父母的想法。就算他們很土很吵，只要他們能健康的活著就好。然而母親的身體卻一天比一天衰弱。她的慢性病是糖尿病。慢慢的眼睛變得看不見，因為腎臟機能下降，也開始洗腎。

但是，在「現在是白天還是晚上？」之後，我並沒有面臨到真正的恐怖。我逃避面對母親的衰老，因為有父親肩負所有照顧母親的責任。陪伴就醫、看顧、家事，其他事情都是他一人包辦。在守護妻子的同時，他也守護著身為孩子的我。

71 ①產生龜裂的那天指的是什麼？

1 對父母感到煩躁、礙事的那天

2 覺得父母的存在很無趣，內心變冷淡的那天

3 看到父母身體健康感到放心的那天

4 發現父母不會永遠健康的那天

72 作者為什麼會②不寒而慄？

1 因為母親連簡單的事都不知道而感到害怕

2 因為母親即使變老也很囉嗦、身體健康而感到害怕

3 因為母親突然跟自己講話而感到害怕

4 因為用很兇的口氣回答母親的問題而感到害怕

第3回

文字・語彙

文法

讀解

聽解

試題中譯

73 下列哪一項跟作者對於父母的想法相符？

1 父母漸漸衰弱是理所當然的，陪父母去醫院、照護、家事全都該由孩子來做。

2 孩子相信父母永遠是身體健康又囉嗦的，所以很難注意到父母的老化，因此很多孩子都選擇逃避。

3 父母即使變老也仍會多嘴干涉孩子的生活，是既囉嗦又礙事的存在。

4 當父母上了年紀身體開始衰弱時，為了保護家人，應該由所有家人來照顧父母。

問題14　右頁是向日葵市關於公共設施的使用說明。從1・2・3・4中選出一個對問題最適合的答案。

74 高中生的島田同學要登記使用者時應該怎麼做？

1 到地域課的窗口輸入使用者ID跟密碼。

2 到地域課的窗口拿出身分證跟學生證然後付1500圓。

3 能到各個設施的窗口拿出身分証跟使用者登記卡，然後付1500圓。

4 上網輸入使用者ID跟密碼。

75 森先生預約的網球課程，當天卻要取消。他應該怎麼做？

1 到地域課的窗口。

2 打電話聯絡設施。

3 到地域課的窗口支付取消費用。

4 上網取消預約。

向日葵市公共設施預約使用說明

各位市民可以使用市府的公共設施參與網球、籃球等運動，培養茶道、合唱等興趣，或是舉辦會議。開放民眾使用的設施有社區中心、公園、運動中心、市民會館。

● 使用方式

第一次使用的民眾必須事先到地域課的窗口辦理使用者登錄。

※辦理使用者登錄時需要攜帶的文件

✓ 請攜帶記載住址、姓名、出生年月日的身份證明文件（駕照、護照、健保卡等）。

✓ 學生需出示身份證明文件（駕照、護照、健保卡等）以及學生證。

✓ 使用者登錄規費1500日圓。

辦理使用者登錄後會製作使用者登錄卡。預約和使用設施時需出示使用者登錄卡。

● 預約方式

可以利用網路或到地域課的窗口預約。

利用網路預約時，請至向日葵市的網頁輸入使用者登錄卡上的使用者ID和密碼。也可以從網站上預約、確認預約，以及查詢可預約的時間。

● 費用付款方式

使用前請到地域課或各設施的窗口付費。依設施規定費用有所不同。請向地域課或各設施詢問。

● 取消方式

使用二天前可以從網路取消預約。使用前一天或當天取消者，請到預約使用的設施辦理取消手續。請務必用電話連絡各設施。使用二天前辦理取消，全額退還事先收取的費用。請在網路上或地域課辦理退費手續。使用當天或前一天因個人因素取消，預付的費用作為取消費不會退還，請特別注意。

向日葵市公所　地域課

電話：0678-12-9876

聽解

問題1　在問題1中，請先聽問題。並在聽完對話後，從試題冊上1～4的選項中，選出一個最適當的答案。

例題

醫院的櫃檯處女性跟男性在說話。男性在這之後首先要做什麼？

女：午安。
男：不好意思，沒有預約也可以看診嗎？
女：可以。但是現在候診的病人很多，可能要等1個小時左右…。
男：1個小時啊…。沒關係，我可以等，麻煩你了。
女：好的，我知道了。請問是第一次來嗎？初診的話，要請您先製作掛號證。
男：我有帶掛號證。
女：那樣的話，請您填寫完這個病歷表後，連同健保卡一起給我。之後請您量體溫。
男：我知道了。謝謝。

男性在這之後首先要做什麼？

1　預約
2　辦理掛號證
3　填寫資料
4　測量體溫

第1題

女性和男性一邊看天氣預報一邊說話。女性在這之後首先要做什麼？

女：這次的颱風很強呢。聽說是50年一次的超強颱風。
男：明天清晨的時候登陸，所以電車應該會整天停駛。
女：明天不就不能上班？
男：看狀況，如果沒辦法的話就跟主管連絡。對了，衣服都收進來了嗎？現在風勢已經頗大了。
女：啊，糟了！完全忘了。
男：真是的，我也來幫忙。啊，還有颱風來臨前多買一些儲備糧食比較好。之前颱風來之後，所有店家都關門，傷了很大腦筋吧。
女：也是。有三天份的食物應該就夠了。我們也有事先做好的小菜。
男：不趕緊去買的話店家都要關門了。我去超市，雖然不好意思但是衣服可以麻煩你嗎？
女：嗯。我知道了。路上小心。

女性在這之後首先要做什麼？

1　聯絡上司
2　把洗好的衣服收起來
3　去買東西
4　作配菜

第2題

大學裡男學生和女學生在說話。女學生在這之後首先要做什麼？

男：松川，你的畢業論文的研究的進度如何？有在進行嗎？論文已經開始寫了嗎？
女：那個嘛，完全沒有進度…。論文雖然已經寫好開頭，但是比起那個，我現在正在做給大學生的問卷調查。因為人數太少，沒有辦法看出傾向。
男：這樣啊。現在追加調查份數的話呢？
女：我也是有想過，但是已經沒有可以幫忙做問卷的朋友。而且沒什麼時間。
男：嗯。你跟研討會的教授討論過了嗎？

女：有。但是教授也說還是增加調查人數比較好。

男：這樣啊。啊，還是我來找看看有沒有社團的學弟妹可以幫忙？

女：可以嗎？

男：嗯。我有很多學弟妹，他們也有時間，應該可以幫忙。我現在跟他們連絡，今天之內回覆松川你。你先準備好隨時可以進行調查。

女：謝謝。幫我大忙了。

女學生在這之後首先要做什麼？

1 寫論文

2 找研討會的教授商量

3 找願意幫忙調查的人

4 做好調查的準備

第3題

公司裡女性和男性正在說話。男性在這之後首先要做什麼？

女：大山，今天早上麻煩你的資料影印了嗎？

男：剛剛原本想影印，結果影印機壞了…。現在正要打電話請廠商來修理。

女：我發現要修改的地方，所以要重新做資料。趕緊在你影印50份之前跟你說…。

男：真的嗎。好險…。這影印機壞得真是時候。

女：對啊。啊，修理影印機要花時間。廠商也不一定會馬上來，你還是立刻跟廠商連絡比較好。

男：也是。我馬上連絡。

女：啊，還有，不好意思，我一個人重新做資料的話，會趕不及在下週的會議前完成。可以請你幫忙嗎？

男：可以啊。我午休過後有一個會議，有一些東西要先準備，在那之後也可以嗎？

女：可以的。謝謝。

男性在這之後首先要做什麼？

1 打電話給業者

2 影印文件

3 幫忙重打文件

4 做好會議的準備

第4題

學校裡男學生和女學生正在說話。女性在這之後首先要做什麼？

男：你看起來很不舒服。還好沒？

女：嗯，好像發燒了。早上吃了藥，有比較好。

男：這樣啊。不要勉強了。今天就先回家睡覺吧。你去過醫院了嗎？

女：沒有，還沒。我打算上完這堂課後再去…。

男：去看醫生比較好。你知道富士醫院嗎？我們大學的學生有折扣。

女：真的嗎？我不知道。那我去那家醫院看好了。

男：啊，可是那間醫院一定要先預約。當天預約也可以，可是要一大早就預約，不然會等到很晚。

女：這樣啊，可是我今天不想等到太晚。等的時候說不定又會頭痛。醫院我就明天早上預約後再去。

男：我知道了。你今天不要勉強了，我幫你跟老師說，你還是睡一下比較好。

女：謝謝。那我今天先回家了。

女學生在這之後首先要做什麼？

1　吃藥
2　回家睡覺
3　去醫院
4　預約醫院門診

第5題
在安養中心裡員工和女性正在說話。女性在這之後首先要做什麼？
男：謝謝您今天到本單位擔任義工。我簡單的說明一天的流程。
女：好。
男：今天請您協助一名80幾歲的女士，她的名字叫中村。首先請您先自我介紹，然後跟她聊聊天。中村女士喜歡唱歌，所以您也可以跟她一起唱歌。
女：老實說我對唱歌沒有自信…。一起用視頻網站聽歌也可以嗎？
男：可以的。說明結束之後，我再跟您說Wi-fi的密碼。
女：麻煩了。
男：用餐的部份需要您的幫忙，請您先協助她吃中餐，然後再自行用餐。餐廳會準備餐點。
女：好。
男：下午有活動，請您一起參加，然後今天就結束了。啊，最後還要寫報告。您可以在協助的空檔，記錄注意到的事情。
女：我知道了。今天一天就麻煩您了。
女性在這之後首先要做什麼？

1　跟中村先生問好
2　設定網路
3　準備午餐
4　寫筆記

問題2　在問題2中，首先聽取問題。之後閱讀題目紙上的選項。會有時間閱讀選項。聽完內容後，在題目紙上的1～4之中，選出最適合的答案。

例題
電視節目裡女主持人和男演員正在說話。男演員說戲劇表演哪裡最辛苦？
女：富田先生，這次的舞台劇《六個人的故事》廣受好評，網路上也掀起熱烈討論。
男：謝謝。這次是我第一次的舞台劇，能夠有那麼多人觀賞，真的很開心。但我因為經驗不足，吃了不少苦頭。
女：動作也很多，很消耗體力吧。
男：是的。也有很多台詞要背，很辛苦。
女：看得出來，但是您表達得很自然。
男：謝謝。我把所有空閒的時間都投入在練習上。不過，就算能一字不漏的說出所有台詞，如果不能展現出角色的個性，就稱不上是戲劇表演，這點最辛苦。

男演員說戲劇表演哪裡最辛苦？
1　需要消耗大量體力的地方
2　需要背很多台詞的地方
3　需要練習很多次的地方
4　要演出角色個性的地方

第1題
百貨公司裡正在廣播。可跟嬰兒一起使用的親子廁所在幾樓？
女：（百貨公司的廣播音效）感謝您今天光臨東京百貨。現在向您介紹館內設施。本館共有6層樓，從地下2樓到4樓。停車場在地下2樓；地下1樓是食品區；1樓到3樓設有服飾和運動用品專櫃。4樓是餐廳。各樓層都有洗手間。可跟年幼小孩一起使用的親子廁所只有設在偶數的地上樓層。請您理解。

可跟嬰兒一起使用的親子廁所在幾樓？

1 地下1樓跟地下2樓

2 1樓跟3樓

3 2樓跟4樓

4 1樓跟2樓跟3樓

第2題

工廠裡男性和女性正在說話。男性說工作上哪裡改變了？

男：新井，現在方便說話嗎？我想要跟你說工作的事。

女：可以，怎麼了？

男：現在在生產的車子的零件從下週開始有變更。交貨的時間提前，所以要提早一週完成。

女：這樣啊。提前的話，數量等方面也有變動嗎？

男：很遺憾的數量不會改變。所以我想請大家稍微趕一下。

女：這樣的話我希望可以增加人手。

男：這個嘛…。其他部門好像也很忙，但我會問看看。我會跟老闆討論看看用獎金獎勵大家的辛勞。總之就是這樣，大家一起努力吧。

男性說工作上哪裡改變了？

1 預定提前

2 要製造的零件變少

3 工作的人變多

4 發了獎金

第3題

日語學校裡女性和男性正在說話。男性說日語學校的活動裡，哪一個活動辦得最好？是在問男性的意見。

女：小段，3月就要畢業了，你覺得學校生活如何？

男：對啊。去年夏天的大阪旅行超棒的。

女：我也覺得那裡最好玩。大阪和東京的街道跟人完全不一樣，真的是大開眼界了。所以你覺得旅行是活動裡辦得最好的嗎？

男：如果你問最好的話…。其他也有參觀工廠啦、文化祭啦對吧？去工廠可以看見平常看不到的東西，是很珍貴的體驗；文化祭也是大家一起擺攤，是很難以忘懷的回憶。不過，可能你會覺得很意外，秋天我們不是有去養老中心當義工嗎？我的話覺得那次的活動最好。

女：真的嗎？我不覺得有趣。

男：我的國家那樣的機構很少，所以內心衝擊很大，再加上我的父母也已經年邁了，這也讓我開始思考一些事。

男性說日語學校的活動裡，哪一個活動辦得最好？

1 大阪旅遊

2 參觀工廠

3 文化祭

4 志工

第4題

學校裡男學生和女學生正在說話。女學生在這之後要去哪裡？

男：早。今天要交的報告你大概寫了幾頁？

女：放上圖表和照片之後有6頁。你看這

個，咦？

男：怎麼了？你該不會忘了帶了吧？

女：咦？好奇怪。我剛剛明明在圖書館列印了。

男：在那之後你做了什麼？

女：在那之後…我去超商買了咖啡，但我那個時候手上應該還拿著報告…。然後我打翻了咖啡，所以去了廁所…之後我就不記得了。

男：你再去圖書館列印一次呢？

女：可是課快要開始了。

男：你去老師的研究室跟老師說明理由，老師應該會通融吧？

女：老師不是有說上課一開始就要收報告，之後不論什麼理由都不接受補交嗎？老師每次都很嚴格的說要遵守期限，這方法一定行不通。

男：如果你一直拿在手上，應該知道放在哪裡吧？

女：啊，對了！我怕把報告弄溼，所以放在鏡子前面。我現在趕緊去拿。

女學生在這之後要去哪裡？

1　圖書館

2　便利商店

3　廁所

4　老師的研究室

第5題

車站正在播放廣播，明天早上幾點開始可以搭電車？

女：感謝您使用東站。現在向您說明明天早上會停駛的列車。颱風預計在明天早上會逐漸接近。隨著颱風的接近，明天從6點的首班車開始，所有路線都將停駛。如果9點開始雨勢減弱，列車會重新啟動；但行駛的列車不會到達南站，請各位多加注意。列車只會在下一站之間來回行駛。所有路線的列車預計在12點重新啟動。此外，有預報下午3點開始雨勢會再度增強，因此有可能會再次停駛。在此事前通知大家，請各位諒解。

明天早上幾點開始可以搭電車？

1　6點

2　9點

3　12點

4　15點

第6題

在公司的面試裡男性正在說話。男性說自己有什麼缺點？

女：嗯，接著請你說說自己的個性。

男：好的。我從小就被說優柔寡斷，沒辦法一下決定自己的意見。常要花很久的時間才能做決定，只要旁邊的人先提出意見，就會跟著走。但是我不是沒有在思考，我只是需要時間整理思緒。我的缺點與其說是優柔寡斷，不如說是無法深思熟慮。但是，不堅持己見可以很有彈性的配合工作上的變化，這同時也是我的優點。報告完畢。

男性說自己有什麼缺點？

1　無法拿定主意

2　馬上就問週遭的人的想法

3　無法徹底考慮到最後

4　無法配合週遭的變化

問題3　問題3並沒有印在題目紙上。這個題型是針對整體內容為何來作答的問題。在說話前不會先問問題。首先聽取內容。然後聽完問題和選項後，在1～4之中，選出一個最適合的答案。

例題

日語學校的老師正在說話。

女：大家想吃咖哩的時候，會去餐廳吃還是自己煮呢？咖哩的作法非常簡單。將自己跟家人喜歡吃的蔬菜，像是馬鈴薯、紅蘿蔔、洋蔥等切成容易入口的大小後，跟咖哩塊一起熬煮就完成了。剛做好熱騰騰的咖哩當然也好吃，但其實放在冰箱裡冷藏一晚的咖哩更加美味。因為冷卻時食材會更入味。自己煮的時候，請務必試看看這個作法。

老師想說什麼？

1　咖哩的作法

2　咖哩的美味享用方式

3　煮咖哩需要的蔬菜

4　好吃的咖哩餐廳

第1題

學校裡老師正在說話。

男：孩子成績下滑時，我認為父母與其拚命的鼓勵孩子，靜靜的守護更有用。想必有很多父母認為應該要斥責孩子，或是說話鼓勵、陪伴孩子一起讀書。但是，像是我們學校的孩子，平常就很認真讀書，對這樣的孩子說太多有的沒的，可能會造成孩子們的壓力。事實上不少孩子就是因為這個原因影響到考試和成長。

老師想說什麼？

1　應該盡全力鼓勵孩子

2　應該靜靜的守護孩子

3　應該斥責孩子

4　應該跟孩子一起讀書

第2題

女性和男性正在說話。

女：父親的生日快到了，你好像很煩惱要送什麼禮物，結果你決定要送什麼？

男：啊，對啊，我在想送卡片就好了吧。

女：你想了那麼久，結果只送卡片？

男：嗯。原本想送一個高價的東西，結果自己比想像中的還沒錢…。

女：是啦，心意最重要是沒錯…。

男：只有卡片果然好像不太夠吧。這是我出社會後父親的第一個生日，我是覺得應該要送什麼好一點的東西比較好。

女：不用送什麼好東西，也可以請父親吃飯、找時間陪父親說話啦，這些也不錯吧？可以為父親做一些你學生時代沒有做的事啦。

男：真的嗎？好，我再想想看。

男性對於父親的禮物有什麼想法？

1　送卡片就好

2　心意到就好

3　送高價的東西比較好

4　為父親做過去沒有做的事

第3題

大學課堂裡老師正在說話。

男：好的，那麼今天的課就到這裡為止。不要忘記在下禮拜上課前先做好今天出的作業。如果找不到可以詢問的調查對象，可以問看看社團的同學或是打工的同事等交情不錯的朋友。如果那樣還是找不到人的話，請來找我討論。我來介紹你認識的學生。絕對禁止明明沒有進行調查卻假裝有做過，被發現的話絕對不會給你學分。雖然很辛苦，但請加油。

老師在說什麼？

1　老師認識的學生
2　向調查對象詢問的內容
3　如何尋找調查對象
4　誠實的重要性

第4題

男性和女性正在說話。

男：那個電影很好看吧。

女：啊，那個啊。前陣子去看了，很好看。怎麼說音效跟畫面都很棒。我每次去看電影都會想睡，但那部電影完全不會。內容有趣也是重要。

男：還有那個演員。又漂亮又會演。那個演員演出的電影每部都很受歡迎。

女：確實如此。那個演員演出的作品的導演也都是同一個人吧？導演也很厲害。

男：可能吧。我看的不是音效啦畫面啦這種技術性的部分，果然重要的是演員。我個人最喜歡她前年演出的電影，不過那部電影的導演是另一個人。

女：雖然演員的演技也很重要，但我喜歡活用新技術的電影。我覺得前陣子去看的電影是至今看過的電影中最棒的。

女性對電影有什麼想法？

1　音效和畫面很重要
2　內容有趣很重要
3　演員的演技很重要
4　製作電影的導演很重要

第5題

廣播裡女性正在說話。

女：午安。現在是「為聽眾解惑」的時間。今天的煩惱是來自一位25歲的男性。他說：「我現在在找新的工作，但是面試時都很緊張，表達的不好。我該怎麼辦才好。」其實我也是每次廣播時都很緊張。我覺得說話有自信最重要。我常常在正式開錄前大口呼吸、喝溫的東西讓自己放鬆。有時候也會打電話給好朋友。藉由這些方式穩定自己的心情，面試的時候應該也會比較不緊張。而且，聽到朋友說「你沒問題的」，也會更有自信。

女性怎麼回覆男性的煩惱？

1　說話有自信最好
2　大口呼吸最好
3　喝溫的東西最好
4　打電話給朋友最好

問題4　問題4並沒有印在題目紙上。首先聽取語句。然後聽完對語句的回答後，在1～3之中，選出最適合的答案。

例題

女：你還在啊？我以為你早走了。

男：1　對啊，比我想的還要花時間。
　　2　對啊，比我想的還要早完成。
　　3　對啊，還是先回家好了。

第1題

女：你好，好久不見了。

男：1　如果您能那麼做就太好了。
　　2　對啊，好久不見。
　　3　不會不會，我很榮幸。

第2題

女：這個專案好不容易做到現在⋯。

男：1　中間就結束好可惜。
　　2　順利的結束太好了。
　　3　努力是值得的。

第3題

女：你可以幫我丟掉這個桌子嗎？

男：1　剛好我也想要。
　　2　當然可以，我來幫忙。
　　3　如果是那樣就太好了。

第4題

女：飲料要什麼時候幫您送上來？

男：1　我等一下送上來。
　　2　我要咖啡。
　　3　可以飯後嗎。

第5題

女：一直聽他說要做，想不到是真的⋯

男：1　對啊，真的有傳達到了。
　　2　對啊，沒想到真的要做。
　　3　對啊，沒有做太好了。

第6題

女：今天聽說會下大雪，你一定要去上班嗎？

男：1　對啊，不去不行。
　　2　對啊，只要沒有下雪就要去上班。
　　3　對啊，說休息就休息。

第7題

女：上次的考試差一點就達到目標分數。

男：1　高於目標分數太好了。
　　2　完全不夠⋯。
　　3　就差那麼一點。

第8題

女：（咳嗽） 啊～昨天開始一直流鼻水和咳嗽。

男：1　可能是感冒了。
　　2　只好放棄了。
　　3　因為薑可以治療感冒。

第9題

女：田中、你都不吃早餐嗎？

男：1　對啊，每天早上都會吃喲。
　　2　因為沒有時間吃⋯。
　　3　比較常吃麵包和沙拉。

第10題

女：如果要去旅行的話，你想去哪裡？

男：1　我們泡過溫泉了。
　　2　只要是出國哪裡都可以。
　　3　我推薦大阪。

第11題

女：聽說跟去年相比，今年會比較常下雨。

男：1　今年也會常下雨嗎？
　　2　雨不會下得跟去年一樣多嗎？
　　3　去年好像比較少下雨。

第12題

女：姑且不談味道，這間店的價格便宜，很不錯。

男：1　如果又好吃的話就無懈可擊了。
　　2　又便宜又好吃，真是一間好店。
　　3　價格高昂的店味道也好。

問題5　在問題5中，聽的內容會比較長。這個問題並沒有練習題。

可以在題目紙上作筆記。

第1題

二個女性正在說話。

女1：問你喔，妳現在有在學什麼嗎？

女2：沒有特別在學什麼。為什麼這麼問？

女1：妳對草裙舞有興趣嗎？我有看到體驗課程，不知道你要不要一起去？

女2：是喔，可是我完全沒有運動細胞。

女1：我也不擅長運動，聽說很多這樣的人也去學。

女2：這樣啊，那可以試看看。

女1：一起去啦。你看這個網站。體驗課程1次1小時。然後這禮拜週三早上11點和下午2點，還有週六的下午1點還可以報名。

女2：我週三早上要打工，週六整天也有排班。

女1：啊，週日早上9點也有名額。

女2：嗯…。好早喔。給我看一下。那麼還是這個時段比較好。打完工趕一下應該來得及。

女1：真的嗎？那就這樣囉？教室的位置，我傳URL給你。

女2：好，謝謝。如果我遲到了，你不用等我。

女1：啊，不好意思，週四的下午2　點也有體驗課程。

女2：沒關係，就這麼決定。

二個人什麼時候要去參加體驗課程？

1　週三的早上11點

2　週三的下午2點

3　週四的下午2點

4　週日的早上9點

第2題　題目紙上並沒有相關資訊。首先聽取內容。然後聽完問題和選項後，在1～4之中，選出最適合的答案。

公司裡三個人在說話。

男1：下禮拜要在鈴木建設的發表會上使用的資料準備的如何？

男2：是，大部份都完成了。現在要準備最新的銷售數據。

女：還有，鈴木建設想要修改產品商標的設計，我請製作部處理了。

男1：銷售數據什麼時候出來？上次有出錯，所以一定要再檢查一次。

男2：是。數據今天下午應該會出來。

男1：商標呢？

女：負責的森本身體不舒服，今天請假。也不確定他明天會不會來上班…。

男1：修改後的東西還要跟鈴木建設確認對吧？這樣來得及嗎？

女：明天之內能夠修改好的話應該可以。然後再請鈴木建設一天內完成確認，這樣勉強趕得及。

男1：嗯…。這樣的話就算數據做好，設計也還需要時間完成。現在先放修改前的東西好了。之後只要發放追加的資料就好。

女：我知道了。明天早上我跟製作部確認看看，如果來得及的話要更換資料嗎？

男1：不要，多改容易多錯，就先這樣。

為了發表會首先要做什麼？

1　檢查銷售數據。

2　修改商標設計。

3　跟鈴木建設確認商標設計。

4　製作追加的資料。

第3題　首先聽取內容。然後聽完兩個問題後，分別在題目紙上的1～4之中，選出最適合的答案。

在電腦的賣場裡男性和女性正在聽說明。

女1：電腦有很多種不同的尺寸和重量，先想要用在哪裡再決定要買哪一個會比較好。首先是這個15吋的電腦。雖然不輕，但如果只有在家使用的話，選擇畫面大的比較好。有別於在家使用的電話，如果是想要在外使用的話，我推薦這個12吋的電腦。重量不到800g，就算帶著走也不會感到負擔。但是畫面比較小。如果是想在家和外出都使用同一台電腦的話，13吋的最適合。雖然重量有1點多公斤，但是這個大小工作起來也比較容易。此外，如果只是想看影片、上網的話，這個10吋的就夠用了。重量約650g。用來製作資料比較困難，但重量輕，電力也持久。

男：我因為工作要隨身攜帶，盡可能越輕越好。

女2：我也是。但是畫面太小的話，製作資料時不好用。何況眼睛本來就越來越不好了。

男：用大的電腦製作資料不就好了？小的電腦只用來看資料。

女2：是喔。可是資料要一個一個轉移也很麻煩。如果可以用同一台電腦的話比較好。1kg雖然有點重，但也沒辦法。

男：女性的話可能那樣比較好。我的話每次東西都很多，所以還是輕一點的比較好。只要能在外面稍微修改資料啦上網查東西就好。

女2：也是。如果只是修改資料的話，這個比較好。畢竟還是比較輕。

問題1 女性要買哪一台電腦？

問題2 男性要買哪一台電腦？

第1題

1　15吋的個人電腦
2　13吋的個人電腦
3　12吋的個人電腦
4　10吋的個人電腦

第2題

1　15吋的個人電腦
2　13吋的個人電腦
3　12吋的個人電腦
4　10吋的個人電腦

挑戰 JLPT 日本語能力測驗的致勝寶典！

日本出版社為非母語人士設計的
完整 N1 ～ N5 應試對策組合繁體中文版
全新仿真模考題，含逐題完整解析，
考過日檢所需要的知識全部都在這一本！

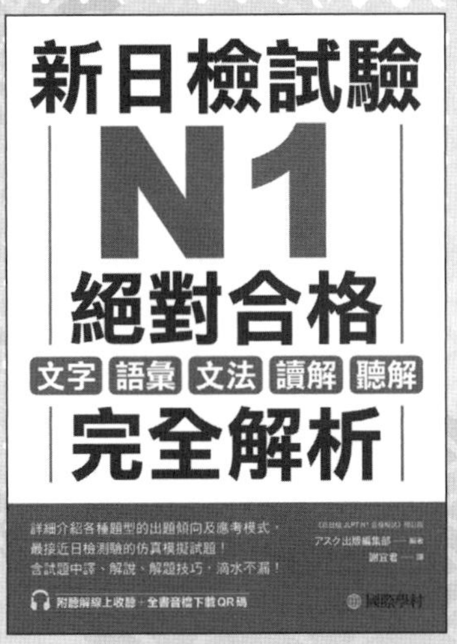

作者：アスク出版編集部

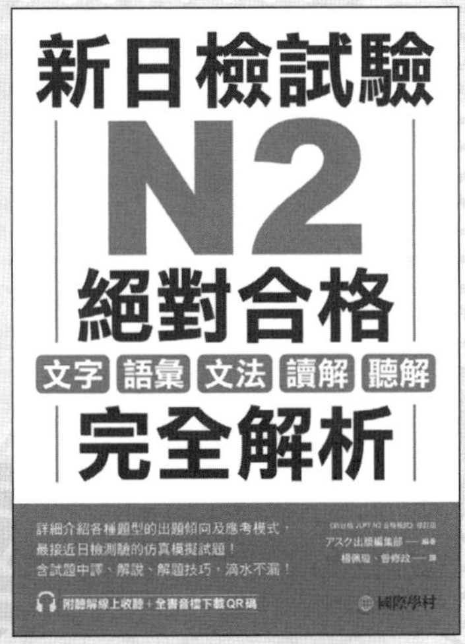

作者：アスク出版編集部

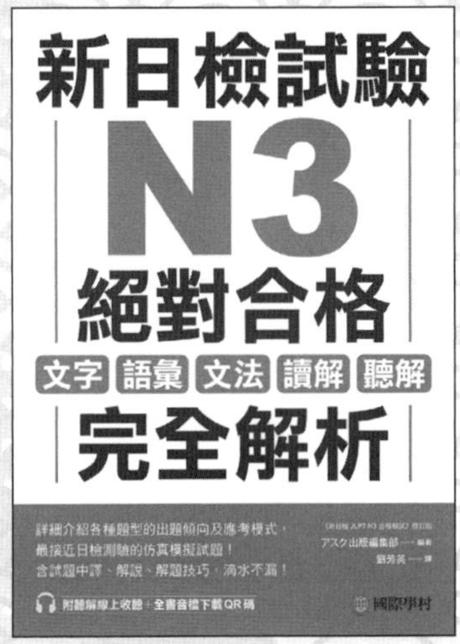

作者：アスク出版編集部

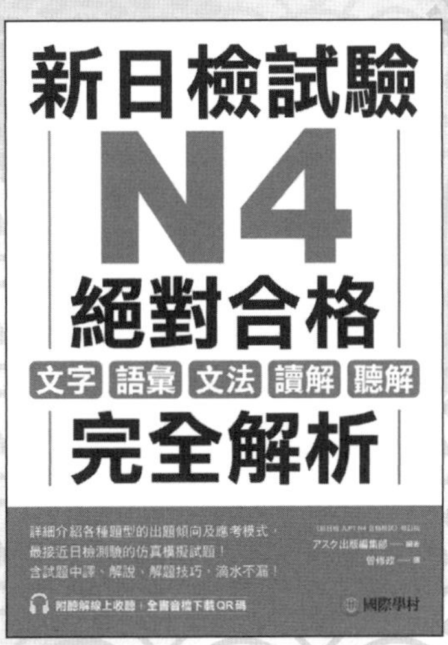

作者：アスク出版編集部

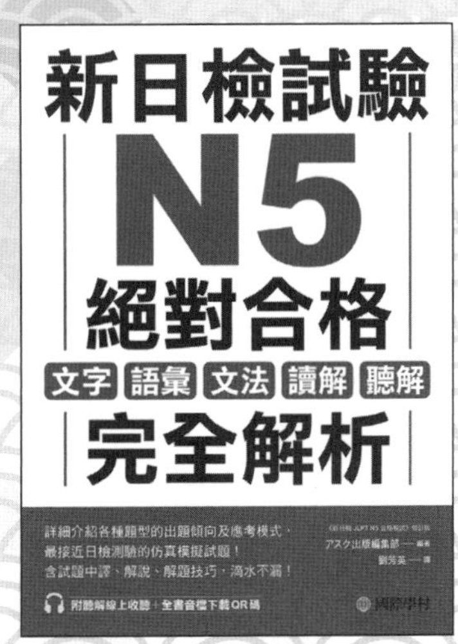

作者：アスク出版編集部

台灣廣廈 國際出版集團
Taiwan Mansion International Group

國家圖書館出版品預行編目（CIP）資料

新日檢試驗N2絕對合格：文字、語彙、文法、讀解、聽解完全解析 / アスク出版編集部著；楊佩璇, 曾修政譯. -- 初版. -- 新北市：國際學村, 2024.01
面；　公分.
ISBN 978-986-454-320-5（平裝）
1.CST: 日語　2.CST: 能力測驗

803.189　　112019309

國際學村
新日檢試驗 N2 絕對合格

編　　者／アスク出版編集部
翻　　譯／楊佩璇、曾修政
編輯中心編輯長／伍峻宏・**編輯**／尹紹仲
封面設計／何偉凱・**內頁排版**／菩薩蠻數位文化有限公司
製版・印刷・裝訂／皇甫・秉成

讀解・聽解單元出題協力
日本語講師／吉村裕美子、西南學院大學兼任講師／小田佐智子、數字好萊塢大學講師／臼井直也、數字好萊塢大學兼任講師／川染有、早稻田大學日本語教育研究中心助教／三谷彩華

語言知識單元出題協力
天野綾子、飯塚大成、碇麻衣、氏家雄太、遠藤鉄兵、大澤博也、カインドル宇留野聡美、笠原絵里、嘉成晴香、後藤りか、小西幹、櫻井格、柴田昌世、鈴木貴子、田中真希子、戸井美幸、中越陽子、中園麻里子、西山可菜子、野島恵美子、二葉知久、松浦千晶、三垣亮子、森田英津子、森本雅美、矢野まゆみ、横澤夕子、横野登代子（依五十音順序排序）

行企研發中心總監／陳冠蒨
媒體公關組／陳柔彣
綜合業務組／何欣穎
線上學習中心總監／陳冠蒨
數位營運組／顏佑婷
企製開發組／江季珊、張哲剛

發 行 人／江媛珍
法律顧問／第一國際法律事務所 余淑杏律師・北辰著作權事務所 蕭雄淋律師
出　　版／國際學村
發　　行／台灣廣廈有聲圖書有限公司
地址：新北市235中和區中山路二段359巷7號2樓
電話：（886）2-2225-5777・傳真：（886）2-2225-8052
讀者服務信箱／cs@booknews.com.tw

代理印務・全球總經銷／知遠文化事業有限公司
地址：新北市222深坑區北深路三段155巷25號5樓
電話：（886）2-2664-8800・傳真：（886）2-2664-8801
郵政劃撥／劃撥帳號：18836722
劃撥戶名：知遠文化事業有限公司（※單次購書金額未達1000元，請另付70元郵資。）

■出版日期：2024年01月
2024年03月2刷
ISBN：978-986-454-320-5